KB095112

가즈나이트 R
Gods Knight R

이경영 판타지 장편 소설
FANTASY FRONTIER SPIRIT

가즈 나이트 R 2

이경영 판타지 장편 소설

초판 1쇄 펴낸 날 § 2010년 9월 24일
초판 2쇄 펴낸 날 § 2014년 12월 22일

지은이 § 이경영
펴낸이 § 서경석

편집팀장 § 서지현
편집책임 § 박우진
편집 § 주소영

펴낸곳 § 도서출판 청어람
등록번호 § 제1081-1-89호
등록일자 § 1999. 5. 31
어람번호 § 제1-1183호

주소 § 경기도 부천시 원미구 심곡2동 163-2 서경B/D 3F (우) 420-822
전화 § 032-656-4452 팩스 § 032-656-4453
http://www.chungeoram.com
E-mail § chungeoram@chungeoram.com

ISBN 978-89-251-2298-4 04810
ISBN 978-89-251-2296-0 (세트)

이경영 판타지 장편 소설
FANTASY FRONTIER SPIRIT

가즈나이트 R

GodsKnight R

②

도서출판 청감

CONTENTS

제5장. 이름의 의미　　　　　　7

제6장. 신들의 숙명　　　　　　57

제7장. 전승된 것　　　　　　137

제8장. 속임수　　　　　　217

제9장. 악당　　　　　　255

외 전. 아스가르드의 이야기　　307

CHAPTER 05
이름의 의미

“그만 하게, 리오.”

하이엘바인이 진중한 얼굴로 그를 말렸다.

“전사에게 그런 굴욕을 줄 바에는 차라리 목을 치는 것이 낫네.”

애초에 그냥 겁만 주려고 했던 리오는 하이엘바인의 그 전사다움이 심하게 부담스러웠다. 실제로 그녀가 내뱉은 말 때문에 리즈와 그의 동료들은 사색이 되어 있었다.

“장난입니다, 장난.”

리오는 올리버의 머리를 놔줬다.

뒤로 주춤한 올리버는 주저앉는 것만 겨우 면했다. 그러나 칼날이 날아간 칼자루는 꽉 쥐고 있었다. 눈빛도 어느 정도 생생했다. 리오는 그 모습을 가볍게 보지 않았다.

'의지는 있군.'

그는 올리버의 어깨갑옷을 툭 쳐줬다.

"내가 좀 심했군. 부러뜨린 검의 값은 내가 물어주지. 돈을 보태서 좀 더 좋은 놈을 사봐."

올리버는 칼날의 단면을 문득 봤다.

'부러뜨렸다고?'

검은 부러진 게 아니라 잘려 있었다. 금속을 이렇게 깔끔히 자르는 기술은 적어도 올리버의 머릿속엔 존재하지 않았다.

북쪽 계곡에 사는 드워프들이 어떤 묘한 도구를 써서 금속을 종이 자르듯 한다는 이야기를 들은 바는 있지만 자신의 상대는 드워프가 아니라 인간이었고 사용한 무기도 드워프의 묘한 도구가 아니었다.

그는 리즈의 안내를 받아 저택으로 올라가는 리오의 뒷모습을 봤다. 흔들리는 붉은 머리채가 처음 봤을 때와 달리 이상할 정도로 압도적이고 불길했다.

'저 남자도 보통 사람이 아니란 말인가?'

그는 잘려 나간 검을 손에 쥔 채 리즈의 뒤를 따랐다.

허름한 저택 외부와 달리 내부는 제법 깔끔했다.

리즈는 리오 등을 응접실로 안내했다. 탁자와 의자를 치우면 간단한 무도회를 열 수 있을 만큼 큰 그 응접실에는 적지 않은 남녀들이 모여 있었다.

'이건 또 뭐야?'

리오는 그 남녀들을 보고 잠시 멍한 표정을 지었다. 구성원들의 개성과 특성이 심할 정도로 뚜렷했기 때문이다.

리오의 눈을 가장 먼저 자극한 존재는 진홍색 커트머리의 소녀였다. 흰색 가죽 드레스로 몸을 억지로 조여서 없는 몸매를 힘겹게 만들고 있는 모습과 발목이 걱정될 정도로 높다란 부츠의 굽이 리오를 부담스럽게 했다.

'흡혈귀?'

리오와 시선을 맞춘 그 흡혈귀 소녀는 오른쪽 다리를 높게 들어 휙 꼬더니 탁자에 놓인 찻잔을 도도하게 들어 올렸다. 아까 자세를 바꿀 때 드레스 사이로 검은색 속옷이 슬쩍 보인 듯했지만 리오는 별로 신경 쓰지 않았다. 오히려 짜증을 냈다.

짜증의 원인은 그 작은 흡혈귀의 어설픈 어른 흉내가 아니었다. 그녀의 루비 색깔 눈동자를 기점으로 자신에게 흘러들어 오고 있는 괴이한 기운 때문이었다.

'나에게 '매료'를 걸고 있군.'

흡혈귀의 매료는 일종의 강력한 최면인데, 기술을 건 흡혈귀 자신이 기술을 취소하거나 죽지 않는 한 절대로 풀리지 않는 점이 일반적인 최면과는 가장 큰 차이다.

물론 그런 것이 리오에게 들어 먹힐 리가 없었다.

'쟤도 혼내주고 싶은데, 어쩌지?'

그의 욕구는 하이엘바인이 대신 풀어줬다.

인형을 사러 온 아이처럼 입을 헤벌린 채 흡혈귀소녀 옆에 바짝 붙은 그녀는 소녀를 이리저리 살피며 호들갑을 떨었다.

"오오, 리오! 이 아이는 어떤 종족인가? 너무 귀엽군! 혹시 내가 모르는 요정족인가?"

"요정이라기보다는…… 흡혈귀입니다."

"흡혈귀?"

새로움을 접한 하이엘바인의 파란색 눈이 반짝 빛났다.

흡혈귀는 그녀가 현역으로 뛰던 시대에는 존재하지 않았던 족속이다. 더구나 흡혈귀가 제아무리 마족 중에서 상위 클래스라 하더라도 신족인 그녀의 입장에서 봤을 때는 곤충과 그다지 차이가 없는 하등한 미물이었다.

요약하자면, 모르는 게 당연했다.

리오는 간단히 설명하기로 했다.

"피를 빨거든요."

"피? 아하, 거머리 같은 것이로군!"

하이엘바인이 즐겁게 웃었다. 반면 흡혈귀소녀는 팔걸이 위에 두 주먹을 불끈 쥔 채 몸을 부들부들 떨었다.

"아니, 마리아가 흡혈귀라는 사실을 어떻게 아셨습니까?"

리즈는 정말 놀라고 있었다. 그녀가 흡혈귀라는 사실을 한 눈에 알아본 사람은 여태껏 자신을 포함해서 단 두 명뿐이었기 때문이다.

리오는 조금 곤란한 표정이었다.

"음…… 일이 좀 많았지. 기억은 잘못하지만."

그가 기억하지 못하는 것은 지금까지 죽인 흡혈귀의 숫자였다.

흡혈귀 소녀가 격분한 가운데, 리오는 다른 사람들을 살펴봤다.

목동과 같은 연녹색 옷을 입고 있는 금발의 남녀가 보였다. 둘은 가만히 앉아 있기만 할 뿐 리오에게 시선조차 주지 않았다.

'저들은…… 입은 옷만 목동 스타일이지 근육의 선을 보니 둘 다 지구력이 좋고 활에 능하군. 여자는 검도 다룰 줄 알아. 그것도 꽤 훌륭한 수준이야.'

그는 아직도 리즈 옆에 있는 갈색 피부의 여성을 떠올렸다.

'저 아가씨 말고는 다들 괜찮은데?'

머릿수는 적었지만 그들 밑에 잡병들이 좀 붙어준다면 민병대라는 이름이 아까울 정도로 훌륭한 조직이 될 듯했다.

그 조직의 리더인 리즈가 흡혈귀 소녀에게 물었다.

"마리아, 클라라는 아직 안 내려왔나?"

"응. 하지만 리즈가 부르면 나올 거야. 언제나 그랬듯이."

"클라라답네."

리즈는 리오들에게 잠시 실례한다는 투로 머리를 거듭 숙인 뒤 의안을 손으로 가리며 위를 봤다.

"클라라, 이리 나와봐."

리즈가 목소리를 높였다. 역시나 남자치고는 고운 음성이었다.

그리고 그 직후였다.

"전투!"

고함과 동시에 2층의 문짝 중 하나가 튕겨 나갈 기세로 활짝 열렸다.

하이엘바인이 번쩍 눈을 가렸다. 손에 단단히 가려진 그녀의 눈동자는 주인의 의지를 벗어나 아스가르드 신족의 권능을 나타내는 황금색으로 빛났다.

리즈가 의안에서 손을 내리자 하이엘바인의 눈도 원래대로 돌아왔다.

뭐가 어떻게 된 것인지 상황을 전혀 모르는 하이엘바인과 리오는 소리가 들린 위쪽을 봤다.

그들의 눈에 가장 먼저 보인 것은 부채 모양으로 잘 정돈된 붉은색의 투구 깃이었다.

T자 모양으로 뚫린 투구의 창엔 잔뜩 찡그린 반달 모양의 눈빛 한 쌍이 어둠 속에서 도사리고 있었다.

얼굴은 보이지 않았다. 사실 아예 없었다. 클라라의 육체를 대신하는 것은 연기와 같은 칠흑의 기운이었다.

클라라는 키가 작았다. 레나보다 조금 크고 흡혈귀 마리아와 비슷했다. 그 작고 다부진 육체를 인간처럼 꾸며주는 것은 그녀가 걸치고 있는 은색의 갑옷이었다. 그리고 그녀를 '여성'으로서 인식시켜 주는 것은 흉갑 밑에 달려 있는 붉은색의 치마였다.

그 모습이 꼭 장난감 병정 같았다.

미지의 존재와 마주한 리오는 일순간 깊은 고민에 빠졌다.

'뭐지? 저런 건 처음 보는데?'

한편으로 하이엘바인은 자신의 몸이 갑자기 반응한 것에 혼란을 느끼고 있었다. 그녀를 한때 구속했던 용들의 신 브리간트조차도 하이엘바인에게 지시를 내렸으면 내렸지 그녀가 가진 신족의 권능을 멋대로 발동시키지는 못했다.

하이엘바인은 방금 전 일어난 일을 리오에게 얘기할까 했지만 어떤 상황에서 이런 일이 벌어졌는지 아직 모르는 관계로 일단 가만히 있었다.

리즈가 위층에 있는 클라라에게 손짓했다.

"어서 내려와, 클라라. 손님들이 오셨어."

"전투!"

그녀가 철컥철컥 뛰어내려 와 리즈 옆에 섰다. 리즈는 클라라의 투구 깃을 만져 주며 그녀를 소개했다.

"클라라라고 합니다. 올리버와 함께 가장 오래 알고 지낸 친구죠. 우리 민병대 가운데에서 서열이 가장 높은 관계로 먼저 인사드리게 됐습니다. 인사해, 클라라. 우리를 도와주실

분들이셔."

"전투! 전투!"

반달 모양의 눈빛을 부라리며 두 팔을 흔든 그 미지의 존재는 이윽고 예의 바르게 고개를 꾸벅 숙였다.

"그래, 나도 반가워."

일단 그렇게 인사를 한 리오는 뒤에 서 있는 올리버를 흘깃 봤다.

"아까 보통 인간이 어쩌니 하며 시비를 건 이유가 있었군."

올리버는 대단히 멋쩍어했다.

레나가 가만히 클라라를 지켜보는 한편, 하이엘바인은 다른 의미로 클라라를 멍하니 쳐다봤다.

'이 아이, 어디선가……?'

클라라의 반달 모양 눈빛이 이윽고 하이엘바인과 마주쳤다. 둘은 잠시 동안 말을 잊고 서로를 살폈다.

언제까지고 반달 모양을 유지할 것 같던 클라라의 눈빛이 어느 순간 보름달처럼 둥글게 변했다.

"저, 전투? 전투!"

두 팔을 흔들며 흥분한 그녀는 주위를 마구 두리번거리더니 그림을 그릴 때 쓰는 목탄과 종이를 가져왔다.

뭔가를 종이에 또박또박 적은 그녀는 둥근 눈빛을 유지한 채 종이를 머리 위로 번쩍 들어 올렸다.

종이에는 하이엘바인이라는 글자가 아스가르드'의 룬 문자로 적혀 있었다. 그 태고의 문자를 알아보는 사람은 리오와 하이엘바인 본인, 그리고 리즈뿐이었다.

"이럴 수가!"

소리를 지른 하이엘바인은 클라라 앞에 무릎을 꿇고 그녀를 껴안았다. 클라라 역시 두 팔로 그녀의 목을 껴안았다. 눈빛은 감격에 겨운 팔(八)자 모양이었다.

"전투, 전투! 전투!"

"그래, 클라라! 살아 있었구나!"

둘의 관계, 그리고 상황을 전혀 모르는 리오는 살짝 굽힌 손가락으로 자신의 머리를 쓸어 넘겼다.

'오늘 참 많은 일을 당하는군. 그보다 하이엘바인님께선 저 꼬마의 말을 정말 알아들으시는 건가?'

어찌 됐든 그는 일단 앉아서 좀 쉬고 싶었다.

응접실의 테이블 중 하나를 차지한 리오와 하이엘바인, 클라라, 레나는 갈색 피부의 아가씨가 가지고 나온 차와 케이크로 시간을 보냈다.

저택에서 그녀가 맡은 일은 일단 하녀였는데, 리오는 그 사실을 그리 가볍게 넘기진 않았다.

'하녀 말고 또 맡은 바가 있겠지.'

그가 그렇게 생각한 것에는 그만한 이유가 있었다.

'진흙보다 맛없는 케이크는 처음이거든.'

케이크의 오묘하고도 형편없는 맛이 그를 더욱 불쾌하게 만들었다. 그는 케이크니 과자니 하는 것을 굳이 찾아다니는 성격이 아니었고 맛에도 특별히 신경을 쓰진 않았지만, 그녀가 만든 케이크는 도저히 용서할 수 없는 맛을 자랑했다.

이러다가 자신의 옛날 성격이 다시 나올지 모른다고 생각한 그는 눈을 꾹 감고 스스로를 다스렸다.

한편 클라라를 옆에 앉힌 하이엘바인은 그녀의 투구를 연신 쓰다듬으며 고개를 끄덕끄덕했다. 클라라는 그저 '전투'라는 말만 반복해서 할 뿐이었다. 하지만 다른 이들의 귀에만 그리 들릴 뿐, 하이엘바인에겐 달랐다.

"그렇구나. 기억까지 대부분 잃다니, 가엾게도……. 내가 너를 볼 낯이 없구나."

"전투, 전투."

클라라는 초승달 모양의 눈빛으로 웃으며 고개를 저었다.

"그렇게 생각해 주니 고맙구나. 그런데 봉인에서는 어떻게 풀려난 것이냐? 너를 이렇게 만들 정도의 봉인이라면 그리 가벼운 힘이 아니었을 텐데?"

하이엘바인이 묻자 클라라는 저쪽에 앉아 있는 리즈를 손으로 가리켰다.

"전투!"

"저분이? 11년 전에?"

"전투!"

"오오, 그렇구나."

하이엘바인은 자리에서 일어나 리즈에게 경의를 표했다.

"클라라를 풀어주셔서 감사드리오. 이 보답을 어찌해야 할지 모르겠소."

"아, 아닙니다. 그보다 클라라의 말을 정말로 알아들으시는군요?"

리즈의 말에 하이엘바인이 의아해했다.

"무슨 말이오?"

"예?"

그녀는 자신의 허리에 찰싹 달라붙은 클라라의 투구를 다시 쓰다듬었다.

"이 아이는 논리정연하게 얘기를 잘하고 있다오."

그 말에 모두가 침묵했다. 올리버와 함께 그녀를 가장 오랫동안 알아왔다고 자신했던 리즈는 당혹감을 감추지 못했다.

"그, 그렇습니까?"

"그렇소. 필요한 말만 하는 성격이라 오해를 샀을 수도 있구려."

"전투."

클라라의 눈빛이 반달 모양으로 바뀌었다.

"전투, 전투."

"아니, 사실이냐? 그동안 네 말을 알아들은 사람이 아무도 없었다고?"

"전투."

클라라가 고개를 끄덕거렸다.

"저런. 짧은 시간이지만 정말 답답했겠구나."

하이엘바인의 그 말에 침묵의 분위기가 더욱 무거워졌다.

'11년이 짧다고?'

올리버와 리즈는 똑같은 얼굴로 서로를 쳐다봤으나 답은 나오지 않았다.

리즈는 하이엘바인을 껴안고 즐거워하는 클라라를 보며 자신의 왼쪽 눈을 만졌다.

'클라라의 저런 모습은 정말 처음인데⋯⋯.'

그는 클라라와의 첫 만남을 떠올렸다.

네 살 무렵, 아버지의 손을 잡고 내려간 저택의 지하에는 허름한 갑옷 한 구가 있었다. 어린아이가 겨우 입을 만큼 작은 그 갑옷은 마치 죄인처럼 사슬에 감겨 세월의 흔적을 풀풀 풍겼다.

수년 뒤, 은색의 왼쪽 눈을 갖게 된 리즈는 뭔가에 이끌리 듯 갑옷이 있는 지하에 혼자 내려갔다.

새로 얻은 왼쪽 눈의 강렬한 통증. 그 직후 갑옷을 묶은 사슬이 풀렸고 텅 빈 듯 그저 검기만 하던 갑옷의 투구 속에서 달덩이 같은 눈빛 한 쌍이 빛났다.

그것이 클라라와 리즈의 만남이었다.

턱을 괸 채 클라라를 지켜보던 리오는 하이엘바인에게 정신감응을 시도했다.

[그 꼬마는 누굽니까?]

[클라라라네.]

단순명료한 답변에 리오의 스트레스 수치가 조금 더 올라갔다.

[좀 더 정확하게 말씀해 주시면 도움이 될 것 같군요.]

[아, 나와 함께 싸웠던 발키리의 일원이네. 신계 반란이 종결된 이후 나와는 따로 분류가 되어 만나지 못했는데, 설마 이런 곳에서 만날 줄은 꿈에도 몰랐네.]

그렇다면 클라라는 리오의 입장에서 하이엘바인만큼이나 대선배였다.

[그럼 꼬마, 아니, 그분은 예전에도 그런 모습으로 활동하셨습니까?]

[아닐세. 이유는 모르겠지만 이 갑옷에 갇혀 버린 것 같네. 기억도 대부분 잃어서 그녀의 머릿속에 존재하는 것은 나와 관련된 기억과 전투에 대한 의지뿐이라네.]

[불행한 일이군요.]

더불어 리오는 클라라의 존재가 자신에게도 큰 불행이 될 것 같다는 느낌을 받았다.

[그렇지. 그런데 저 리즈라는 청년 말이네. 아무래도 저 청년 역시 보통사람이 아닌 것 같네.]

[어떤 면에서 그렇습니까?]

[클라라를 풀어준 사람이 저 청년이라네. 저 청년의 왼쪽 눈에서 이따금씩 강력한 힘이 발휘된다더군. 저 흡혈귀 소녀의 정체도 그 눈의 힘을 통해 알아냈다고 클라라가 말하는군. 그리고…… 음, 아닐세.]

자신까지 리즈의 눈에 반응했다는 말을 하려다가 끝을 얼버무린 하이엘바인은 자신의 행동이 과연 옳은 것인지 알고 싶었다.

처음 만났을 때 리즈의 의안이 보통은 아니라고 느꼈던 리오는 호기심을 품었다.

[제가 클라라님과 정신감응을 할 수 있겠습니까?]

[물론이네.]

하이엘바인에게 이야기를 전달받은 클라라가 눈빛을 동그랗게 뜨고 리오를 봤다.

[제 목소리가 들리십니까, 클라라님?]

[전투!]

딱히 달라진 것은 없었다.

리오는 가볍게 신음하며 고개를 푹 숙였다. 그가 지금의 어색한 분위기 때문에 그런 것이라 착각한 리즈는 서둘러 자리에서 일어났다.

"이, 일단 동료들을 소개해 드리겠습니다."

거기서 리즈의 얼굴이 딱 굳어졌다.

"저어, 실례지만 검사님의 성함이……?"

지금까지 그냥 흘리듯 리오라고만 들었던 리즈는 일단 예의상 확인을 부탁했다.

　"리오. 그냥 리오라고 해."

　"아, 예. 감사합니다, 리오님."

　그는 우선 올리버를 소개했다.

　"이 친구는 크라이머 가문의 장손이자 제가 속한 스타인 가문의 기사입니다. 클라라와 함께 제가 여기까지 올 수 있게 도와준 소중한 친구지요."

　황갈색 머리의 청년 올리버는 리오에게 정중히 허리를 굽혔다.

　"올리버 크라이머입니다. 이전의 무례를 용서하십시오."

　리오는 괜찮다는 듯 가볍게 웃으며 어깨를 들썩했다.

　리즈가 다음으로 소개한 사람은 그 검은 머리의 음침한 여성이었다.

　"이쪽은 올리버의 누나인 도로시입니다. 저와는 동갑이고 소환술이라는 특별한 기술을 쓰는 재주꾼입니다."

　음침한 분위기의 그녀, 도로시가 고개 숙여 인사했다.

　"도로시 크라이머라고 합니다. 초면에 무례를 범한 점, 사과드립니다."

　"누나가? 무슨 소리야?"

　올리버의 고함에 리즈와 도로시의 표정이 흐려졌다. 올 게 왔다고 느낀 리오는 그 두 명이 자신에게 공통적으로 말했던

'부탁'에 대해 거론하기로 했다.

"얘기가 나와서 하는 말인데, 둘이서 사이좋게 멸망의 사슬단인가 하는 놈들을 나에게 양보해 달라고 한 이유가 뭐지? 지금까지의 상황만 봐도 돈이 필요해서 그런 건 아닌 것 같은데?"

"그건……."

리즈와 동료들 모두의 분위기가 축 가라앉았다.

리오가 한마디 하기 직전, 그를 여기까지 데려온 원인 제공자인 하이엘바인이 위엄있는 목소리로 말했다.

"우리가 단순히 쓸모있게 보여서 여기까지 데려온 것이라면 우린 이만 돌아가겠소."

"저, 전투! 전투!"

클라라가 눈빛을 크게 키우고 두 팔을 저었다. 그러지 말아달라는 부탁이었다.

"어딜 감히 끼어드느냐!"

그녀를 윽박지른 하이엘바인은 바짝 얼어붙은 클라라를 뒤로하고 부릅뜬 눈으로 리즈를 노려봤다.

"불의에 맞서는 것을 이유로 전사들을 불러놓은 자가 오히려 말을 피하는 비겁함을 보이다니, 이 무슨 황당한 일이오? 밝힐 것이 있으면 확실히 밝히시오. 클라라가 그대를 감싸려는 것을 봐서는 정당한 이유가 있는 것 같으니 클라라를 봐서라도 부끄러워 마시오."

리즈는 클라라를 봤다. 동그란 눈빛을 깜박이며 그를 조용히 지켜보던 클라라는 응원하듯 고개를 끄덕거렸다.

역시나 밝힐 수밖에 없다. 그리 생각한 리즈는 마음을 털어내듯 말했다.

"공작님께 보여 드릴 공적이 필요했습니다."

"왜?"

리오의 '왜?'라는 질문의 이유는 리즈가 말한 그 공적이 과시용인지, 포상금이라는 대가를 바란 것인지, 자신의 조직이 존재해야 할 명분을 쌓기 위한 것인지 정확히 분류하기 위함이었다.

"멸망의 사슬단은 이 지방 각지에서 문제를 일으키고 있는 거대한 조직입니다. 하지만 아시다시피 정규군은 오크, 트롤의 독립군들 때문에 움직이지 못하는 상황이라 민간인의 피해가 큽니다. 그래서 전 이 도시의 귀족으로서 민병대의 창설을 공작님께 건의드렸습니다."

"그런데 거절당했다? 거절의 이유는 뭔가 좀 보여달라는 것일 테고?"

"예."

리오는 그 부분이 의아했다.

"그럼 여태껏 뭘 한 거지? 구성원이 이 정도라면 그 사슬단 녀석들을 붙잡는 것은 식은 죽 먹기일 텐데?"

리즈가 고개를 숙였다. 턱으로 목을 누르듯 숙였는데도 불구하고 턱의 선이 멀쩡히 살아 있었다.

"몇 번이고 그들을 붙잡아 공작님께 바쳤지만 아직 부족하다는 말씀만 하셨습니다. 그래서…… 다급한 나머지 염치불문하고 양보를 부탁드렸던 겁니다."

"흠."

그는 리즈와 그의 동료들을 다시 둘러봤다.

"구성원은 여기 있는 사람이 전부인가?"

"그렇습니다."

리오는 팔짱을 꼈다. 회색 망토 사이로 드러난 적동색의 두꺼운 근육덩어리가 그 뚜렷함 만큼이나 강하게 응접실의 분위기를 압도했다.

"아까 여관에서 얘기했지만 난 아가씨를 모시는 입장이고 아가씨께선 집안 사정으로 인해 사흘 내로 이 도시를 떠나서야 해. 내가 도와줄 수 있는 시간도 당연히 그 정도지."

"아……."

처음 만났을 때 리오가 보여준 그 불가사의한 모습이 아직도 머리에 생생한 리즈는 크게 아쉬워했다.

리오가 말했다.

"대신 사흘 내로 놈들을 처리해 주지. 모조리."

그의 분위기와 목소리에 리즈와 그의 동료들은 큰 위압감을 느꼈다.

                    *   *   *

　자기소개를 끝내고 그들과 함께 저녁 식사를 한 리오는 곧
장 리즈의 저택을 나왔다.

　저택에서 지내달라는 리즈의 제안이 있었으나 리오는 한
사코 거부했다. 레나는 그곳에서 자고 가자며 졸라댔지만 하
이엘바인이 리오의 뜻에 동의했기에 그녀도 어쩔 도리가 없
었다.

　"너무해, 리오 오빠."

　저택 정문을 벗어나자마자 던진 레나의 말에 리오는 어쩔
수 없었다는 듯 가볍게 웃었다.

　"여관비가 아깝잖아."

　"레나는 그 사람들이랑 친해지고 싶었단 말이야!"

　"그래?"

　리오의 걸음이 우뚝 멈췄다.

　"왜 그 사람들이랑 친해지고 싶었지?"

　"응? 그건……."

　당황한 레나는 말을 잇지 못했다.

　최근 칼날 같은 그의 분위기가 무서워서 그런 것은 아니었
다. 리오가 모를 것이라 생각했던 어떤 '정곡'을 직접 찔린
탓이었다.

　리오는 레나 앞에 몸을 숙이고 앉았다. 그리고는 적동색의

큰 손으로 그녀의 머리를 만져 주었다.

"명심해, 레나. 난 네 보호자야. 난 그 누구도 널 함부로 건드리지 못하게 해왔고 앞으로도 그렇게 할 거야. 그 어디서든 말이지."

"……."

"그러니 너도 나를 믿어줘야 해. 이건 널 위한 일이야. 알았지?"

레나는 시선을 돌릴 뿐, 특별한 반응을 보이지 않았다.

일행은 아까 잡아났던 여관으로 향했다. 리오는 아무 말이 없었고 레나는 시무룩했다. 하이엘바인은 조용했다.

묵묵히 리오의 뒤를 따라가던 하이엘바인이 결국 정신감응을 이용했다.

[방금 자네가 레나에게 했던 말이 귀에서 떠나질 않네. 내가 또 생각없이 행동한 탓인가?]

[조금은 그렇습니다.]

그 대답에 울컥한 하이엘바인이 그 자리에 섰다.

[지금 신계로 돌아가라고 한다면 돌아가겠네.]

[흥분을 가라앉히십시오.]

[그러지 말게! 요 며칠 동안 자네 자신이 얼마나 날카로워졌는지 알고 있나? 자네가 나 때문에 화가 나 있는 것을 아네! 난 더 이상 자네를 괴롭히고 싶지 않네!]

리오가 천천히 걸음을 멈추고 그녀를 봤다.

[지금 그러시면 제가 여태껏 당신께 쏟아낸 말들은 전부 뭐가 됩니까? 설마 그걸 전부 단순한 화풀이라고 생각하신 겁니까? 오해하고 계시다면 지금 풀어드리지요. 절대 그렇지 않습니다.]

리오가 다시 걸음을 옮겼다.

[시작이 조금 이상하긴 했지만 이번 일도 어찌어찌 잘 진행되고 있으니 편하게 생각하십시오. 전 괜찮습니다.]

리오는 옆에 있는 레나의 머리카락을 쓰다듬었다.

[그런 의미에서 저는 조금 쉬어야겠습니다. 더 이상 생각을 했다가는 옛날 성격으로 돌아가 버릴 것 같군요.]

[옛날 성격?]

[뭐, 앞일에 대해 그저 피하기만 할 때가 있었지요.]

평소 같았으면 그렇게 말하고 웃었겠지만 리오는 웃지 않았다. 오랜 스트레스로 지친 눈가를 어루만질 뿐이었다.

[저는 레나와 함께 여관으로 가겠습니다. 하이엘바인님께서는 지난번에 도움말을 드린 대로 거리에서 사슬단에 대한 정보를 모아주십시오.]

[알겠네.]

본래 제대로 정보를 모으려면 리오가 처음부터 끝까지 맡아 진행하는 것이 옳았지만 그는 자신이 지금 거리를 돌아다녔다가는 싸움밖에 나지 않을 것이라 판단했다. 그는 현재 사소한 문제만 불거져도 폭발하기 직전의 상태였다.

무엇보다 '중요 인물'인 레나의 곁을 지키는 것이야말로 그에게 부여된 신싸 임무였다. 그는 그것만큼은, 그리고 특히 지금만큼은 그 일을 하이엘바인에게 맡기고 싶지 않았다. 그녀에겐 너무 잔혹한 방향으로 일이 흘러갈 수도 있기 때문이었다.

*　　　*　　　*

리오와 레나를 떠나보낸 하이엘바인은 밤이 깊은 도심으로 들어갔다. 그와 만난 이후 처음으로 혼자 도심을 걷게 된 하이엘바인은 긴장된 얼굴을 연신 만져 댔다.

[이 세계에 올 때는 이렇게까지 긴장되진 않았는데, 이상하군. 자네에게 너무 의지한 탓일까?]

[아는 것이 많아질수록 걱정도 많아지는 법이지요. 정신감응을 끊지 마시고 계속 이동하십시오.]

[알았네.]

그의 지시에 따라 시장으로 이동한 하이엘바인은 저녁 안개로 습해진 길을 밟으며 이곳저곳을 살폈다.

[사람이 많군.]

그녀의 말대로 시장은 저녁 식사 재료를 구입하기 위해 나온 민간인들과 유흥을 위해 나온 각 종족의 병사들로 북적거렸다.

[적잖은 수의 사람들이 나에게 시선을 보내고 있네. 내가 또 뭔가 이상한 행동을 한 건가?]

[그건 하이엘바인님의 외모가 눈에 띄어서 그런 것입니다. 그런 시선에 익숙해져야 하니 편하게 생각하십시오.]

집중하여 시장을 지나던 하이엘바인이 갑자기 걸음을 멈추고 주변을 살폈다.

'이 느낌은⋯⋯.'

그녀는 도시 상공과 시장 곳곳에 낯선 힘이 오고 가는 것을 느꼈다. 그 영적인 기운 자체는 불길하지 않았지만 기운에 섞인 감정에는 깊은 공포가 섞여 있었다.

[무슨 일이십니까?]

리오가 정신감응을 통해 묻자 그녀는 일단 주변 사람들의 통행에 방해가 되지 않는 곳으로 자리를 옮겼다. 리오가 여태까지 가르쳐 준 행동양식 중의 하나였다.

골목 속으로 들어간 그녀는 정신감응에 집중했다.

[빛의 느낌에 가까운 힘이 빠른 속도로 거리를 오가고 있네. 느껴지나?]

[지금 느껴지는군요. 이건 선신계 천사들의 힘입니다.]

선신계의 세력 확장을 위해 내려온 최하급 천사. 그에 대한 얘기를 오후에 들었던 하이엘바인은 자못 긴장했다.

[설마, 들킨 건가?]

[아닙니다. 인간계에 내려오는 최하급 천사들의 감각 능력

과 감지 범위, 그리고 힘은 보잘것없습니다. 감지를 한다고 해도 이쪽이 먼저 감지하게 될 겁니다.]

[그렇다면 선신계 천사들이 왜 갑자기 움직이는 건가?]

[적들이 선신계 천사들을 사냥하고 있을 가능성이 가장 높군요. 적들은 우리가 이 도시에 있음을 알고 있습니다. 꽤 많은 수가 왔다면 천사들과 우연히 마주치는 것도 이상하진 않지요.]

[그렇다면 천사들을 도와야겠군.]

[운이 없으면 양측 다 제거해야 합니다. 천사들의 정보가 녀석들에게 제공되는 것도 막아야 하지만 우리의 위치 정보까지 선신계에 보고되는 일도 일어나선 안 됩니다.]

[위치 정보 정도는 괜찮지 않나?]

[잘못했다가는 이 도시가 렘런트 말살을 이유로 깡그리 정화될 수도 있습니다. 우리가 가는 곳에 렘런트가 있다는 것은 녀석들도 알고 있으니까요.]

선신계의 '정화'라는 것은 단순히 깨끗하게 한다는 개념을 떠나, 해당 지역에 있는 모든 생명체를 깡그리 소각하여 말살시키는 의미를 갖는다. 그것만큼은 최대한 피해야 했다.

[일단 여관으로 돌아오십시오. 그 일은 제가 처리하겠습니다.]

[아니, 내가 처리하겠네.]

[예?]

[자네는 하이볼크의 밑에서 오랫동안 일을 해온 자이기 때문에 오히려 더 들키기 쉽네. 하지만 난 다르지. 아마 그들은 나를 인간계에 묻혀 지내는 고대 신족 정도라고 생각할 것이네.]

[하지만…….]

[허락해 주게. 천사들의 공포가 점점 더 심해지는군.]

[알겠습니다. 그렇다면 제가 이곳에서 보조해 드릴 테니 상황 보고를 확실히 해주십시오.]

[그러겠네.]

정신감응을 열어둔 채 골목 밖으로 나가던 하이엘바인이 갑자기 불쾌한 표정으로 걸음을 멈췄다. 군복을 입은 장정 네 명이 골목 밖에서 일렁거리는 횃불 아래를 지나 자신에게 다가왔기 때문이다.

"아까부터 쭉 지켜봤는데, 이런 어두운 골목에서 혼자 시간을 보내다니 꽤 한가한가 봐, 아가씨?"

"복장을 보니 이 도시 사람은 아닌 것 같군. 어때? 바깥에서 온 사람들끼리 술이나 한잔하자고."

그들의 눈동자에서 끔찍한 욕구를 읽어낸 하이엘바인은 엄중한 목소리로 그들의 제안을 거절했다.

"난 자네들의 비신사적인 욕정에 응해줄 마음도 시간도 없으니 어서 길을 비키시게."

정곡을 찔린 군인들은 당황한 나머지 서로 쳐다보다가 이

내 배를 잡고 껄껄 웃었다.

"하하! 아주 당돌한 아가씨로군! 아가씨가 지금 어떤 입장인지 알기나 해?"

텁수룩한 사자머리의 남자가 대표로 고래고래 외치자 하이엘바인의 표정에 분노가 깃들었다.

"말하는 자세를 봐서는 이런 일에 죄책감을 느끼지 못하는 것 같군."

"요즘은 군인들이 특별대우를 받거든. 이런 대도시에선 특히 말이야!"

그들의 값싼 미소는 하이엘바인의 분노를 더욱 뜨겁게 했다.

하지만 이들과 보낼 시간도 없거니와 민간인이 시비를 걸면 어찌해야 하는지 아직 배우지 못한 그녀는 정신감응으로 리오에게 물었다.

[사내 네 명이 날 노리갯감으로 쓰려 하는군. 어찌하면 좋겠나?]

[대충 밀치고 빠져나오십시오. 시간이 촉박합니다.]

[아, 대충 밀치면 되는 것이군.]

[예, 그러니까…… 아, 잠시만!]

리오가 미처 말을 꺼내기도 전에 한 남자의 비명 소리가 시장을 덮은 천막 위를 지나갔다. 비명을 지른 당사자는 출발지로부터 스무 발자국 밖에 있는 과일 노점상에 처박혔다.

갑작스런 상황에 놀란 사내들은 두 주먹을 우둑우둑 풀며 다가오는 하이엘바인의 모습을 넋 나간 얼굴로 바라봤다.

"당장 저 남자를 데리고 사라져라. 그리고 다시는 부녀자들을 욕되게 하지 마라."

두려움에 혼란스러웠던 사내들의 눈빛이 하이엘바인의 그 태도로 인해 광기로 돌변했다.

사내들이 부대에서 몰래 가지고 나온 단검들을 뽑아 들었다.

"이 계집이 감히 어디서!"

머리를 완전히 밀어버린 사내가 단검을 거꾸로 쥐고는 하이엘바인의 목덜미를 내려찔렀다. 그러나 칼날은 솜털이 생생한 그녀의 목을 꿰뚫기는커녕 무쇠에 부딪친 듯 댕강 부러져 튕겨 나갔다.

"어……?"

"말로 해선 안 될 놈들이로군."

하이엘바인은 위아래로 모은 두 손을 사내들 쪽으로 뻗었다. 사내들이 바늘에 찔린 것처럼 몸을 꿈틀하더니 갑작스런 멍한 느낌에 못 이겨 무기를 떨어뜨렸다. 벌어진 입에선 맑은 침이 주르륵 흘렀다.

"너희들의 뇌신경을 조작했다."

"뭐?"

"이제 무엇을 봐도 성욕을 느낄 수 없을 것이야."

"뭐? 자, 잠깐! 무슨 말이야! 우리가 왜 이런 짓을 당해야 돼!"

그들이 머리를 쥐어짜며 고함을 질렀다. 그녀의 말이 농담이 아님을 이미 신체적으로 느꼈기 때문이다.

"너희들에게 농락당한 부녀자들도 분명 그렇게 생각했겠지. 죽을 때까지 치욕을 안고 살아가라."

하이엘바인의 모습이 그들의 눈앞에서 홀쩍 사라졌다.

"아!"

사내들은 다시금 비명을 질렀으나 하이엘바인은 다시 돌아오지 않았다.

건물 옥상으로 올라가 그들의 시야에서 벗어난 하이엘바인은 천사들의 느낌을 쫓아 징검다리 건너듯 건물들 사이를 빠르게 뛰었다.

그녀의 머릿속 한구석에서 리오의 목소리가 울렸다.

[의외로 잔인한 분이시군요.]

[내가 직접 죽음을 선사했다면 그들로서는 오히려 큰 영광이겠지. 그보다 천사들과의 접촉까지 앞으로 10초 정도 남았네.]

[다른 기운은 느껴지십니까?]

[천사는 두 명. 바로 뒤쪽에 '적'의 기운이 미약하게 느껴지는군.]

[접촉 예상 지점에 사람들은 존재합니까?]

[실내에만 있는 듯하네. 아니, 잠깐. 사람 다섯 명 정도가 그쪽으로 가고 있네. 성인 둘에 아이 셋. 아무래도 부부가 아이들을 데려가는 것 같군.]

[사람들이 느끼지 못하는 선에서 훼방만 하십시오.]

[그러지.]

하이엘바인은 도로를 내려다보며 건물 위를 달렸다. 인적이 드문 밤거리의 위쪽에서 부부 한 쌍이 어린 자매 셋을 데리고 아래쪽으로 이동하고 있었다. 반대로 아래쪽에선 샛노란 금발의 어린아이 두 명이 공포에 질려 위쪽으로 뛰고 있었다.

그 두 명이 '목표물'이었다.

가족들의 눈엔 보이지 않았지만 하이엘바인의 눈에는 금발의 꼬마들을 굶주린 짐승처럼 뒤쫓는 검은색의 물체가 뚜렷이 보였다.

꼬마들이 가족을 스치고 달렸다. 검은색의 물체도 그들의 옆을 지나갔지만 가족이 본 것은 역시나 금발의 꼬마들뿐이었다.

남편만큼이나 팔뚝이 두툼하고 살집이 많은 부인은 금발이 복슬복슬한 꼬마들의 뒷모습을 보고 빙긋 웃었다.

"어딜 저렇게 바삐 뛰어가는 걸까요?"

"하하, 아무튼 인형처럼 예쁜 아이들이구려."

"예, 정말……."

순간 기왓장 하나가 길바닥에 퍽석 떨어졌다. 남편과 부인, 그리고 그들의 아이들은 놀라 걸음을 멈췄다. 금발의 꼬마들도 잠시 뛰는 것을 멈췄다가 다시 내달렸다.

"뭐, 뭘까요?"

"모르겠소. 저 집이 좀 낡아 보이긴 하는데……."

문제는 그다음이었다.

꼬마들을 뒤쫓듯 기왓장들이 와르르 떨어져 내렸다. 그 초자연적인 현상에 기겁한 남편과 부인은 아이들과 함께 비명을 지르며 뛰었다.

"유, 유령이다! 유령이야!"

"꺄아아악!"

일가족이 거리 저 끝으로 사라진 직후 여러 능력을 동원하여 기왓장을 떨어뜨리던 하이엘바인은 무조건 뛰기만 하는 꼬마들 앞으로 뛰어 착지했다.

하이엘바인의 미행을 전혀 눈치채지 못했던 꼬마들은 파란색에서 황금색으로 변하는 하이엘바인의 눈동자를 보자마자 너무 놀란 나머지 동시에 넘어져 바닥을 굴렀다.

시커먼 파도가 도로에 깔린 어둠 속에서 무섭게 일어났다. 그대로 모두를 덮칠 기세였다.

하이엘바인이 손바닥을 내밀었다.

그녀가 리오에게 꾸중을 들은 끝에 잡아낸 적정 한도의 힘이 황금색 빛으로 바뀌어 우산처럼 퍼졌다.

그 힘에 부딪친 검은색 물질이 불에 닿은 양초처럼 지글지글 끓었다. 급기야 구멍까지 뚫리자 그 물질은 뒤로 빠르게 물러난 뒤 하이엘바인의 눈치를 살피며 꿈틀거렸다.

하이엘바인은 두 팔을 펼치고 반원을 그리듯 휘저으며 아까 방출했던 자신의 기운을 수습했다. 팔의 움직임을 따라 황금빛의 잔상이 흔들거렸다.

그녀는 수습한 기운을 몸속에서 압축시켰다. 꾸물거린다고 해서 봐줄 상대가 따로 있다는 것 정도는 그녀도 구분할 수 있었다.

그녀가 공격할 의지를 계속 드러내자 그 검은 물질도 잔뜩 긴장했다.

그때, 어떤 집의 옥상에서 웃음소리가 들렸다.

"쌍둥이의 부하로군."

"우리 영역을 침범한 것도 모자라 저런 귀찮은 상대를 끌고 오다니, 네놈들의 무능력함에 어이가 없구나."

말을 한 존재들은 적황색 갑옷을 입은 건장한 체구의 남자들이었다. 하이엘바인은 그 옷차림이 무엇을 뜻하는지 알고 있었다.

'멸망의 사슬단?'

남자들의 등판과 가슴팍이 찢어지며 피가 뿜어졌다. 피가 빠져나온 그 구멍들로부터 검은색 물질이 대량으로 쏟아졌다.

"지시가 있었으니 도움을 주마, 동포여."

그것들이 하이엘바인 앞에 있는 검은 물질 쪽으로 빠르게 움직였다. 적은 서로 결합한 만큼 덩치가 급격히 부풀어 올랐다.

뭉클거리기만 하던 덩어리가 특정한 형태를 만들었다.

육체는 도마뱀 같으면서도 훨씬 더 강인했고 표피는 갑옷과도 같았다. 등 뒤에서 솟아난 두 장의 커다란 날개는 형태부터가 호전적이었다.

그 기이한 짐승의 머리까지 완성되자 하이엘바인의 뒤쪽에서 서로를 꼭 껴안은 채 지켜보던 천사들이 더욱 겁에 질렸다.

"드, 드래곤!"

"용족이다!"

검게 지글거리는 드래곤이 입을 벌리고 포효했다. 벌어진 입속에선 화염이 빨갛게 타올랐다.

적에게 집중한 하이엘바인의 황금색 눈동자가 더욱 밝게 빛났다.

[적이 용족의 모습으로 탈바꿈했네.]

[드래곤의 정보를 이용한 것 같군요. 크기는 어느 정도입니까?]

[그리 크지 않네. 어깨 높이가 자네와 비슷하군.]

[그렇다면 주민들이 눈치채기 전에 처리하십시오.]

[알겠네.]

검은색의 가짜 드래곤이 불의 숨결을 토하기 위해 기운을 모은 한편, 하이엘바인이 자신의 힘을 조금 더 증폭시키며 천사들을 돌아봤다.

"여기에 가만히 있도록 해라. 금방 처리하고 오마."

"예?"

놀란 천사들의 시선에서 하이엘바인이 사라졌다.

그녀가 남긴 금색의 잔상은 드래곤의 턱 밑에서 멈췄다. 두 손으로 드래곤의 턱을 움켜쥔 하이엘바인은 자신에게 허락된 힘의 한도 내에서 팔을 움직였다.

드래곤의 목이 우지끈 꺾였다. 이상한 광채를 내던 가짜 드래곤의 눈이 하얗게 뒤집어졌다.

고대의 발키리는 그것도 모자랐는지 두 손으로 드래곤의 위턱과 아래턱을 붙잡아 강제로 젖혔다. 그녀의 괴력에 밀려 탈골된 드래곤의 입에선 더 이상 화염이 올라오지 않았다.

갑작스레 들린 괴성에 집에서 쉬던 사람들이 하나둘씩 문을 열고 밖을 살폈다. 하지만 그들의 눈에 보이는 것은 하늘 위를 쳐다보고 있는 금발의 꼬마들뿐이었다.

그들을 보기가 안쓰러웠는지 노파 한 명이 목소리를 높였다.

"얘들아, 바람이 추우니 어서 집으로 들어가렴!"

하지만 꼬마들은 정신 나간 사람처럼 하늘에서 눈을 떼지 못했다. 노파는 정신 나간 아이들이라 생각하며 혀를 몇 번 찬 뒤 집으로 들어갔다. 다른 사람들도 다시 문을 닫았다.

그 꼬마 천사들은 밤하늘 속에서 벌어지고 있는 활극을 도저히 믿을 수 없었다.

하이엘바인에게 붙들려 하늘로 끌려 올라간 가짜 드래곤은 황금색의 무수한 주먹세례를 이기지 못하고 굵은 소나기에 맞은 진흙마냥 넝마가 되고 있었다.

적을 적당히 두들긴 하이엘바인은 목뼈가 바스러진 드래곤의 목을 붙든 뒤 오른손을 뒤로 당겼다. 황금색의 기운이 그녀의 팔을 타고 날카롭게 회오리쳤다. 그 상태로 끝장내려는 생각이었다.

그러나 그것은 하이엘바인의 실수 아닌 실수였다. 그녀의 오른손에 힘이 집중되면서 왼손의 힘이 약해지자 렘런트는 다시금 형태를 풀어 땅으로 주르륵 쏟아졌다.

움찔한 하이엘바인은 아깝다는 듯 눈살을 찡그린 뒤 적의 앞쪽에 착지했다.

"끈질기구나."

중얼거린 렘런트가 꿈틀거렸다.

"맨손으로는 우리를 이길 수 없다."

렘런트의 말에 하이엘바인의 표정이 더욱 살벌해졌다.

"죽어야만 정신을 차릴 놈들이군."

"뭐라고?"

의아해하는 렘런트 앞에서 하이엘바인이 자세를 바꿨다. 주먹을 편 그녀는 느린 음악을 연주하듯 팔을 고요하게 움직였다. 살짝 굽힌 그녀의 손가락 사이로 베어 잘린 공기의 시체가 아지랑이처럼 흐늘거렸다.

"집중된 기력은 구름도 베어 가른다. 그것이 몸싸움의 기본!"

뒤에서 벌벌 떨던 천사들이 그 말에 놀라 서로를 봤다.

[기본이었습니까?]

정신감응을 통해 들려온 리오의 목소리엔 황당함이 섞여 있었다.

[아니었나?]

[구름까지는 좀…….]

[아, 그럼 말을 좀 고쳐야겠군.]

[됐으니 놈부터 잡으십시오.]

헛기침을 한 번 내뱉은 그녀는 황금색으로 빛나는 두 손을 휘저어 자세를 잡은 뒤 적을 노려봤다.

"적이여, 각오하라!"

그녀가 또다시 잔상을 일으키며 움직였다. 진흙 덩어리마냥 꿈틀거리던 까만색 렘런트가 고슴도치처럼 몸 전체를 가시로 도배했다.

검은색 가시들과 하이엘바인의 다섯 손가락이 충돌했다.

가시들이 후두둑 잘려 아래로 떨어지자 렘런트는 다급히

가시들을 거두고 몸을 다시 물컹하게 만들었다. 그러나 하이엘바인의 손을 피할 수는 없었다.

하이엘바인의 두 손이 적의 몸을 사정없이 난도질했다. 지켜보는 천사들의 눈엔 그 손이 너무도 빨랐다. 휘젓는 팔의 잔상이 꼭 밝게 빛나는 날개처럼 보였다.

이윽고 그녀의 두 팔이 멈췄다.

난도질당한 렘런트의 몸이 젤리처럼 바닥에 흩어졌다. 괴물은 다시 뭉쳐 원래의 부피를 회복하려 했으나 단면에 파고든 하이엘바인의 기운이 합체를 방해했다.

"어, 어째서……?"

당황하는 렘런트들의 위쪽으로 하이엘바인이 오른손을 치켜든 채 뛰어올랐다.

"이미 죽었기 때문이다!"

그녀가 렘런트 위에 착지하며 오른손을 내렸다. 원형으로 넓게 퍼진 황금색의 기운이 렘런트의 조각들을 날카롭게 훑었다.

잠깐의 경직 후 조각들이 힘을 잃고 모래 알갱이처럼 탈색되어 흐트러졌다.

싸움을 마친 하이엘바인은 기운을 거두고 천사들에게 다가갔다. 황금색의 눈동자가 파란색으로 돌아왔다.

"다친 곳은 없느냐?"

"어, 없습니다. 덕분에 목숨을 건졌습니다."

하이엘바인은 불안해하는 둘의 앞에 다리를 굽혀 앉은 뒤 그들의 금발을 만져 주었다.

"걱정하지 마라. 나와 함께 있으면 아무 일도 없을 거다."

하지만 천사들의 표정은 여전히 어두웠다.

그들이 계속 불안해하자 하이엘바인의 표정도 흐려졌다.

"왜 그러느냐?"

"사용하시는 힘이…… 인간의 것과는 다르군요. 어디서 온 분이십니까?"

그 질문에 하이엘바인이 다시 웃었다.

"난 이곳을 여행하던 고대의 신족이란다."

"예?"

천사들이 서로에게 눈치를 줬다.

"그, 그렇다면 윗분들께 보고해야 합니다."

"보고? 아, 부탁이니 오늘의 인연을 봐서라도 그것만은 피해주려무나. 난 그저 조용한 여행을 바랄 뿐이란다."

하지만 천사들은 의아해하는 하이엘바인으로부터 뒷걸음질쳤다.

"인연은 우연! 그리고 우연은 우연일 뿐! 교화(敎化)와 보고는 저희 하급 천사의 임무입니다!"

둘이 손을 잡고 눈을 크게 떴다. 사람과 다를 바 없던 천사들의 머리 위에 흰색의 고리가 떠올랐다.

하이엘바인은 그것이 그들의 교신 방식이라는 것을 눈치

챘지만 때는 이미 늦은 상황이었다.

최하급 천사의 행동양식과 위장 방법. 그리고 목격자가 발생하면 멸살하라는 리오의 조언.

그 모든 말의 의미를 깨달은 하이엘바인은 즉각 천사들을 제압하려 했으나 그녀는 인간의 어린아이와 하등 다를 바 없는 그들의 외모 앞에 행동을 주저했다.

어린아이의 외모를 가진 천사를 주먹으로 두드려 없애는 것은 아스가르드 전사의 명예를 중시하며 살아온 그녀에게 있어서 대단히 어색한 일이었다.

그녀의 주먹은 결국 천사들의 코앞에서 멈췄다.

그런 행동을 꾸짖듯 보라색의 섬광이 하이엘바인의 코앞에서 크게 휘어졌다. 뒤이어 하얀색으로 빛나는 액체가 당황한 그녀의 눈앞에서 터졌다.

천사들의 하얀 피를 온몸에 뒤집어쓰며 주저앉은 하이엘바인은 머리를 잃고 쓰러지는 천사들을 멍청하게 바라봤다.

천사들의 목을 날린 칼날이 어둠 속에서 움직였다.

"선신계 천사들의 행동양식은 지금 체험하신 대로 매우 기계적입니다."

검을 거두며 어둠 속에서 걸어나온 리오는 검은색 빛이 흐르는 마법으로 천사들의 육체와 피를 완전히 소거했다. 당황하는 기색이 전혀 없는, 아이가 흘린 과자 부스러기를 치우는 부모처럼 태연한 움직임이었다.

그는 미리 준비한 수건을 하이엘바인에게 내밀었다.

"이것으로 정리하시죠."

하지만 그녀는 반응이 없었다. 리오가 눈앞에서 수건을 두어 번 흔들어 자극을 줬지만 멍하니 풀린 그녀의 눈동자는 움직이지 않았다.

결국 그는 하이엘바인의 앞에 앉아 수건으로 그녀의 머리카락을 살살 훑었다. 하얗게 빛나는 천사의 피가 수건에 스며들어 단순한 직물에 불과한 수건을 마법의 도구처럼 빛나게 만들었다.

가만히 있던 하이엘바인이 움직인 것은 수건이 얼굴에 닿을 무렵이었다.

"자네, 이렇게 될 것을 알고 있었나?"

그녀가 묻자 리오는 고개를 끄덕거렸다.

"최하급 천사에게는 그 어떤 타협도 통하지 않지요. 녀석들이 교신에 성공했다면 상급 천사가 내려와 정밀 조사를 했을 겁니다. 그다음의 일은 굳이 말씀드리지 않아도 아시겠지요?"

"그럼 진작 나에게 말을 하지 그랬나?"

"말을 해서 될 일이었다면 했겠지요."

리오는 오딘의 밑에서 수련을 하면서 옛 신계와 현재의 신계가 어느 정도의 차이를 갖고 있는지 체감했다. 옛 신계의 입장으로 보자면 선신계 천사들의 외모와 행동양식은 비열함에 가까웠다.

하시만 하이엘바인은 그 비열함을 모르고 있었다.

신계의 세대 차이라는 것이 직접 체험하지 않고서는 모르는 문제임을 알고 있는 리오는 위험을 각오하고 하이엘바인에게 일을 맡겼다. 현재 돌아가는 상황이 자신의 예상보다 급박했기에 하이엘바인 스스로도 어느 정도 대처할 수 있게끔 하는 것이 낫겠다는 판단이었다.

하이엘바인이 머리를 흔들었다.

"이해할 수 없네. 이들에겐 목숨을 구해준 은혜조차도 가치가 없단 말인가?"

"이들은 규칙 앞에선 자신의 목숨에 대한 가치조차도 망각하는 존재랍니다."

"그래도…… 자네까지 저들을 기계처럼 부술 필요는 없지 않나?"

리오는 그녀의 얼굴을 마저 닦아줬다. 정성스러움이 그녀의 부드러운 살결을 꼼꼼히 지나갔다.

"저를 기계로 보셨다면 좀 아쉽군요. 전 그냥 익숙한 것뿐입니다."

"익숙하다고?"

"녀석들을 한 세 번 정도 구해준 적이 있는데, 세 번 모두 제 뒤통수를 치고 상부와 교신을 하더군요."

"우연은 우연이라고 하면서?"

"그렇죠. 마지막에 당할 때는 탈곡기에 거꾸로 넣고 갈아 버리고 싶을 정도로 화가 났죠."

말은 과격했지만 리오의 미소는 어딘지 모르게 시원한 것이 매력적이었다.

"그 사건 후엔 호두까기 인형과 최하급 천사들을 구분하기가 어려워지더군요."

그는 하이엘바인의 얼굴 이곳저곳을 살핀 뒤 수건을 건네줬다.

"제가 몸까지 손을 댈 만큼 파렴치하지는 못하니 부디 일어나시지요."

"아……."

그가 자신의 머리와 얼굴을 닦아줬다는 사실을 그제야 깨달은 하이엘바인은 자책감에 눈을 감으며 수건을 받아 들었다.

길 저편에서 인기척이 들리자 둘은 서둘러 근처 건물의 옥상으로 뛰어올라 갔다.

하이엘바인이 옷과 갑옷에 묻은 천사의 피를 닦는 한편, 리오는 옥상 난간을 두 손으로 짚은 채 다른 곳에 가만히 시선을 뒀다. 나름대로의 배려였다.

하이엘바인은 그의 뒷모습을 보는 것조차도 미안했다.

"그래도 천사들의 정보가 넘어가지 않은 것이 다행이군."

그녀는 희망을 섞어 얘기했지만 리오의 반응은 어깨를 으쑥이는 것으로 시작됐다.

"아마도 넘어갔을 겁니다."

그 말에 갑옷을 닦던 하이엘바인의 손이 멈췄다.

"넘어갔다고?"

"천사들의 무리 중 하나가 분명히 당했을 겁니다. 그렇지 않고서는 이들이 이렇게 조직적인 회피를 할 리가 없습니다."

하이엘바인은 이곳에 내려오기 전에 '선신계 천사의 조직적인 회피'라는 말을 들은 적이 있었다. 하지만 그 개념에 대해서는 완전히 이해하지 못했다.

그녀에게서 아무런 소리도 들리지 않자 리오는 돌아서서 그녀를 봤다.

"천사들의 이동 경로를 기억하십니까?"

"자세히는 기억나지 않지만 사방팔방으로 흩어진 것까지는 기억하네."

리오는 설명에 앞서 팔짱을 꼈다.

"최하급 천사들은 감지 능력이 형편없기 때문에 정체를 모르는 적이 나타나면 일단 사방으로 도망칩니다. 누구 하나라도 살아남아서 상황을 보고하기 위함이지요. 제가 아는 규칙상 상황 발생 이후 안전을 확보한 천사는 즉시 보고에 들어갑니다. 위험이 계속되면 회피와 은신이 계속되지요."

"동료들의 안전은 걱정하지 않고?"

"자기 목숨조차 귀중하게 여기지 않는 녀석들이라고 말씀드렸지요?"

하이엘바인은 우울감에 한숨을 쉬었다.

'전쟁터에서 당당히 싸우는 것이 더 쉬운 일이로군.'

그런 생각을 하며 옷을 계속 닦던 그녀가 문득 리오를 다시 봤다.

"레나는 혼자 두고 나왔나?"

"일부러 두고 왔습니다."

그가 자르듯 말하자 그녀의 은색 눈썹에 무게가 실렸다.

"괜찮겠나? 자네가 직접 이름까지 붙여준 아이가 아닌가?"

"예. 이번 일에 딱 어울리는 이름을 붙여줬지요."

하이엘바인의 눈은 밤에도 밝았다. 아주 약간 과장하자면 달빛조차 없는 어둠도 대낮처럼 밝게 볼 수 있다. 그런 그녀의 눈에 리오의 감정적인 표정이 선명하게 들어왔다.

"가장 미련이 남지 않는 이름을 생각해 봤는데, 당장 떠오르는 이름이 그것뿐이었죠."

"미련이 남지 않는 이름?"

"저에게도 이런저런 사연이 있답니다."

가볍게 말을 돌린 리오는 그냥 웃기만 했다.

천사의 피를 모두 정리한 하이엘바인은 자신의 힘으로 수건을 소멸시켰다. 더불어 다시는 이런 실수를 하지 않겠다고 맹세했다.

"일정을 빨리 진행해야겠습니다. 혹시라도 천사들이 보고를 했다면 선신계에서 이 세계의 시간으로 몇 시간 안에 중급이나 상급의 천사들을 내려보낼 겁니다. 주체할 틈이 없습니다."

"알았네."

"그럼 여관으로 가시지요."

리오는 지체없이 그녀를 데리고 여관으로 갔다.

그들이 나가는 모습을 보지 못한 점원의 시선을 받으며 자신들의 방으로 향한 둘은 방문을 열자마자 그 자리에 멈췄다.

방은 조용했다. 리오가 나가기 전에 켜둔 등불만이 외롭게 빛을 발할 뿐, 레나의 모습은 어디에도 보이지 않았다.

"예상대로 됐군요."

리오는 팔짱을 끼고 한숨을 쉬었다.

하이엘바인은 레나가 쓰기로 했던 침대를 바라봤다.

"역시, 그 아이는……."

푹 가라앉은 그녀와 달리 리오는 별일 아니라는 얼굴이었다.

"생각 안 한 경우가 아니니 심려치 마십시오."

"하지만……."

"하이엘바인님의 탓이 아닙니다."

"그걸 묻는 게 아닐세!"

하이엘바인이 터뜨리듯 말했다. 리오는 짐을 싸던 손을 멈추고 일어나 그녀를 봤다.

"죄송합니다. 말씀하십시오."

그녀가 어렵게 물었다.

"자네, 정말 괜찮겠나? 아무리 미련이 남지 않는 이름이라고는 하나……."

무슨 말이 나올까 걱정했던 리오는 조금 뒤 홀리듯이 웃었다.

"전 괜찮습니다. 하이엘바인님께서도 이제 편히 주무십시오."

하이엘바인은 더 이상 아무 말도 꺼낼 수가 없었다.

*　　　*　　　*

레나는 혼자서 도시 북쪽으로 향하는 길목을 걷고 있었다.

깜깜한 밤을 홀로 걷는 상황이었지만 그 작은 소녀의 발걸음에서 두려움을 찾을 수는 없었다. 눈빛 또한 강했다.

그녀 앞에서 진홍색의 돌풍이 일어났다. 바람을 헤치며 나타난 악마 케롤은 턱시도의 옷깃을 칼날처럼 만지며 싱긋 웃었다.

"웃훙! 오랜만이야, 귀여운 아가씨. 혼자 어딜 가는 거지?"

발걸음을 멈춘 레나는 묵묵히 그를 바라보기만 할 뿐 대답이 없었다.

"후훙, 내가 별로 반갑지 않은가 보네?"

케롤이 빙그레 웃으며 손을 내밀었다. 어느 순간 나타난 붉은색 낫이 레나의 작은 턱을 톡톡 두드렸다.

"내 윗분들께서 너를 꼭 만나고 싶어하서. 그러니 싫어도 날 따라와야 할 거야."

레나가 그를 물끄러미 봤다.

"당신, 얼마나 강한 악마지? 저번에 여관에서 맞고 날아갈 때는 별 볼일 없어 보였는데?"

귀여움이 사라진 냉엄한 어투였다. 하지만 케롤은 그다지 놀라지 않았다.

"우후후후, 그때 역시 깨어 있었네? 내 힘에 대한 것은 왜 물어볼까? 인간의 소녀들이 꿈꿀 만한 힘은 아닐 텐데?"

대답 대신 소녀의 더벅머리 그늘 밑으로 한 쌍의 하얀색 안광이 퀭하게 빛났다. 뒤이어 그녀의 온몸에서 붉은색의 빛이 번졌다. 리오를 만난 이후 단 한 번도 전개된 적이 없었던 렘런트의 기운이었다.

케롤은 그럴 줄 알았다는 듯 앞머리를 손가락을 튕겼다. 그것을 신호로 망토와 후드로 몸을 단단히 가린 악마들이 대형 낫을 든 채 그의 좌우에 우르르 나타났다.

미소를 지은 케롤이 레나의 목에 댄 낫을 뒤로 물렸다.

"대비는 미리 해야겠지?"

그의 목과 얼굴에 검은색의 문신이 가시나무 덩굴처럼 떠올랐다. 투명하던 뿔테 안경의 렌즈도 안쪽에 비치던 케롤의 황색 눈동자가 보이지 않을 만큼 빨갛게 달아올랐다.

"사상의 차단!"

밤의 어둠이 더욱 짙어졌다.

케롤이 방금 차단시킨 사상(事象)이라는 것은 관찰이 가능한 모든 사물과 현상을 의미한다. 어찌 보면 절대에 가까운 그 은폐 공간 속에서 케롤은 자신이 불러낸 악마들과 함께 레나를 둘러쌌다.

"우후후, 이제 널 구해줄 수 있는 사람은 없어."

"……."

케롤이 검지와 중지를 모아 붉은색 렌즈의 안경을 고쳐 썼다.

"나의 리오님께서 너를 그냥 감시한다고만 생각했지? 사실이긴 한데 보호도 하긴 했어. 누구로부터? 바로 나로부터! 우후후후!"

웃음소리가 더욱 높아졌다. 레나는 계속되는 케롤의 그 기이하고 위협적인 모습에도 불구하고 표정 하나 흐트러뜨리지 않았다.

오히려 뭔가를 기대하는 듯한 눈빛이었다.

CHAPTER 06
신들의 숙명

리오, 그리고 하이엘바인을 만난 다음날.

도시의 귀족이자 민병대의 리더인 리즈는 이른 아침부터 공작의 성에서 공작과 면담하고 있었다.

공작, '세브리노 록펠'은 사실 리즈는 물론 리즈의 아버지와도 각별한 사이였다. 그런데도 불구하고 세브리노 공작은 탐탁잖은 얼굴로 리즈가 가져온 서류를 살폈다.

"어제 하루 동안 서른 명을 넘게 붙잡았군."

"부하들이 고생을 했습니다. 도와주신 분도 계셨지요."

서류를 탁자에 내려놓은 공작은 곰방대에 불을 넣었다. 얇은 곰방대로 연기를 즐기는 그의 깡마른 모습이 그림처럼 균형미를 이뤘다.

"다들 미처 돌아가고 있네."

공작의 말에 리즈가 찻잔을 들려다가 다시 내렸다.

"연합군이라고 모아놓은 병사들은 식량만 축내고 있을 뿐만 아니라 도시 사람들에게 행패를 부려대고 있네. 지휘 권한이 나에게 있었다면 놈들의 아랫도리에 못을 박아버렸을 게야."

그는 어젯밤 병사 몇 명이 성불구자가 되어 발견됐다는 보고를 떠올리며 싱긋 웃었다.

리즈는 우왕좌왕했다. 그가 듣고 싶은 이야기는 그런 사회적인 문제가 아니라 민병대의 허가 여부였다. 하지만 리즈는 공작의 말을 끊고 자신의 목소리를 낼 수 있을 만큼 강인한 성격이 아니었다.

그것을 알고 말을 돌렸던 공작은 죽은 친구의 아들을 계속 괴롭히기가 미안했는지 서류를 검지로 톡톡 두드렸다.

"여기에 쓰인 것이 모두 사실이라 해도 민병대는 허가해 줄 수 없네."

"예?"

리즈는 다리에 힘이 풀렸다.

"하지만 공작님! 공을 세우면 민병대 창설을 허가해 주시겠다고 직접 말씀하지 않으셨습니까?"

"그랬지. 하지만 자네와 자네 부하들이 잡아온 놈들은 예전과 마찬가지로 전부 잔챙이들이야. 간부급은 없지. 나뭇잎을 실컷 턴다고 해서 나무를 자를 수는 없는 법일세."

리즈는 속이 울렁거렸다. 주먹을 바짝 쥔 그 오드아이 청년의 모습을 담배연기 너머로 지켜본 세브리노 공작은 리즈 쪽으로 몸을 들이밀었다.

"그 몸으로 괜찮겠나? 난 자네 아버지의 절친한 친구이자 자네의 기저귀를 갈아준 적도 있는 사람일세."

공작의 중요한 지적에 리즈는 입을 다물었다.

"자네의 그 왼쪽 눈이 자네의 인생을 바꿔놓은 것은 분명하네. 하지만 장애에서 벗어났다는 것에 만족하고 가문의 일에만 신경 쓰게. 그 눈은 위험하니까."

공작은 리즈의 그 왼쪽 눈, 은색 눈동자의 눈이 어떤 힘을 가진 물건인지 정확히 알지는 못했다. 다만 리즈의 가문을 일으킨 선조가 사슬에 봉인된 갑옷과 함께 발견한 물건이라는 사실과 리즈의 어머니가 그 물건을 남편의 허락 없이 써버렸다는 사실만 알고 있었다.

어릴 적, 리즈는 어머니와 함께 외가에 다녀오던 도중 불의의 사고를 당했다. 당시 도시 주변에서 날뛰던 도적단의 습격이었다.

둘을 호위하던 올리버의 아버지 잭스 클라이머는 도적들을 빠르게 정리했지만 도적들의 농간으로 인해 절벽 아래로 떨어지는 마차까지는 구하지 못했다. 둘 다 가까스로 목숨은 건졌지만 리즈는 왼쪽 눈을 잃었고 리즈의 어머니는 치명상을 입었다.

저택으로 옮겨진 리즈의 어머니는 닥쳐오는 죽음의 고통 속에 외눈이 되어버린 리즈를 지켜봤다. 그녀는 자신이 죽음을 피할 수 없으리라는 것을 알고 있었고, 리즈가 앞으로도 계속 한쪽 눈으로만 살아가야 한다는 것도 얼마 못 가 깨달았다.

그녀는 사고 소식을 접한 남편이 저택에 도착하기 몇 시간 전, 저택 식구들의 통곡 속에 세상을 떠났다.

리즈의 아버지는 부인의 죽음에 슬퍼하지 못했다. 실명되었다고 들었던 리즈의 왼쪽 눈이 은색으로 빛나고 있었기 때문이다.

공작이 말했다.

"자네는 그 왼쪽 눈을 얻은 이후 아무도 해석하지 못했던 저택 지하 벽면의 글자들을 자연스럽게 해석할 수 있었지. 그 내용은 너무나 불길했어. 젊은 신들의 반란, 옛 신들의 패배, 그리고 인간을 포함한 그 모든 생물의 재창조. 자네는 그것을 '라그나로크'라 칭했지."

그것은 리즈에게도 생생한 기억이었다.

세 번의 여름이 지나며 하늘을 흐리게 만들었다. 그 어둠은 끊이지 않는 세 번의 겨울로 이어졌고, 그로 인해 사람들은 태양을 볼 수 없어졌다. 다시 한 번 찾아온 세 번의 겨울로 인간의 대다수가 추위와 굶주림에 미쳐 서로를 죽인다.

리즈가 라그나로크라 해석한 글의 전조였다. 그것이 예언인지, 아니면 과거에 있었던 일인지는 리즈도 알지 못했다.

주변 사람들은 리즈가 그 글을 해석했다는 사실을 믿지 않았다. 그에게 부여된 왼쪽 눈 때문에 그의 정신이 이상해졌다고만 생각했다. 해석할 수 있는 사람이 리즈 한 명인 탓에 해석을 증명할 길이 없었기 때문이다.

그러나 그의 손에 클라라가 깨어나면서 분위기가 바뀌었다.

저택의 하인들은 불길하다는 말을 중얼거리며 하나둘씩 그곳을 떠났다. 얼마 뒤 리즈의 아버지와 올리버의 아버지가 나란히 세상을 떠나면서 저택에는 리즈와 올리버, 클라라, 그리고 올리버의 이야기를 듣고 고향에서 올라온 도로시만이 남게 되었다.

잠시 과거를 회상한 리즈는 고개를 저었다.

"공작님께서도 저의 왼쪽 눈이 저주의 씨앗이라고 생각하십니까?"

"아니. 난 그저 그 눈의 정체가 불확실하다는 것을 강조하고 있을 뿐이네. 더불어 자네를 심각하게 걱정하고 있네."

그가 탁자에 놓인 둥근 사기그릇을 연 뒤 곰방대의 담뱃재를 그 안에 털어냈다.

"난 자네가 자네 부친의 죽음 이후 단숨에 와해될 뻔했던 스타인 집안의 상거래 조직을 그 어린 나이에 바로잡는 것을 보고 정말 놀랐네. 자네 부친의 묘 앞에서 술을 마시고 춤을 추기까지 했지."

공작은 한숨을 쉬었다.

"난 자네가 세계 최고의 상인이 될 거라 믿어 의심치 않았네. 그런데 뜬금없이 민병대를 만들겠다고 찾아오더군. 그날 난 억장이 무너졌네. 그리고 자네 부친의 묘 앞에서 술을 마시고 울었지. 이제 확실히 말하겠네. 민병대 따위는 그만두게. 이건 경고이자 조언일세."

공작은 좋은 사람이다. 그리고 지금 자신에게 하는 말은 진심이자 의지였다. 리즈는 더 이상 방법이 없을 거라 생각했다.

그 이후 간단한 이야기를 생각없이 주고받은 리즈는 공작의 성을 터벅터벅 나갔다.

밖에서 그를 기다리던 올리버와 도로시는 리즈의 그런 모습을 보고 일이 잘못됐음을 직감했다. 가녀린 얼굴의 리즈는 그들을 보며 애써 웃었으나 마음속에는 빠져나갈 곳을 잃은 분노가 소용돌이쳤다.

"도련님."

올리버가 다가왔다. 새의 둥지처럼 정돈을 거의 못한 그의 황갈색 머리카락이 왠지 조급해 보였다.

"일은 어찌……."

리즈는 고개를 털듯 흔들었다.

"빌어먹을 늙은이!"

성문 앞에서 막말을 내뱉은 올리버를 주변의 병사들이 노려봤다. 한 살 어린 동생의 입을 손으로 밀듯 틀어막은 도로시는 특유의 음침한 눈빛으로 그들에게 고개를 숙여 사과했다.

"저택으로 돌아가자."

리즈가 말했다.

"일단 모두에게 알려야 할 것 같아."

올리버가 눈을 한없이 부릅떴다. 그는 리즈가 무엇을 알리고 싶어하는지 알고 있었다.

도로시는 올리버의 입을 막고 있는 손을 봤다. 꽉 감은 올리버의 눈에서 흘러나온 눈물이 그녀의 손등을 따라 움직이고 있었다.

도로시는 동생의 입에서 손을 떼고 손수건으로 그의 눈을 꾹꾹 닦아주었다.

올리버는 아버지를 여읜 이후 오로지 리즈가 원하는 것을 이뤄주기 위해 열심히 검을 휘둘렀다. 그런데 그는 최근 종종 맥이 빠져 쉬는 일이 잦아졌다.

열심히 한다고 했지만 되는 일이 하나도 없었다. 덕분에 입맛도 잃은 지 오래였다. 리즈도, 도로시도 말을 하지 않았을 뿐 심정은 그와 똑같았다.

셋은 성 밖에 세워둔 마차로 유령처럼 걸어갔다.

*　　*　　*

리오는 지난밤 레나가 사라진 이후부터 오래간만에 푹 쉴 수 있었다.

늦잠을 잤을 뿐만 아니라 지금은 항상 묶고 있던 머리채까지 푼 채 잠에서 헤어 나오지 못했다.

몸을 맡긴 곳이 돌로 된 스탠드임에도 불구하고 그의 숨소리는 고요했다.

한편, 어제 도시 정문에서 유인물을 돌리던 갈색 피부의 소녀 루파는 마구간에서 가장 깨끗한 백마를 데리고 훈련장으로 나왔다.

"이 녀석으로 괜찮으시겠습니까요?"

"음, 아주 좋구나."

루파는 능숙한 자세로 안장에 오르는 하이엘바인의 모습에 휘파람을 불었다.

마상전에 자신있다는 하이엘바인의 얘기에 루파가 특별히 서비스를 해준 상황이었다.

말의 고삐를 잡은 하이엘바인은 즐겁게 말을 몰았다. 총총 걷던 말이 제자리에서 빙글 회전하더니 다리를 좌우로 벌리고 양옆으로 비틀거렸다.

말의 다리 힘이 빠지거나 하이엘바인의 허술함에서 비롯된 게 아니었다. 그것은 마상전의 묘기 중 하나인 속임수 동작이었다.

급기야 말이 다리를 교차하며 마치 게처럼 옆으로 달려갔다. 말이 오늘 처음 등을 허락한 사람과 그렇게까지 호흡을 맞추는 것은 실로 놀라운 일이었다.

"하하, 좋은 아이로구나."

하이엘바인이 말의 목을 쓰다듬었다.

거기까지만 봐도 실력을 의심할 필요는 없었다. 그러나 루파는 하이엘바인의 실력을 좀 더 보고 싶었다.

"무기는 어떤 것을 주로 사용하십니까요? 여기서 골라보세요."

그녀가 무기 진열대를 가리켰다.

하이엘바인은 쇼핑을 하러 나온 아가씨처럼 무기 진열대를 살폈다.

"이것이 내가 쓰던 무기와 그나마 비슷하구나."

그녀가 고른 것은 규격 이상으로 큰 도끼창이었다. 실전용 무기가 아니라 행사용에 가까운 물건이었기에 루파는 조금 어이가 없었다.

'묘기만 부려보셨나? 저렇게 무식한 무기로 뭘 어쩌시겠다는 거지?'

루파의 눈빛에서 불신을 읽은 클라라는 불쾌감에 눈을 부릅뜬 뒤 화단으로 올라가 큼지막한 돌멩이를 집어 들었다.

"전투!"

그녀가 하이엘바인을 향해 돌을 던졌다. 엄청난 속도로 날아간 돌은 탁한 소리를 내면서 도끼창의 날에 맞아 깨졌다.

도끼창을 한 손으로 휘둘러 돌을 격추시킨 하이엘바인은 클라라를 향해 왼손을 팔랑팔랑 흔들었다. 클라라는 엄지를 자랑스레 펴 보였다.

진정한 묘기를 목격해 버린 루파는 장승처럼 그 자리에서 굳어졌다.

그것은 이곳에 처음 왔을 때, 클라라가 무식하게 큰 돌격창의 끝으로 어린아이가 가뿐히 쥘 만큼 작은 공을 유린하던 모습을 봤을 때만큼이나 충격적인 광경이었다.

젖은 동물이 몸을 털듯 고개를 마구 털어 정신을 집중한 루파는 훈련장 중앙에 나란히 놓인 허수아비들을 가리켰다.

"한번 최고 속도로 달리시면서 저 허수아비들을 쳐보시겠습니까?"

허수아비들은 통나무로 만든 뼈대에 밀짚을 두른 물건이었다.

고개를 끄덕인 하이엘바인은 말을 게걸음으로 움직여 허수아비들과 거리를 벌린 뒤 방향을 바꿔 전속력으로 말을 몰았다.

루파는 말을 모는 그녀의 모습에 일순간 정신을 빼앗겼다.

수축과 이완을 반복하는 말의 근육. 그 위에서 파랗게 빛나는 눈동자와 거울처럼 빛나는 은발.

그 아름다움의 끝이 도끼창이라는 흉기의 끝자락에서 마무리됐다.

허수아비들 간의 거리는 좁았다. 말이 가까스로 통과할 수 있을 만큼의 공간 정도만 존재했다.

하이엘바인의 첫 번째 공격이 오른쪽 허수아비의 몸통에 꽂혔다. 공격과 동시에 일어난 반동이 말의 중심을 크게 흐트러뜨렸다.

그 순간 하이엘바인이 고삐를 잡아당겼다. 말이 앞발을 들고는 빙글 돌아 땅을 밟았다. 도끼창 역시 그 궤도를 따라 허수아비의 머리 위에서 아래로 떨어졌다.

하이엘바인의 승마 기술과 말 스스로의 본능적인 균형 감각이 완벽한 조화를 이룬 신기(神技)였다.

오른쪽 허수아비의 몸통이 깔끔히 잘려 아래로 떨어졌다. 왼쪽 허수아비는 좌우로 나뉘어 각각 누웠다.

"우와, 정말 대단하십니다요!"

루파는 경외감에 박수를 쳤다. 클라라는 사람이 활짝 웃듯 초승달 모양의 눈빛을 한 채 두 팔을 흔들며 기뻐했다.

그런 상황에서도 리오는 잠에서 깨어나지 않았다. 그만큼 하이엘바인이 여태껏 문제가 됐던 힘의 조절을 잘했다는 뜻이기도 했다.

어젯밤, 레나가 사라진 뒤 하이엘바인은 더 이상 리오를 힘들게 하지 않겠다는 결심을 했다.

레나가 써야 할 침대를 비워둔 채 각자의 자리에 누웠지만 하이엘바인은 늦게까지 잠을 이루지 못했다. 엎드린 채 축 처져 자고 있는 리오의 모습이 너무나 쓸쓸하고 지쳐 보였기 때문이다.

무슨 일이 벌어지든 대수롭지 않게 처리한 후 그에 대해 자세히 설명해 주던 믿음직함은 어디에도 보이지 않았다. 그 자리를 대신하는 것은 오랜 싸움의 흔적뿐이었다.

그의 눈썹이 꿈틀거릴 때마다 하이엘바인은 가슴이 아렸다. 아버지 토르가 포로로 잡힌 채 고문당하던 모습을 지켜볼 때와 마찬가지였다.

자신의 부츠를 닦아주던 그의 모습이 떠오른 하이엘바인은 마음가짐을 새롭게 했다. 그 결심은 그녀를 크게 성장시켰다.

죽은 듯이 자던 그의 머리맡에서 두 명의 인기척이 났다.

"흥, 저 계집, 꽤 하네."

"아직도 기분이 안 풀리셨습니까요, 마리아님?"

"그럴 리가 있겠니? 날 감히 거머리 취급한 계집이라고!"

"딱히 틀린 말은……."

"이년이!"

여자 둘이서 재잘대는 통에 더 이상 쉴 수 없게 된 리오는 왼팔로 땅을 짚고 슬슬 일어났다. 어지간한 여성의 허벅지보다 두꺼운 그의 팔뚝이 가슴과 어깨 근육을 이끌고 꿈틀거렸다.

저 팔에 가득 채워진 피는 어떤 맛일까? 리오의 머리맡에선 두 명의 여성 중 한 명, 마리아의 머릿속이 끈적끈적한 식욕으로 뜨거워졌다.

리오가 머리를 묶으며 물었다.

"리즈는 아직 안 왔나?"

"공작님의 성으로 가셨으니 조금 있으면 돌아오실 겁니다
요."

갈색 피부의 아가씨 루파가 명랑하게 대답했다.

"그런데 어제보다는 표정이 좋아 보이십니다만?"

"잠을 푹 잤지. 역시 속풀이엔 잠이 좋아."

"술은 안 하십니까요?"

"즐기긴 않아."

어차피 취하지도 않는다. 리오가 씩 웃었다.

마리아가 목마를 타듯 그의 어깨에 앉고는 왼쪽 다리로 그
의 목을 감았다.

"꼬마는 안 데려왔네? 그 꼬마, 나랑 놀고 싶어서 안달이었
는데 말이야."

"어제 떠났어."

"떠나? 당신 가족이 아니었어?"

"좀 복잡한 사이지."

마리아의 진홍색 눈썹이 꿈틀 구겨졌다.

"당신이랑 저 여자, 정말 인간 맞아?"

"왜?"

"내가 흡혈귀라는 사실을 단번에 알아낸 것도 그렇고, 내
매료에 넘어가지 않은 것도 그렇고, 지금 저 여자가 펼친 무

예도 그렇고, 전부 이상하잖아? 비인간적이라고."

마리아의 하얀 피부는 차가웠다. 리오는 체온을 빼앗아가는 그 느낌이 싫었다. 어제처럼 스트레스로 폭발 직전이었다면 다리를 부러뜨리겠다며 협박을 했겠지만 지금은 그 정도로 심각한 상태는 아니었다.

그는 그냥 화제를 돌리기로 했다.

"넌 왜 리즈의 곁에 있지? 네 나이 정도면 아직 동족들에게 보호를 받아야 할 텐데?"

"뭐?"

마리아가 움찔했다. 무슨 얘기인지 전혀 모르는 루파는 눈만 깜박거렸다.

리오는 이제 그만 내려오라는 듯 마리아의 무릎을 손으로 툭툭 건드렸다. 슬그머니 다리를 내리고 옆에 앉은 마리아는 도도함을 잃은 얼굴로 리오를 쳐다봤다.

"우리 종족에 대해 알아?"

리오는 물론이라는 듯 어깨를 으쓱했다.

"순종 흡혈귀들은 의외로 약하지. 순종들에게 물려 탄생하는 변종들은 대부분 자신을 깨문 순종에게서 기술을 곧장 이어받기 때문에 처음부터 강하지만 순종들은 학습 기간과 성장 기간을 거치지 않으면 안 되거든. 이 정도면 됐나?"

마리아의 입이 저절로 벌어졌다.

"정말 잘 아네?"

"그럼 이제 네가 리즈의 곁에 있는 이유를 말해봐."

"저는 원래 도둑이었습니다요."

대답한 사람은 마리아가 아니라 루파였다. 마리아가 발끈하는 한편 리오는 부담스러울 정도로 진하게 웃고 있는 루파의 모습에 당혹감을 느꼈다.

"그래? 그럼 어쩌다가 이 저택에 들어온 거지?"

"처음엔 여기서 건질 게 없을까 하고 들어왔습죠."

루파가 씩 웃었다.

"그런데 클라라님께 붙잡혔답니다. 만월이 뜬 밤이라서 저도 나름대로 자신있었는데 정말 순식간에 깨졌죠."

"만월?"

"흡혈귀도 아시니 늑대인간도 아시겠죠?"

"아."

역시나 보통 사람은 아니었다.

"클라라님이 무지하게 강한 분이라는 것도 알고 있었습죠. 그래서 날짜랑 날씨까지 맞춰서 온 건데, 단 한 방에 날아가 버렸습니다요. 그땐 정말 죽는구나 싶었지만 리즈 도련님께서 저에게 손을 내미셨죠. 좀 더 의로운 일에 힘을 써보지 않겠냐고 하시면서 말씀입니다요."

"흠."

리오의 시선이 마리아 쪽으로 움직였다.

"그럼 너도 의로운 일을 하러 온 건가?"

진홍색 단발의 흡혈귀소녀는 고개를 픽 돌린 채 아무 말도 하지 않았다.

"아, 그보다 사슬단에 대한 정보를 얻어왔습니다요."

"정보?"

루파가 주먹을 불끈 쥐었다. 그녀의 팔뚝에 선이 가는 근육이 두드러졌다.

"사슬단 녀석들의 본거지를 알아냈습죠!"

리오는 어떻게 알아냈냐는 질문은 하지 않았다. 그녀가 왜 이런 타이밍에 그런 정보를 얻을 수 있었는지 대강 짐작했기 때문이다.

"어디라는데?"

"여기서 세 시간 정도 떨어진 곳에 작은 산이 있습죠! 거기가 녀석들의 본거지입니다요!"

"호오."

리오는 벨트에 달린 가방에서 지도를 꺼내 그곳 지형을 확인했다. 작은 산이라기보다는 높다란 계곡에 가까운 곳이었는데, 꽤 많은 인원이 숨어 지내기엔 적당했다.

"이번에야말로 쓸어버리는 겁니다! 하하하!"

"흠."

소리 높여 웃었던 루파는 리오의 한숨 소리에 기분이 식은 듯 인상을 구겼다.

"아, 또 왜 그러십니까요?"

"본거지를 발견했다고 꼭 뭐가 되는 건 아니야."

리오는 보란 듯 지도를 손가락으로 쿡쿡 찔렀다.

"보다시피 주변이 평탄한 초원지대라고."

"지도 볼 줄 모릅니다요."

리오는 엄지와 검지로 자신의 눈썹을 훑어 짜증을 가라앉혔다.

"아무튼 초원처럼 눈에 띄기 쉬운 장소에서 소수가 움직이는 건 자살행위야. 포위당해서 죽기 딱 좋지."

"그, 그래도 우리가 가진 전력은……!"

"그래, 이쪽엔 별종들이 아주 많지. 하지만 적들도 비정상적인 놈들이라는 건 알지?"

루파의 입이 막혔다.

'이분, 말발이 은근히 대단하십니다요.'

리오가 이어서 말했다.

"여기가 진짜 본거지라면 너희는 여태껏 봤던 그 어떤 것보다 더 이상한 광경을 목격할 수도 있어. 그래도 괜찮겠나?"

"우리에겐 리즈님과 클라라님이 있단 말입니다!"

루파가 소리침과 동시에 마리아가 그녀의 볼을 꼬집어 내렸다.

"그래, 그리고 이 마리아님도 있지. 안 그러니, 루파?"

"무, 물론입죠! 물론이고말고요!"

상하 관계가 분명해 보이는 그들의 모습을 잠시 지켜본 리오는 접어놨던 망토를 펼쳐 평소 스타일에 따라 몸에 둘렀다.

마리아와 한참 밀고 당기던 루파는 망토를 두르고 다시 앉는 리오에게 물었다.

"추우십니까요?"

"허전하기도 하고."

리오가 마리아를 흘끔 봤다.

"어느 흡혈귀가 내 팔을 너무 맛있게 바라보고 있어서 말이지."

고개를 픽 돌린 마리아의 입에서 침을 빨아들이는 소리가 '쓥' 하고 터졌다.

마차 한 대가 훈련장 안으로 들어왔다. 마부석에는 올리버와 도로시 남매가 나란히 앉아 있었다.

"리즈가 왔군."

리오가 자리를 털고 일어났다.

루파가 검은색 두건을 벗고 회색 머리를 긁적거렸다.

"으음, 세 분 다 표정이 안 좋습니다요."

"흥, 항상 그랬지."

다리를 꼬고 앉아 있던 마리아가 불만스레 발끝을 까딱거렸다.

마차에서 내리는 리즈의 쓸쓸한 미소, 그리고 울분에 가득 찬 올리버의 표정을 본 모두는 이번에도 공작이 퇴짜를 냈다는 사실을 직감했다.

리즈는 훈련장의 책임자인 마리아를 불렀다.

"마리아."

"응, 리즈."

마리아의 하얀 등판에서 박쥐의 것과 비슷한 형태의 큰 날개가 솟았다. 훌쩍 날아 리즈의 곁에 온 그녀는 날개를 없앤 뒤 뭐든 말하라는 투로 팔짱을 꼈다.

"저택에서 회의를 하고 싶으니까 모두를 좀 불러 모아줘."

그의 힘없는 목소리에서 뭔가를 느낀 마리아는 그 자리에서 한마디를 쏘아붙이려다가 생각을 바꿨다. 이왕 일을 터뜨릴 거라면 차라리 모두가 듣는 자리에서 저지르는 것이 더 효율적이라는 생각이었다.

"알았어. 리즈는 먼저 들어가, 그럼."

"부탁할게."

리즈의 마차가 훈련장을 떠난 직후, 마리아는 루파를 큰 소리로 불렀다.

"루파! 하이엘바인님과 함께 훈련장을 정리하렴. 다른 사람들도 구경 그만 하고 저택으로 들어가시지? 리즈님께서 회의를 소집하셨으니까!"

오랜만에 즐기는 승마의 재미에 정신이 없던 하이엘바인은 아쉬워하는 한편, 어딘지 모르게 격앙되어 있던 마리아의 목소리에 신경이 쓰였다.

'화가 났다기보다는 안타까워하는 것 같았는데……?

한편, 리오도 자리에서 일어났다. 그는 뒤따라 일어나는 루파를 일찌감치 뒤로하며 말을 남겼다.

"먼저 들어가. 난 누구를 좀 만나야 하니까."

루파가 귀를 쫑긋 세웠다.

"여기서 약속을 잡으셨습니까?"

"비슷하지."

리오는 꽤 빠른 걸음으로 자리를 떴다.

멀리서 그 모습을 본 마리아가 퉁명스럽게 혀를 찼다.

"뜬금없는 남자네."

마리아가 갑자기 흠칫 놀랐다. 본능을 직접 쑤실 정도로 서늘한 오한이 그녀의 등골을 스치고 지나간 것이다.

'이건……?'

두 팔로 몸을 감싼 마리아는 설마 하며 저택으로 향했다.

저택 뒤편의 그늘진 곳으로 간 리오는 벽에 등을 대고 팔짱을 꼈다.

"나오시지."

그의 옆자리에서 진홍색의 돌풍이 불었다. 항상 기묘한 웃음소리를 내며 상쾌하게 나타나던 케롤이 이번에는 잔뜩 풀이 죽은 얼굴로 슬그머니 모습을 드러냈다.

"웃훙이에요."

리오는 그 웃음소리를 꼭 내고 싶었냐는 투로 인상을 구겼다.

"보고를 좀 해보시지? 잔뜩 노리던 순간이었을 텐데?"

"후후훙, 역시 알고 계셨네요."

케롤은 안경을 벗고 푹 수그려 앉았다.

"생각 외였어요. 대실패였죠."

"너보다 강했나?"

케롤의 백발이 좌우로 흔들렸다.

"제가 운이 없었죠. 게다가 그 애는 혼자가 아니었어요."

"다른 렘런트들이 나타날 것은 어느 정도 예상했을 텐데?"

"물론 그렇죠. 하지만 제가 예상했던 소환 속도보다 그 꼬마의 소환 속도가 두 배는 더 빨랐어요. 마치 두 명인 것처럼 말이죠."

"그래?"

"아마도 그럴 거예요. 덕분에 '사상의 차단'이 오히려 독이 됐죠. 디아블로님께 빌려온 힘이어서 곱게 쓰려다가 범위 조절을 잘못했거든요. 저와 제 부하들은 그 좁아터진 공간에서 차단의 제한 시간이 다 될 때까지 죽도록 싸웠죠."

악마가 송곳니를 드러내며 안경을 으스러뜨렸다.

"제 손으로 제 부하들을 다섯이나 소각했어요! 사상의 차단을 쓴 주제에 실패한 것만 따져도 사형감인데, 그것도 모자라서 우리의 정보까지 빼앗기면……!"

"그래서, 처리는 확실히 했나?"

"물론이죠. 저도 바보는 아니에요. 그렇게 도망치는데 꼬마가 저에게 그러더군요. 엘프들의 도시에서 당신을 기다리겠다고 말이죠."

방금 거론된 엘프들의 도시는 리오의 목적지였다. 말로만 따지자면 다른 엘프의 도시일 수도 있지만 리오는 틀림없을 것이라 판단했다.

잠시 가만히 있던 케롤이 리오를 물끄러미 올려다봤다.

"적어도 당신의 손에 죽고 싶어서 찾아왔어요. 사형집행관 악마들은 씻는 걸 잘 모르는 놈들이거든요! 게다가 짐승의 썩은 이빨처럼 지저분한 그들의 도끼란……!"

"됐으니 내 일이나 좀 도와."

"제가요? 당신을요?"

리오가 어깨를 으쓱했다.

"그럴 수는 없어요! 전 더럽혀졌다고요!"

"어떤 식으로?"

흰 손수건을 입에 물고 흐느끼던 케롤이 황당하다는 반응을 보였다.

"어떤 식으로라니요?"

"렘런트에 침식된 거냐고 물은 건데, 혹시 다른 의미의 '더럽힘'이었나? 어이쿠, 이런."

케롤의 얼굴이 그의 턱시도만큼이나 빨갛게 격앙되었다.

"이, 임무 실패라고요, 임무 실패! 직속부대 대장으로서의

임무 실패! 도대체 절 어떻게 보시는 거죠? 전 이 옷의 붉은색만큼이나 순결해요!'

"아, 그렇군. 다행이야."

뭔가 다른 이야기가 나올 줄 알고 두려워했던 리오는 내심 안도했다. 케롤은 수치심에 손수건을 물어뜯었다.

"그러니까, 조금이라도 만회하고 싶으면 날 도우라고. 아직 이 도시 근방에는 렘런트들이 남아 있어. 그것도 거물에다가 뒤가 굉장히 구린 놈들이야. 하지만 난 하루빨리 여길 떠나서 그 엘프들의 도시로 가야 해."

"으으음⋯⋯."

"네가 도와주면 1분 1초라도 그 시간을 줄일 수 있을 것 같은데, 어때?"

리오가 케롤 옆에 앉더니 그의 어깨를 감싸고 계속 꼬드겼다.

"이 거래는 비밀이 보장될 거야. 너에게는 큰 기회라고. 전혀 망설일 필요 없어."

"으으으으으음!"

누가 악마인지 분간이 안 되는 광경이었다.

노련한 낚시꾼처럼 슬슬 웃으며 분위기를 살피던 리오가 마지막 일격을 날렸다.

"그리고 넌 내 담당이잖아?"

"아⋯⋯."

그 한마디에 케롤의 눈에서 눈물이 쏟아졌다.

"저를 가지세요!"

그가 리오의 망토를 붙들고 늘어졌다. 리오는 솔직히 기분이 나빴지만 임시로나마 하이엘바인을 제외하고는 가장 든든한 일꾼이 생겼다는 생각에 안도했다.

케롤을 데리고 저택 응접실로 들어간 리오는 실내 분위기가 바닥에 착 가라앉아 있음을 느꼈다. 올리버는 두 무릎에 손을 댄 채 고개를 숙이고 있었고 도로시는 좌절감에 빠진 동생을 다독여 주느라 바빴다.

"흠."

그가 헛기침으로 모두의 시선을 집중시켰다.

하이엘바인은 리오의 뒤쪽에 숨어 있다시피 한 케롤을 보고 적잖이 당황했다.

'아니, 저 음험한 자가 왜?'

클라라는 고양이가 털을 세우듯 투구의 깃을 바짝 세우고 그를 경계했다. 이유는 단순했다. 그를 목격한 하이엘바인의 표정이 영 아니었기 때문이다.

마리아는 아까 훈련장을 떠날 때 잠깐 스쳤던 오한의 주인이 케롤인 것을 알고는 사시나무 떨 듯 벌벌 떨며 식은땀을 흘렸다.

'악마? 그것도 고위 악마?'

케롤도 그녀를 의식했다.

'저급한 마족이 여기 있었군. 그나마 순종이고 성장이 덜 된 꼬마니까 좀 봐줄까나?'

리즈는 멋쩍은 얼굴로 리오에게 물었다.

"저어, 리오님. 함께 오신 분은……?"

"소개가 늦었군. 케롤이라고 해. 개인적으로 좀 아는 친구 인데, 이번 일을 잠깐 도와주기로 했어."

"케롤라흐 람 트리비터!"

케롤이 갑자기 자신의 이름을 큰 소리로 외쳤다.

리오의 꼬드김에 넘어가면서 기운을 되찾은 그는 건반을 두드리듯 오른손 끝으로 자신의 가슴을 지그시 눌렀다.

"케롤이라는 애칭은 리오님만의 것! 그리고 저는 리오님의 것! 모두 명심하십시오! 저는 케롤라흐 람 트리비터입니다!"

무거웠던 응접실의 분위기가 이상해졌다.

리오는 그대로 케롤의 머리통을 검으로 날리고 싶었으나 꾹 참고 분위기를 수습했다.

"음, 뭐, 자기표현이 너무 창의적인 친구지. 아무튼 실력 하 나는 내가 보장하니 이번 일을 도울 수 있도록 허락해 주겠나?"

리즈는 한참 동안 말을 못한 채 가만히 있었다.

"그러니까…… 음……."

리즈가 말을 하던 도중 피식 웃었다. 눈물이 그의 오른쪽 눈에 고였다.

"민병대는…… 꾸릴 수 없게 됐습니다. 죄송합니다, 리오님."

자신이 얻어낸 정보를 듣고 기뻐할 리즈의 모습을 기대했던 루파는 맥이 풀려 고개를 떨어뜨렸다. 다리를 꼬고 앉은 마리아는 발목을 까딱거리며 리즈에게 눈총을 보냈다.

"공작님이 그러던가?"

리오가 묻자 리즈는 고개를 끄덕였다.

"오늘 정식으로 말씀하셨습니다."

"그렇군."

그가 망토 안에서 팔짱을 꼈다.

"들었는지 모르겠지만 루파라는 아가씨가 사슬단의 본거지에 대한 정보를 알아냈더군. 이제 그에 대한 고민을 좀 해보는 게 어때?"

"예? 하지만 민병대는……."

"의로운 일을 하기보다는 민병대로 인정받는 게 우선이었나?"

응접실의 모두가 그에게 집중했다. 자신이 하고자 했던 말을 빼앗겨 버린 마리아는 고개를 돌리고 웃었다.

"공작이라는 사람이 애초부터 일을 방해할 생각이었다면 공적이니 뭐니 얘기조차 안 했을 거야. 말보다는 법을 들이밀었겠지. 그러니 머리 식히고 집중해."

리오가 올리버를 봤다.

"어이, 지도를 가져와. 루파가 가져온 정보를 확인해 보자고."

올리버가 우물쭈물했다. 리즈의 말을 따라야 할지 리오의 말을 따라야 할지 분간하기 힘들어서였다.

케롤이 키득거렸다.

"으흥, 겁쟁이들 같으니."

그 말에 올리버는 눈을 부릅뜨고 자리에서 일어났다. 리즈도 손바닥으로 오른쪽 눈 밑을 닦고 정신을 바짝 다듬었다.

하이엘바인이 정신감응으로 다급히 물었다.

[괜찮겠나? 내가 보기엔 적들의 함정 같네. 가장 중요한 정보가 하필 이때에 풀리다니, 너무 의심스럽네. 자칫 잘못하면 이 사람들 모두가 위험해질 수 있다네.]

[그럴 일은 없을 겁니다.]

리오는 올리버가 탁자에 펼치는 지도를 살피며 마저 말했다.

[이제 이들도 제 임무니까요.]

*   *   *

"아십니까?"

케롤이 대뜸 리오에게 물었다.

"뭘?"

"이렇게 달이 아름다운 밤은 불확정 무의식의 원형에 가깝지요. 우후후후후!"

뭔가 뜻을 알기 힘든 말이 나오자 리오의 표정이 더욱 굳어졌다.

"아, 그래?"

"후후후, 그런 겁니다."

그리고는 안경을 만지며 서늘하게 웃었다. 리오는 어젯밤의 달콤한 수면으로 조금 풀어냈던 스트레스가 다시 쌓이는 느낌을 받았다.

리오를 포함한 민병대 일행은 마차를 타고 이동 중이었다. 인원이 적은 관계로 말을 탄 사람을 제외하고는 모두 짐수레에 가까운 마차에 몸을 싣고 있었다.

마차에 탄 사람은 리오와 케롤, 목동 비슷한 복장의 남매, 그리고 루파였다.

다들 특이했지만 목동 차림의 남매는 그 특이함의 질이 달랐다. 무엇보다 리오에겐 그들의 이름이 인상적이었다.

"아르테."

"예, 오라버니."

정결한 얼굴의 금발 여성이 고개를 돌렸다. 하이엘바인의 정숙함과는 다른, 차가운 느낌의 정결함이었다. 어깨 밑으로 살짝 내려오는 머리 모양도 풍성하고 아름다웠으나 리오는 그녀가 왠지 모르게 부담스러웠다.

그녀를 부른 굽슬굽슬한 금발의 남자는 오른손으로 이마

를 누르며 고뇌했다.

"밤이 되니 춥구나."

그 말을 그리 진지하게 하니 대단히 바보 같았다. 그러나 조각 같은 외모가 받쳐 주니 왠지 멋있었다. 물론 리오의 입장에선 그냥 한심할 뿐이었다.

"제가 지켜 드릴게요, 오라버니."

여성이 그를 다독였다.

남자의 이름은 '아폴로니우스'였다.

둘 다 리오가 오래전에 들었던 옛 신계 중 하나, 올림포스의 신들과 비슷한 이름의 소유자였다. 이름도 그렇고 그들이 가지고 있는 묘한 힘 때문에 하이엘바인과 클라라는 그들을 대단히 싫어했다.

'설마, 아니겠지.'

리오는 그들이 그냥 이름만 비슷할 뿐, 고대의 신들일 리가 없다고 생각했다. 만약 본인들이라면 이건 대단히 큰 문제이기 때문이다.

그가 정신감응으로 케롤을 불렀다.

[케롤.]

[예, 리오님.]

[저 두 사람 말인데, 어딘가 좀 이상하지 않나?]

[후훙, 어두워서 잘 안 보이시나 본데, 여기에서 정상적인 사람이라고는 앞에 앉은 마부뿐이랍니다.]

케롤이 말한 마부는 올리버였다.

[하지만 이름부터가 좀…….]

[음, 그렇지요. 하지만 저 정도 큰 이름값의 옛 신들이 세상을 자유롭게 활보할 수 있을 리가 없잖아요? 하이엘바인님의 경우만 봐도 그렇죠.]

[흠.]

[옛 신족 한 명 정도로도 과민반응을 보이는 곳이 요즘 신계예요. 이 세상의 절대법칙마저 무시할 수 있는 존재가 옛 신이니 이해는 합니다만…… 아무튼 그런 분위기 아래에서 자유롭게 돌아다니는 옛 신이 '그저 그런 잡신' 이 아니라 올림포스 12신이라는 거물이라면 이렇게 될 리가 없겠죠.]

[일반적이라면 그렇겠지.]

케롤의 흰 눈썹이 위로 들썩 움직였다.

[예?]

[그저 그런 잡신들도 나름대로 생존 방법을 터득해서 나 같은 사람들을 골치 아프게 하는데 거물급들이 그러지 말라는 법은 없잖아? 스스로의 힘이든, 정치적인 거래든 자신들의 존재를 유지하기 위해서는 모든 수단을 다 동원했을 거야.]

리오의 그 말에 케롤은 잠시 생각한 후 그에게 질문했다.

[옛 신들을 많이 잡아보셨죠?]

[그럭저럭.]

[그럼 그들은 왜 그렇게까지 해서 존재를 유지하려고 할까

요? 이미 세상은 그들의 것이 아닌데 말이에요.]

[그럼 넌 왜 살지?]

케롤은 답하지 못했다.

[너무 고민하지 마. 이유라고 해봤자 아주 거창하거나 아주 사소할 뿐일 테니까.]

리오는 마차 벽에 등을 붙이고 눈을 감았다. 그렇게라도 '목동 남매'에게 관심을 끊기 위해서였다.

마차를 몰던 올리버가 뒤를 봤다. 손수건으로 안경을 무심히 닦는 케롤과 꾸벅꾸벅 조는 리오의 모습이 뚜렷하게 들어왔다.

'어떻게 저토록 침착할 수가 있지?'

그를 포함한 민병대 구성원의 대부분은 잔뜩 긴장하고 있었다. 사슬단과 싸우는 것은 이번이 처음은 아니었지만 본거지로 쳐들어가는 것은 의미가 달랐기 때문이다.

그 상황에서 긴장하지 않은 자는 리오와 하이엘바인, 케롤, 그리고 말이 힘들어할 정도로 커다란 돌격창을 오른손에 거머쥔 클라라뿐이었다.

'경험의 차이라는 건가?'

올리버는 머리가 혼란스러웠다.

이윽고, 사슬단의 본거지로 알려진 작은 산이 일행의 시야에 들어왔다. 숲으로 들어가 말과 마차를 멈춘 민병대는 머리 위에 달을 걸치고 있는 산을 조용히 살폈다.

하이엘바인은 오후에 날을 미리 갈아세운 도끼창의 자루

를 엄지로 쓰다듬었다.

[적들이 있군. 사방에 깔려 있네. 역시 함정이었어.]

[흐응, 하지만 리오님께서 말씀하셨던 거물은 보이지 않네요.]

케롤의 정신감응이 그들의 정신감응 사이로 끼어들었다. 그들은 미리 약속한 감응 채널 속에서 대화를 하기로 약조를 해둔 상태였다.

신속한 작전을 위해서는 최선의 선택임을 알고 있었지만 하이엘바인은 자신만의 영역을 침범당한 느낌이 들었기에 내심 기분이 나빴다.

아까부터 초감각을 동원해 주변을 살피던 리오가 이윽고 둘에게 말했다.

[케롤의 말대로 아직 눈에 띄는 반응이 없으니 일단 천천히 가는 게 좋겠습니다.]

[알았네.]

[우홍, 리오님께서 제 말을 들어주셨어요!]

불쾌감이 리오의 얼굴에 얼핏 스쳤다. 하이엘바인도 케롤을 찌릿 노려봤다.

리오가 올리버에게 가까이 다가갔다.

"어이, 그렇게 달빛을 맞고 있으면 곤란해."

"예?"

검은색 갑옷으로 중무장한 올리버가 뒤로 나자빠졌다. 리오가 뒤에서 그의 다리를 걸어 넘어뜨린 것이다.

넘어진 올리버의 머리 바로 위쪽에 한 발의 화살이 박혔다.

"적들에게 들킨다고. 이미 들켰지만."

리오가 디바이너를 뽑아 들었다. 신음 소리를 내며 일어난 올리버는 곧장 투구를 쓰고 오늘 새로 산 장검을 뽑아 들었다. 검이 아직 손에 익숙지 않아 좀 불편했지만 수풀 속에서 몰려나오는 적들의 모습이 그런 사소한 감각을 지워 버렸다.

그들은 모두 적황색의 가죽옷, 혹은 갑옷을 입고 있었다. 멸망의 사슬단이 분명했다.

아폴로니우스와 아르테가 지체없이 화살을 날렸다.

"오라버니! 오른쪽을 맡으세요!"

"그러마!"

달빛만이 존재하는 상황임에도 불구하고 둘 다 활을 쏘는 속도가 빠르고 정확했다. 대부분의 화살이 적들의 이마를 꿰뚫었다. 눈으로 보고 쏘는 것 같지가 않을 정도로 뛰어난 궁술이었다.

리즈와 함께 말에 타고 있던 마리아가 땅을 사뿐히 밟았다.

"버릇없는 것들! 피의 축제를 벌여주마!"

그녀가 손을 높이 올렸다가 아래로 내렸다. 그녀의 그림자가 길게 늘어나 수풀 속으로 달려들어 갔다. 그 그림자의 무리는 사슬단의 발밑에서 창처럼 솟아올라 사슬단의 육체를 꿰뚫어 올렸다.

한차례의 떼죽음에도 불구하고 사슬단의 무리는 괴성을 지르며 밀려들어 왔다. 리오는 그들을 보며 고개를 끄덕끄덕했다.

'역시나.'

뒤에서 열심히 종이접기를 하던 도로시가 음산한 얼굴로 자신의 작품들을 하늘에 던졌다.

하나는 뱀이었고 하나는 용과 비슷한 모습의 날짐승이었다. 둘 다 종이 한 장으로 접는 게 가능할까 싶을 정도로 정교한 물건들이었다.

도로시의 몸에서 피어오른 붉은색의 빛이 하늘에 떠오른 그 두 작품에 스며들었다. 그녀의 기운을 흠뻑 머금은 뱀과 용은 이윽고 거대화하여 땅에 내려왔다.

그것들이 살아 움직이기 시작했다. 뱀은 사슬단 한 명을 한입에 집어삼켜 목구멍 속에서 으스러뜨렸다. 날짐승은 배를 잔뜩 부풀리더니 커다란 불덩어리를 땅으로 토해냈다.

그런데도 사슬단의 전진은 멈추지 않았다. 지금껏 본 적이 없는 그들의 저돌성에 놀란 리즈는 서둘러 클라라를 불렀다.

"클라라, 돌진해!"

"전투!"

몸이 워낙 작아 안장에 앉았다기보다는 엎어진 것에 가까운 클라라가 돌격창을 들어 올렸다. 마치 큰 성의 첨탑이 움직이는 것 같았다. 말이 중심을 잃고 휘청거릴 정도였다.

창의 자루를 옆구리에 단단히 끼운 클라라는 눈빛을 부라리며 전방으로 뛰쳐나갔다.

"전투!"

돌격창에 치인 사슬단의 몸이 망치에 맞은 수박처럼 터졌다. 방패로 막으려는 자도 있었으나 방패와 함께 꿰뚫려 몸이 짓이겨졌다. 그 외의 20여 명이 똑같이 쓸리고 튕겨 나갔다. 어떤 개인의 단독 돌격이 아니라 한 부대의 돌격에 가까운 결과였다.

그녀가 적의 대열을 휩쓸어 무너뜨리는 한편 리오는 뒤편에 있는 동료들을 봤다. 리즈와 도로시를 지키는 역할인 올리버, 그리고 루파는 잔뜩 긴장한 모습이었다.

[케롤, 뒤는 어떻게든 될 것 같으니 왼쪽을 맡아.]

[어라라? 이놈들 정도는 저 혼자서도 괜찮은데요?]

[위기가 닥쳐야 내가 기대하는 일이 벌어질 것 같은 느낌이 들어서 말이야.]

[웃흥, 심술쟁이.]

케롤의 모습이 휙 사라졌다. 대신 수풀 속을 물줄기처럼 가로지르는 진홍색의 그림자만이 보였다.

몰려오는 적들 위로 불쑥 튀어 오른 케롤은 낫으로 그들을 하나씩 베었다.

"우후후, 약한 놈들을 이렇게 하나씩 상대하는 것도 꽤 괜찮은 놀이군요!"

인체가 부위별로 잘려 날아가는 가운데에서 케롤은 특유

의 애교 섞인 웃음소리를 계속 흘렸다.

리오가 오른쪽 어깨를 빙글 돌렸다.

'이젠 내 차례군.'

그를 향해 괴성을 지르며 달려들던 멸망의 사슬단이 갑자기 위로 둥실 떠올랐다. 리오가 검으로 그를 쳐 올린 것인데, 뒤에서 그를 지켜보던 올리버의 눈에는 다른 사슬단의 머리통이 디바이너에 깨져 흩어지는 것만 보였다.

'착각인가?'

그게 아니라면 눈의 한계를 넘어선 속도가 나왔다고밖엔 볼 수가 없었다. 그러나 리오 주변의 수풀들은 그저 바람에 산들산들 흔들릴 뿐이었다.

"집사!"

루파의 고함에 번쩍 정신을 차린 올리버는 코앞까지 다가온 사슬단의 목을 검으로 찔러 쳤다. 치명타를 맞은 사슬단은 숨소리 대신 피를 뿜으며 뒤로 고꾸라졌다.

루파가 펄쩍 뛰었다.

"긴장하지 않고 뭐 하십니까요, 집사님!"

"집사가 아니라 기사다!"

올리버도 본격적으로 검을 휘둘렀다.

루파가 두 주먹을 꾹 쥐었다.

"우리 실버라이트 부족의 힘, 제대로 보여 드리겠습니다요!"

그녀의 몸집이 크게 부풀었다. 미리 입고 있던 헐렁한 옷이 변해가는 체형에 꽉 맞아떨어졌다. 그녀의 갈색 피부는 은색의 털로 뒤덮였고 바지의 벨트 바로 위쪽으로부터 길고 두툼한 꼬리가 흘러나왔다. 손톱은 마치 칼날처럼 길어졌다.

늑대의 머리를 갖게 된 루파가 한차례 포효를 하더니 자신에게 접근하는 사슬단들을 주먹으로 치고 할퀴었다. 어지간한 검보다 예리한 그녀의 손톱에 사슬단의 몸이 마구 잘려 나갔다.

올리버는 팔이 빠져라 검을 휘둘러 사슬단의 저돌적인 공격을 연거푸 막아냈다.

적들의 공격 방향이 리오 쪽으로 대부분 쏠렸고, 그마저도 절반 이상은 케롤의 보이지 않는 공격에 휘말려 죽는 터라 올리버가 엉망으로 포위되어 난도질당할 일은 없었다.

그렇다 해도 죽음의 공포조차 모르고 마구 달려드는 상대를 제대로 쓰러뜨리는 것은 쉽지 않은 일이었다. 그런 면에서 올리버는 충분한 재능을 가진 남자였다.

싸움은 몇 분 동안 계속되었다.

갑옷 밖으로 김이 나올 정도로 전투에 몰두하던 올리버는 문득 이상함을 느꼈다. 누구나 한 번쯤 꾸는 악몽처럼 적들의 수가 전혀 줄어들지 않고 있었기 때문이다.

'환각? 아니, 그럴 리가 없는데?'

때마침 도로시의 소환술이 그 한계 시간에 달해 그녀가 부른 거대한 뱀과 날짐승이 종잇조각으로 변했다. 그 때문에 적들이 밀려오던 기세가 한층 더 거세어졌다.

도로시를 지원하기 위해 능력의 사용 속도를 더 높였던 마리아는 얼마 못 가 지치고 말았다. 부족한 힘의 보충을 갈망하듯 그녀의 송곳니가 평소보다 더 길어졌다.

그녀는 두 손으로 무릎을 잡고 헐떡거리며 자신들에게 몰려오는 사슬단을 봤다. 마리아의 루비 색 눈동자가 그들의 광포한 모습에 질려 흔들렸다.

'어떻게 된 거야? 며칠 전만 해도 다 도망치던 놈들이, 왜?'

어설프게나마 검을 들고 도로시와 마리아를 지키던 리즈는 손으로 자신의 왼쪽 눈을 가렸다.

'결국 써야 하나? 하지만 그렇게 되면……!'

그때, 다가오던 사슬단들이 불에 닿은 초콜릿처럼 녹아내렸다. 바닥에 퍼진 그 검은색 물질, 렘런트들은 한곳에 뭉쳐 탑처럼 거대한 덩어리를 이뤘다. 그리고는 날개와 다리, 꼬리 등을 내뿜으며 형태를 바꿔 드래곤의 모습을 이뤘다.

그 머리 위에는 희미한 빛의 고리가 반짝거렸다. 천사들의 정보를 분명히 습득했다는 증거였다.

하이엘바인이 거리에서 격퇴한 것보다 세 배 정도 큰 크기였다.

그런 것들이 몇 개나 나타나 땅을 밟았다. 날아온 지점은 본거지라고 알려진 작은 산이었다.

렘런트 드래곤 중 하나가 흰색의 안광을 뿜었다.

"이 정도로 다양한 놈들이, 게다가 아름다운 계집들까지

한군데에 뭉쳐 있다니! 나중에 쌍둥이에게 감사해야겠구나!'

렘런트가 고함을 지르며 즐거워했다.

리즈를 비롯한 모두가 숨을 죽였다. 하이엘바인과 케롤은 리오의 지시를 기다렸고, 리오는 자신이 기대하던 것이 나오지 않았다는 사실에 실망감을 감추지 않았다.

케롤이 급히 그를 불렀다.

[리오님! 큰 놈이에요! 거물이라고요! 어서 저에게 놈들을 죽이라고 명해주세요!]

[저건 그냥 거대한 놈이야. 거물이 아니라고.]

[이보게, 그렇다고 놈들을 이대로 놔두면 우리는 모를까, 다른 자들은 모두 죽게 될 걸세! 뭔가 대책을 강구해야…….]

하이엘바인의 목소리가 갑자기 멎었다. 리오와 케롤이 흠칫 놀라 그녀를 봤다.

말 위에 앉아 있는 그녀의 눈동자가 황금색으로 맹렬하게 빛나고 있었다.

[하이엘바인님?]

[난…… 괜찮네! 하지만 이 힘은……!]

그녀가 보이지도 느껴지지도 않는 힘에 자극받고 있다는 사실을 느낀 리오는 급히 주변을 둘러봤다.

그의 시선은 리즈가 있는 방향에서 멈췄다.

'저 녀석……?'

허리를 굽히고 있던 리즈가 등을 활짝 폈다. 결연한 표정으로 렘런트 드래곤들을 훑어본 그는 왼쪽 눈을 덮고 있던 손을 당당히 내렸다.

가려졌던 그의 눈에서 강렬한 은색의 파동이 무한한 기세로 퍼져 나갔다.

"발키리…… 클라라!"

그가 소리쳤다.

"아스가르드의 주신, 오딘의 전사로서 그 힘을 보여라!"

리즈가 오딘의 이름을 외치는 순간 리오와 하이엘바인 모두 전율을 느꼈다.

'무슨……?'

난잡하게 퍼지던 기세가 삽시간에 수습되더니 클라라를 향해 직선으로 날아갔다. 그 빛의 시작과 끝을 똑바로 지켜본 리오는 작은 클라라의 몸에서 큰 변화가 일어나는 것을 목격했다. 더불어 비슷한 위치에 있던 하이엘바인의 몸에서도 변화가 일어나려 했다.

하이엘바인은 자신에게 변화를 강요하는 그 힘에 저항했으나 그녀가 입고 있는 연황색 가죽 갑옷은 그녀의 의지를 무시하고 황금색의 빛을 뿌렸다.

그 변화가 그녀에게 어떤 영향을 끼칠지 예측할 수 없었던 리오는 어떻게든 그녀의 변화만큼은 막아야겠다고 마음먹었다.

하지만 어떻게 막아야 할지 막막했다.

'이제 와서 리즈를 눕힐 수도 없잖아?'

그의 눈에 문득 자신의 회색 망토가 들어왔다.

'해보자!'

그는 하이엘바인에게 고속으로 접근한 뒤 그녀를 말에서 내리고 망토로 그녀를 덮었다.

황금색으로 작열하던 그녀의 눈동자가 다시 파란색을 되찾았다. 더불어 갑옷도 연황색으로 다시 식었다.

"괜찮으십니까?"

"아아, 이제 괜찮네. 브리간트의 날개 가죽이 이렇게 도움이 될 줄은 몰랐군."

그사이 클라라의 변화가 마무리되었다.

장난감 병정 같던 그녀의 모습은 어디에도 없었다. 그녀가 엎어져 있던 말의 안장 위에는 검은색의 긴 장발을 투구 밑으로 늘어뜨린 늘씬한 미녀가 대신 앉아 있었다.

클라라와 동일한 부분이라고는 붉은색 깃의 투구와 갑옷 밑에 두른 붉은색의 긴 치마, 그리고 육중한 돌격창뿐이었다.

그녀가 말머리를 하이엘바인 쪽으로 돌렸다.

청초한 미모의 그녀는 감개무량한 눈으로 하이엘바인을 바라봤다. 눈물이 그녀의 하얀 볼을 타고 턱으로 흘렀다.

그녀가 말했다.

"전투……."

순간 리오는 확 깨는 느낌을 받았다.

"클라라!"

하이엘바인이 그녀의 이름을 부르며 망토 밖으로 손을 내밀었다. 그러기 무섭게 그녀의 장갑이 황금색 빛을 뿌렸다.

상당한 통증, 그리고 자신의 몸이 남의 것이 되는 불쾌감에도 불구하고 그녀는 원래의 모습을 되찾은 클라라를 향해 내민 손을 거두지 않았다.

그러나 리오는 전혀 감동을 받을 수가 없었다.

'하긴, 리즈도 아직까지 클라라님의 말을 못 알아들었던 것 같으니 어쩔 수 없지.'

발키리, 클라라는 렘런트 드래곤들에게 방향을 바꾼 후 그들에게 돌격했다. 아무것도 없던 그녀의 왼손에 크고 둥근 은색 방패가 피어올랐다. 방패의 중앙에는 아스가르드의 발키리를 상징하는 날개의 문장이 정교하게 새겨져 있었다.

방패의 등장과 동시에 말 위에도 두꺼운 마갑(馬甲)이 씌워졌다. 마갑을 입은 말은 신수(神獸)라도 된 듯 포효하며 입과 눈으로 파란 입김과 안광을 흘렸다.

말을 타고 하늘을 가로지르는 발키리의 자태에 민병대의 원래 멤버들은 승리를 보장받은 양 자신만만한 표정을 지었다.

케롤이 입을 뾰족하게 내밀었다.

'그 꼬꼬마 인형이 전설의 오리지널 발키리라 이거군요. 표정들을 보아하니 한두 번 변한 게 아닌가 보네요.'

그는 왼쪽 눈에서 빛을 발하는 리즈를 자세히 관찰했다.

'나름대로 힘을 조절하는 모습이긴 한데…… 웃홍, 조금 뒤면 다들 어떤 표정을 지을지 궁금하네요. 우후후후!'

클라라가 자신들을 노린다는 사실을 인식한 렘런트 드래곤들은 일제히 고개를 들고 입을 벌렸다. 그들은 입뿐만 아니라 턱뼈, 심지어 목까지 가르며 붉은 숨결을 뿜어냈다.

공중에서 이리저리 방향을 꺾으며 접근한 클라라는 돌격창을 앞으로 내밀고 방패로 앞을 단단히 가렸다. 그 뒤편으로 하이엘바인만큼이나 긴 그녀의 검은색 장발이 펄럭거렸다.

숨결이 그녀를 잡아먹는 듯싶더니 방패의 힘에 밀려 밤하늘을 향해 꺾였다. 창의 간격에 드래곤을 넣은 클라라는 방패를 휘둘러 숨결을 완전히 뿌리친 뒤 드래곤의 머리를 위에서 아래로 내리찍었다.

머리부터 땅에 댄 하복부까지 일격에 꿰뚫린 드래곤은 좌우로 크게 비틀거리고는 입자 단위로 분해되어 사라졌다.

분해의 중심에 있던 클라라의 말이 다시 하늘로 솟구쳐 올랐다.

그녀가 창을 앞세우고 돌격해 들어오자 렘런트 드래곤의 머리 위에서 희미하게 빛나던 고리가 갑자기 밝아졌다.

클라라의 돌격창이 직사각형의 반투명한 방벽에 가로막혔다.

케롤은 그 방벽이 무엇인지 잘 알고 있었다.

'선신계 천사들의 성령결계군요. 이아아, 최하급 수준이긴

하지만 보면 볼수록 기분 나쁘네요.'

클라라가 눈을 부릅떴다.

"전투!"

돌격창이 격렬하게 회전했다. 창과 결계가 맞닿은 부분에서 푸른 불똥이 어지럽게 튀었다. 결계는 힘이 다한 등불처럼 깜빡거렸다.

이윽고, 결계가 찢어지면서 렘런트 드래곤이 관통됐다. 드래곤은 괴성을 지르며 분해에 저항했지만 부질없었다.

드래곤들은 그렇게 하나씩 멸살되어 사라졌다. 모든 렘런트 드래곤들을 처리한 클라라는 리즈의 곁에 착지한 뒤 말에서 내렸다.

"수고했어, 클라라."

리즈가 힘겹게 웃으며 클라라에게 손을 내밀었다.

그리고 리오가 기다리던 순간이 다가왔다.

인간과 비슷한 모습을 한 시커먼 연기가 갑자기 수풀에서 뛰어나와 리즈 쪽으로 달려갔다. 리오는 그 모습을 그냥 지켜봤고 클라라는 방패로 리즈의 앞을 단단히 가로막았다.

오른손으로 클라라의 방패를 후려친 그 괴물체는 날랜 동작으로 뒤로 물러나더니 흰색의 안광을 빛냈다. 그 한 쌍의 밑으로 초승달 모양의 균열이 만들어졌다. 마치 미소를 짓는 듯한 모습이었다.

"여전히 아름답고 강력하구나, 클라라. 난 네 모습을 볼 때마다 불쾌하고 기분이 좋아. 오직 '아름다움' 만이 남아 있는 나의 희미한 과거가 묘하게 자극되는 것 같거든."

조금 울리긴 했지만 확실한 여성의 목소리였다. 피부, 아니, 외피가 연기처럼 휘날리긴 해도 몸 자체는 상당히 육감적인 선을 갖고 있었다.

리오가 씩 웃었다.

'진짜가 왔군.'

느낌 자체는 분명 렘런트였다. 하지만 뭔가가 달랐다. 일단 모습이 구체적이라는 것 자체가 여태까지 만난 렘런트들과는 상당한 차이를 보였다.

하이엘바인과 케롤 모두 그 차이를 절실히 느끼고 있었다.

[아아, 리오님! 저에게 정말 큰 선물을 주셨군요! 당신의 케롤은 지금 가슴이 벅차 미칠 지경이에요!]

케롤이 온몸을 꼬며 즐거워했다.

하이엘바인은 클라라에 대한 걱정에 가슴이 아플 지경이었으나 리즈의 왼쪽 눈에서 방사되는 힘 때문에 리오의 망토 밖으로 나갈 수 없는 입장이라 속만 태웠다.

[좀 도와주는 게 어떤가? 저 렘런트, 보통이 아닌 것 같네!]

[보통도 아니거니와 리즈들과 처음 만나는 사이도 아닌 것 같군요. 이름도 아는 걸 보면 말입니다.]

흠칫한 하이엘바인은 옆에 앉은 리오를 쳐다봤다.

[처음부터 좀 의심스러웠죠. 의로움이 어쩌고 할 때도 그랬

지만, 왠지 특이한 존재들로만 구성된 그룹이 아니라…… 특이한 존재들만 겨우 살아남은 그룹이 아닐까 하고 말이지요.]

[그 말은……!]

[도로시라는 아가씨는 처음 만났을 때부터 렘런트에 대해 알고 있는 눈치였습니다. 아무래도 리즈와 그 부하들은 꽤 오래전부터 렘런트와 싸운 것 같군요. 뭐, 아직 확실한 것은 모르니 일단 지켜보도록 하죠.]

그 여성 형태의 렘런트가 주위를 둘러봤다. 관절의 한계 없이 팽이처럼 빙글 돌아가던 그녀의 목은 리오 쪽에서 멈췄다.

"수를 늘리고 줄여가더니 결국엔 저 무서운 남자까지 영입했네? 운 하나는 정말 대단하군, 리즈 스타인. 하지만 상관없어. 난 너만 가지면 되니까!"

렘런트가 오른팔을 뻗었다. 미리 말아둔 카펫이 펴지듯 손이 쭉 늘어나 리즈를 직접 노렸다.

클라라가 방패로 그 공격을 막고 렘런트에게 달려들었다. 돌격창이 회전하며 렘런트의 가슴에 닿으려는 찰나, 파란색의 성령결계가 렘런트와 클라라 사이를 가로막았다.

"어때? 얼마 전에 얻은 힘인데, 아름답지? 다른 동포들은 제대로 쓰지 못하지만 난 조금 다르단다."

"전투……!"

클라라는 결계를 뚫기 위해 사력을 다했다. 그녀의 갑옷 뒤편에 작은 배낭처럼 달려 있던 구조물이 상하, 좌우로 열리더니 청백색의 불꽃을 뿜었다.

렘런트가 결계를 내버려 두고는 클라라의 뒤로 돌아 들어 갔다. 클라라가 결계에 대해 미련을 가질 것을 미리 계산에 넣은 행동이었다.

돌려차기로 등허리를 가격당한 클라라는 크게 휘청거렸 다. 그런 그녀를 향해 렘런트의 두 팔이 사정없이 내리꽂혔 다. 그녀의 갑옷에 금이 가고 입에서는 피가 튀었다.

"클라라!"

리즈가 안타까워 소리치는 순간 클라라를 두들기던 렘런 트가 그의 뒤편에 갑자기 나타났다.

"아, 도련님!"

주변에 있던 민병대들이 어떻게든 리즈를 구해보려 했지 만 렘런트는 두 팔과 다리를 늘려 리즈의 등 뒤에 찰싹 달라 붙었다.

"우후후, 드디어 붙잡았군. 이제 네가 가진 모든 힘과 아름 다움은 나와 우리 동포들의 것이 되는 거야!"

렘런트와 접촉한 부분으로부터 침식이 일어났다. 하이엘 바인이 보다 못해 일어나려 했으나 리오는 손으로 그녀의 어 깨를 눌러 행동을 막았다.

"으, 으으윽!"

리즈의 왼쪽 눈이 폭발적으로 빛났다. 그러자 세포 단위로 침식을 시도하던 렘런트의 접촉 부위가 전류에 휩싸이며 타

들어갔다.

"흥, 또 저항하는군! 하지만 저번처럼 허무하게 튕겨 나갈 생각은 없어! 널 위해서 여태까지 먹어치운 아름다운 계집들이 몇 명이나 되는지 알기나 해? 고르고 또 골라서 수백이야! 이제 곧 1,000을 넘긴다고!"

"어째서…… 그런 짓을! 으아악!"

리즈의 힘이 한층 더 강해졌다. 결국 버티지 못하고 튕겨 나간 렘런트는 수풀 속에서 스르륵 일어나며 아쉬워했다.

"어째서라니? 만날 때마다 얘기했잖아? 네가 너무 아름다워서야."

"으……."

신음한 리즈는 탈진하여 쓰러지고는 눈을 감았다. 그의 등허리에서 수풀이 흔들리는 소리가 났다. 그의 짧은 금발이 눈에 보일 정도로 빠르게 자라서 등을 덮고 땅에 내려왔다.

클라라가 비틀거리며 일어났다. 그녀는 이미 장난감 병정의 모습으로 돌아와 있었지만 옆에 떨어뜨린 돌격창을 다시 들며 리즈를 구해낼 의지를 보였다.

그녀를 보던 렘런트의 안광이 살기로 빛났다.

"지금의 넌 아름답지도, 쓸모있지도 않아!"

렘런트의 오른팔이 클라라의 머리를 노리고 직진했다. 도중에 수풀이 한순간에 잘려 줄기만이 남았다.

쇠가 긁히는 소리가 요란하게 들렸다. 눈빛을 잔뜩 찡그렸던 클라라는 어느 순간 눈빛을 키우고 앞을 봤다.

보라색의 대검이 렘런트의 팔을 막아내고 있었다.

작은 클라라의 눈앞에서 붉은 머리채가 흔들거렸다.

"쉬십시오, 클라라님."

클라라의 두 눈이 깜박거렸다.

렘런트의 입이 다시 초승달 모양으로 쪼개졌다.

"드디어 나서시네, 신의 하수인님?"

그녀의 한마디에 민병대 모두가 혼란과 경악 사이에 갇혀 꼼짝도 못했다.

나무 위에서 잠자코 상황을 지켜보던 아폴로니우스와 아르테도 서로를 보며 놀라움을 감추지 않았다.

'신의……'

'하수인?'

렘런트는 왼손을 허리에 대더니 아까 조각났던 오른팔을 재생시켜 흔들흔들 털었다.

"여태껏 그냥 지켜보기만 하다니, 무슨 생각이지?"

그녀의 물음에 리오는 피식 웃었다.

"구경도 못하나?"

"구경이라고? 이상하네. 이렇게 나약한 자들을 돕는 게 당신들의 존재 이유 아니었어?"

"그렇긴 한데, 네가 이들을 나약하다고 규정짓는 기준은 뭐지? 네 자신인가? 그럼 너를 없애면 이들은 나약함에서 벗어나겠군."

"자신있겠어? 난 당신이 여태껏 상대한 내 동포들과는 좀 달라."

"다르니까 여태껏 봐준 거야. 멀쩡하게 잡아갈 보람이 있을 것 같았거든."

리오가 밟고 있던 땅이 거인의 철퇴를 맞은 듯 폭발음을 내며 갈라졌다. 땅과 돌의 파편이 리오에게서 흘러나오는 기운에 이끌려 서서히 떠올랐다.

인간의 것이 아닌, 모두가 난생처음 보는 강력한 기운이었다.

그가 민병대에게 말했다.

"약속대로 너희들을 도와주지. 대신 무덤에 갈 때까지 비밀로 간직하는 거야."

그가 렘런트를 다시 노려봤다. 붉고 풍성한 머리채와 시퍼런 안광이 그의 움직임을 따라 흔들렸다.

"이제부터 보는 모든 것들을 말이야."

올리버는 보라색을 싫어했다. 누나 도로시가 병적으로 좋아하는 색깔이자 그녀의 취향에 맞춰 만들어진 보라색 아동복을 일곱 살 때까지 물려 입었기 때문이다.

하지만 그 순간만큼은 달랐다.

폭포수가 거꾸로 올라가듯 보라색의 거대한 검광이 렘런트를 매단 채 만월이 빛나는 밤하늘로 용솟음쳤다.

"으으윽!"

성령결계로 리오의 공격을 막아낸 렘런트는 예상을 까마득히 벗어난 파괴력에 경악했다.

여태까지 수집한 정보 가운데 가장 강력한 방어력을 가진 존재는 드래곤 카일로스였다. 렘런트는 드래곤의 방어력과 천사의 성령결계가 합쳐진 힘이라면 그의 공격을 분명 막을 수 있을 것이라 판단했다.

그것은 상대에 대한 무례였다.

리오가 그녀를 뒤쫓아 날아올랐다.

공격이 세 번 터졌다. 첫 번째 공격은 성령결계를 깼고, 두 번째 공격은 렘런트의 왼팔을 날렸다. 마지막 세 번째 공격은 렘런트의 몸통을 등 뒤에서 꿰었다.

"퀵!"

렘런트의 입에서 검은 액체가 뿜어졌다. 렘런트가 만든 만월의 그림자 속에서 리오의 두 눈이 파랗게 빛났다.

렘런트는 첫 번째 공격밖에 기억을 못했다. 두 번째와 세 번째는 시야 밖에서 들어온 변칙성 공격이었다.

발로 상대를 밀어 검에서 뽑아낸 리오는 그녀의 뒤통수를 노리고 검을 움직였다. 렘런트는 다급히 결계를 몇 겹 쳐서 공격을 막아냈다.

검을 이용한 찌르기에 결계만이 박살 났다.

렘런트가 반격을 생각하려는 순간 리오의 왼손 주먹이 그녀의 가슴 아래, 인간으로 치자면 늑골과 간장이 있는 곳에 직격했다. 잠깐 흔들리는 틈을 타고 리오의 검과 발차기가 연속으로 들어갔다.

리오는 충격에 비틀거리는 렘런트를 노려보며 검을 옆으로 내렸다. 그의 오른팔에 진홍색 스펠다이얼이 떠올라 맞춰졌다.

핵융합폭발을 일으키는 마법, 플레어의 빛이 디바이너로 스며들어 가 검을 달궜다.

카일로스에게 얻은 마법의 지식은 그 마법이 얼마나 어렵고 위험한지를 렘런트에게 가르쳐 주었다.

"그 마법을 그렇게 빨리? 어떻게?"

"기본이기 이전에 예의지."

렘런트가 다급히 성령결계를 연발했다. 파란색의 결계 수십 장이 리오와 렘런트 사이에 중첩되었다.

플레어가 걸린 마법검 공격, 일명 '플레어 버스터'가 렘런트의 결계들에 정면으로 꽂혔다.

폭발 지점에서 터진 강렬한 빛과 열의 폭풍이 지상의 민병대에게 닥쳤다. 그러나 그 여파는 또 다른 힘에 막혀 리즈와 민병대에 도달하진 못했다. 어떻게 공격할 것임을 리오에게 통보받은 하이엘바인이 미리 힘을 발휘해 둔 덕이었다.

플레어 버스터의 여파가 어느 정도인지 당장 알아본 사람은 아무도 없었다. 하지만 하이엘바인이 힘을 거두면서 자신들이 밟고 있는 땅 이외의 장소가 산뜻하게 구워진 것을 목격하고 전율했다.

'풀은 물론이고 지면까지?'

민병대 멤버 중에서 마리아를 제외하고 마법에 대해 가장 많이 아는 도로시는 지금 상황을 이해할 수 없었다.

가장 숙련된 마법사가 땅을 간접적으로 구워 버릴 정도의 위력을 가진 마법을 사용하려면 적어도 몇 분이 필요한데, 지금 하늘에 떠 있는 붉은 장발의 남자는 마력을 감지할 틈조차 허락지 않고 그것을 해냈다.

그야말로 상식을 벗어난 일이었다.

결계를 단숨에 부순 리오는 머리와 상반신만 남은 채 정신을 못 차리는 렘런트의 안면을 왼손으로 붙들었다.

"아는 척을 하시더니 겨우 수십 장의 결계가 해법이었나? 나에게? 모멸감마저 느껴지는군."

"아…… 으……."

렘런트는 리오에 대한 침식조차 시도하지 못할 만큼 큰 충격을 입은 상태였다. 몸의 재생은 생각할 겨를조차 없었다.

"이제 넌 잘 포장돼서 신계로 배달될 거야. 네가 그곳에서 무슨 일을 겪을지는 나도 잘 모르겠지만 그다지 즐거운 경험은 아니겠지. 앞으로 계속 배달될 네 동포들을 위해서 일기라도 써두라고."

리오의 왼팔에 검은색의 스펠다이얼이 생성되어 회전했다. 그곳에서 엄청난 중력의 압박감을 느낀 렘런트는 상대가 중력 마법을 이용해 자신을 가두려 한다는 것을 깨달았다.

그녀는 얼마 없는 몸을 흔들며 저항했으나 부질없었다. 상대를 너무 얕잡아본 대가는 그토록 컸다.

중력감옥이 발동되려는 찰나, 리오의 머리 위에서 날카로운 압력이 닥쳐왔다.

'또 다른 렘런트?'

눈앞의 렘런트에게 집중하느라 접근을 느끼는 것은 늦었지만 막을 만한 여유는 있었다. 리오는 디바이너를 들어 공격을 막아냈다.

검을 양손에 쥔 리오가 지면을 내려앉히며 낙뢰처럼 착지했다. 그 옆으로 리오가 들고 있던 렘런트가 떨어졌다.

그의 디바이너를 누르고 있는 존재는 엄청난 거구의 렘런트였다. 그것도 방금 그가 전투 불능으로 만든 렘런트처럼 연기와 같은 형태를 가지고 있었다.

렘런트가 손에 쥔 것은 거대한 둔기였다. 아니, 둔기라기보다는 몽둥이라는 말이 더 구체적인 무기였다.

리오는 그 무기를 통해 전달되는 강력한 힘에 놀랐다.

'결계가 밀렸다고?'

만약 그가 렘런트를 포기하고 무기를 양손으로 받치지 않았다면 어깨뼈가 나갈 만큼 큰 부상을 당했을 것이다.

그는 자신을 누르고 있는 거구를 노려봤다.

"동포를 구하기 위해서 오셨나?"

"말 그대로."

그가 대답하는 순간 리오가 자세를 바꿔 상대의 몸통을 어깨로 들이받았다.

키 차이가 워낙 커서 리오의 어깨는 상대의 복부밖에 오지 않았지만 리오처럼 초월적인 힘을 가진 자에게 눈에 보이는 체구의 차이 정도는 아무것도 아니었다.

대포에 맞은 듯 몸을 굽힌 채 뒤로 멀찌감치 밀려 나간 렘런트는 땅을 몇 번이나 굴렀다. 맞은 부위를 손으로 감싸며 일어난 거구의 렘런트 앞으로 디바이너의 빛깔이 뿌려졌다.

검을 양손으로 제대로 쥐고 물리법칙까지 작심하고 흐트러뜨린 일격이었다. 결계를 친 상태로 밀렸다는 사실 때문에 리오는 잔뜩 화가 난 상태였다.

전투훈련을 받은 드래곤의 등골도 한 방에 깰 정도의 위력 앞에 렘런트가 쥔 둔기가 두 동강이 났다.

그 공격으로 분위기를 바꾼 리오는 검을 한 손으로 바꿔 쥐고 상대를 난타했다.

"어라, 뭐지? 얻어맞으려고 나타난 건가? 아닐 텐데?"

일방적으로 두드려 맞던 렘런트가 갑자기 몸을 불쑥 들이밀었다.

'이 녀석!'

자살행위에 가까운 상대의 몸짓에서 그 의도를 파악한 리오는 침착하게 상대를 내려쳤다.

수없이 많은 존재들을 일격에 멸살시킨 그 파괴력에 대항하여 렘런트는 들소의 뒷목처럼 우람한 자신의 어깨를 내밀었다.

렘런트의 몸뚱이 절반이 한순간에 파괴됐다. 그러나 렘런트의 전진은 멈추지 않았다. 오히려 머리로 리오를 들이받기까지 했다.

리오가 한순간 휘청거리자마자 렘런트가 재빨리 물러났다.

"그대와 겨루려면 시간이 더 필요하겠군."

중얼거린 렘런트의 남은 팔엔 아까 부상당한 렘런트가 안겨 있었다.

디바이너가 공기를 갈랐다. 다른 사람들의 눈에는 리오의 팔이 갑자기 사라진 것처럼 보였다.

강렬한 충격파가 부채꼴로 리오의 전방을 때렸다. 부서진 바위와 흙이 분수처럼 터져 올라갔다. 그러나 충격파가 지나간 뒤에 남은 것은 서서히 닫히는 공간의 구멍뿐이었다.

"재미없게 됐군."

리오는 씁쓸한 표정으로 검을 거뒀다.

민병대 멤버들이 리즈의 곁으로 모여들었다. 리오 일행의 도움을 받은 것은 다행이었지만 지금부터는 어떻게 될지 알 수 없었기 때문이다.

하이엘바인이 클라라의 손을 잡고 나란히 그들에게 다가갔다.

"여태까지 있었던 일들에 대해서 설명을 부탁드리오. 이번 일은 클라라를 봐서라도 그냥 넘어갈 수는 없을 것 같소."

그녀는 최대한 감정을 억누르고 있었다. 아까 클라라가 엉망으로 나뒹굴던 모습을 본 순간 아스가르드가 패배하던 날의 기억이 떠올라 버린 탓에 그녀의 속은 불길처럼 뜨거웠다.

그럼에도 불구하고 민병대는 침묵을 지켰다.

케롤이 미리 챙긴 망토를 걸치며 하이엘바인의 곁으로 다가온 리오는 자못 무서운 눈으로 그들을 노려봤다.

"적절한 설명이 없으면 여기서 비밀 유지에 들어가 버릴 수도 있어. 너희들은 너무 많은 것을 봐버렸거든."

"제가 직접 설명 드리겠습니다."

리즈가 올리버와 도로시 사이를 밀치며 비틀비틀 앞으로 나섰다.

"어라?"

케롤의 표정이 이상해졌다. 리오와 하이엘바인도 마찬가지였다.

머리카락이 길어진 리즈의 모습은 평소와 조금 달랐다.

지금의 그는 분명 여성이었다.

"그러니까……."

얘기를 시작하기도 전에 리즈가 의식을 잃고 쓰러졌다. 리오는 뭐가 이리 복잡하냐고 투덜거리며 얼굴을 쓸어내렸다.

*　　　*　　　*

공간이동이라는 것은 가장 빠르지만 비정상적으로 큰 힘을 필요로 하는 이동 방법으로써 그 효율은 어설픈 사용자를 간단히 제거시킬 만큼 최악이다.

그런 면에서 리오는 좀 더 냉정하게 생각해야만 했다. 몸의 절반이 날아갈 정도로 심한 충격을 받은 존재가 아주 먼 장소로 공간이동을 할 수 있을 리가 없었기 때문이다.

실제로 동료를 구출한 렘런트는 리오로부터 겨우 백여 발자국 떨어진 숲 속에서 다시 나타났다. 그나마도 이동을 마무리한 직후 쓰러져 의식만을 겨우 유지하는 최악의 상태에 들어갔다.

그 육중한 렘런트는 옆에 안고 있는 자신의 동포를 살폈다. 생명, 아니, 존재 자체에는 무리가 없어 보였지만 회복하는 데에는 상당한 시간이 필요할 것 같았다.

'억울하군.'

자신이 누구였는지 모른 채 사라지는 것은 싫었다. 죽더라도 자신의 본질을 알고 싶었다. 그것은 그뿐만 아니라 모든 렘런트의 소원이었다.

그의 머리맡에서 두 명의 인기척이 났다. 짐승과 곤충들 외의 존재가 접근하는 것을 전혀 느끼지 못했던 렘런트는 저항하기 위해 남은 힘을 모두 짜내었다.

그에게 다가온 것은 남녀 한 쌍이었다.

"너희들은……?"

렘런트는 그들을 알고 있었다. 아까 숲 속에서 상당한 활솜씨를 자랑하던 자들이다.

연녹색 복장의 금발 남녀, 아폴로니우스와 아르테는 어떻게든 일어나려는 렘런트를 측은하게 바라봤다.

"너무나 슬픈 모습이로군, 영웅이여."

아폴로니우스의 말에 렘런트가 멈칫했다.

"영웅……?"

그 단어가 렘런트의 의식 사방을 때리며 메아리쳤다.

아폴로니우스와 아르테는 공허한 눈빛으로 자신들을 보며 바르르 떠는 렘런트를 가만히 지켜봤다.

*   *   *

머리카락을 자르는 소리가 스타인 가문 저택의 욕실에 울렸다.

욕실의 큰 거울 앞에 의자를 놓고 앉은 리즈는 목 아래에 흰 천을 두른 채 자신의 금발을 도로시의 손에 맡기고 있었다.

종이접기 소환술사인만큼 손재주가 좋은 도로시는 머리를 손질하는 데에도 일가견이 있었다.

리즈는 바닥에 잔뜩 깔린 금발을 지그시 내려다봤다.

"이 눈의 주인들일까?"

그의 물음에 도로시는 아무 말도 하지 않고 가위만 움직였다.

"안대를 하면 괜찮겠지?"

그가 씩 웃었다.

빗을 쥔 도로시의 왼손이 그의 정수리를 살포시 눌렀다.

"움직이지 마세요, 도련님."

"응."

도로시의 가위가 리즈의 앞머리 쪽으로 왔다. 그는 다시 눈을 감았다.

그가 머리를 손질하는 동안 리오는 하이엘바인, 케롤, 클라라와 함께 저택의 응접실에서 시간을 보냈다. 클라라를 제외한 다른 이들은 리즈의 지시에 따라 모두 저택 밖에서 대기 중이었다.

클라라가 갈색으로 잘 구워진 동그란 과자를 들어 투구 안에 넣었다. 클라라의 눈빛 아래, 즉 투구의 어둠 속에 들어간 과자는 아삭아삭 씹는 소리와 함께 조금씩 사라졌다.

하이엘바인은 여기저기 흠집이 난 클라라의 투구를 손끝으로 더듬었다.

"그동안 고생이 많았구나. 혼자서 얼마나 힘들었느냐?"

새 과자를 손에 쥔 클라라는 고개를 도리도리 저었다.

"전투, 전투."

하이엘바인은 실소를 지었다.

"그래, 은인을 위해 싸우는 것은 아스가르드 전사의 도리지. 하지만 왜 너란 말이냐? 그리고 왜 하필 이런……!"

그녀는 '그 어여쁜 네가 왜 이렇게 알 수 없는 상태가 되어 버렸느냐'라는 말을 도저히 꺼낼 수 없었다. 그 속상함이 눈물이 되어 떨어졌다.

클라라는 손을 올려 하이엘바인의 눈을 닦아주려다가 멈췄다. 철갑으로 된 자신의 손이 그녀의 피부에 해를 입힐까 해서였다.

"무례하구나."

하이엘바인은 클라라의 손을 잡아 자신의 눈 밑을 닦았다. 그녀의 얼굴에는 긁힌 흔적조차 나지 않았다. 클라라는 그 모습에 즐거워했다.

소파에 앉아 가만히 창밖을 바라보던 리오가 이윽고 하이엘바인에게 물었다.

"이번 일, 오딘님과 관계가 있는 일입니까?"

"잠시 기다리게."

하이엘바인이 테이블 너머에 앉아 차를 즐기는 케롤을 돌아봤다.

"이보게, 케롤."

케롤이 찻잔을 놓고 두 손을 어깨 높이로 들었다.

"오우, 이번 기회에 말씀드리는 것이지만 아무리 하이엘바인님이라 해도 봐드릴 수 없습니다. 저를 케롤이라 부를 수 있는 분은 세상에서 오직 리오님⋯⋯."

하이엘바인의 눈동자가 순간 황금색으로 변했다. 그와 동시에 케롤은 뭔가 말하려던 자세 그대로 굳어지고 말았다.

"듣는 자의 질이 나쁘군."

그녀의 눈동자가 원래대로 돌아왔다. 리오는 멍청한 표정으로 굳어진 케롤을 흘끔 본 뒤 하이엘바인의 말에 귀를 기울였다.

"오딘님께선 무한의 지혜를 손에 넣으시기 위해 거인족 미미르가 지키는 지혜의 샘으로 가셨네. 그리고 미미르의 말에 따라 샘물에 한쪽 눈을 바치신 후 위그드라실에 목을 매고 궁니르로 자신을 찌르셨지. 하지만 그것은 오딘님의 형제인 빌리와 베이의 사주를 받은 미미르의 계략이었네."

그녀가 차를 한 모금 마셨다.

"저승에서 되돌아오신 오딘님께선 비어버린 주신의 자리를 차지하기 위해 싸우기 직전인 형제들을 처단하시고 미미르의 충성을 얻으신 뒤 일을 수습하려 하셨네. 하지만 그분께서 잃어버린 눈은 원래의 자리에 되돌아가지 않았지. 얼마나 일이 안됐는지, 보다 못한 아버님께서 묠니르 해머로 때려 박자는 제안까지 하셨다고 하더군. 결국 오딘님의 눈은 그 상태 그대로 아스가르드의 보물이 되었네. 신계 반란 직후엔 미미르와 함께 자취를 감췄지."

"그럼 하이엘바인님께선 리즈의 의안이 오딘님께서 잃어 버린 그 눈일 가능성이 있다고 보십니까?"

그녀가 고개를 끄덕였다.

"어제 자네가 봤던 리즈의 힘은 발레이그르(Baleygr:불타는 눈의 소유자)라 하여, 오딘님께서 휘하의 전사들이 갖고 있는 잠재력을 강제로 일깨우실 때 사용하는 힘이네. 클라라 혼자 만 반응했다면 모를까, 신족인 나까지도 반응할 정도의 발레 이그르를 발산하는 물건이라면 진품 외에는 가능성이 없지."

"하면⋯⋯ 음⋯⋯."

리오가 어떤 질문을 앞두고 갑자기 고민했다.

"왜 그러나?"

"아닙니다. 매우 사소한 궁금증이니 잊으셔도 괜찮습니 다."

"아하하, 그러지 말고 얘기해 보게."

어렵기만 하던 그가 어린아이처럼 난색을 표하니 하이엘 바인은 왠지 흐뭇했다.

"지금이 아니면 듣지 못할 수도 있다네."

"음⋯⋯ 예. 리즈의 성별에 관한 것입니다."

"아, 그것이군. 아마 원래는 여자였을 것이네. 눈의 힘이 소진된 직후에 여성의 모습이 됐으니 그리 봐야겠지."

"그렇다면 눈에 깃든 힘에 의해 남성이 됐다는 말씀이십니 까?"

"신은 생물과 달리 '피와 살'로 이뤄진 존재가 아니기 때문에 타고난 성별도 없다네. 필요에 따라 성별을 선택하게 되지. 오딘님은 태초에 남성을 선택하셨고, 리즈는 그에 영향을 받아 성별이 바뀌었을 것이네."

"저주로군요."

"그럴 수도 있겠지."

잠시 동안 클라라가 과자를 씹는, 아니, 분해하는 소리만이 응접실을 지배했다.

리오가 물었다.

"눈을 회수하실 겁니까? 오늘 아침에 주신계에 문의하니 주신계와 아스가르드 사이에 채결된 조약상 저는 회수 문제에 관여할 수 없습니다. 하이엘바인님께서 결정하셔야 합니다."

"생각 중이네."

그녀는 인형을 들 듯 클라라를 두 손으로 들어 마주 봤다.

"자네도 봤겠지만 클라라는 정말 아름다운 아이라네. 착실할 뿐만 아니라 마음씨도 고와서 많은 발키리들의 모범이 됐지. 하지만 오딘님께서 하이볼크들의 반란을 인정하시기 전날에 갑자기 행방불명되어 버렸네. 미미르와 함께 말이네."

"……"

"난 이 아이가 어째서 인간계에 있는지, 그리고 왜 기억을 잃고 있는지 알아내고 싶네. 만약 리즈의 눈을 회수해서 모든 수수께끼가 풀린다면 그리해야겠지."

클라라의 눈빛이 축 늘어졌다.

"전투······."

하이엘바인이 그녀를 다시 껴안았다.

"후후, 리즈에게 은혜를 갚지 못했다고 하는군. 그렇다면 같은 아스가르드의 전사로서 그 부분은 이해를 해주어야 한다고 생각하네. 만약 오딘님께 해명을 해야 한다면 내가 직접 말씀드리겠네."

리오의 검붉은 눈썹이 꿈틀했다.

"그럼 그 은혜라는 것은 구체적으로 어떻게 해야 갚을 수 있는 겁니까?"

"아······."

그에 대해 전혀 생각해 보지 못했던 하이엘바인은 당황한 기색을 보였다.

클라라가 두 팔을 흔들었다.

"전투, 전투, 전투."

"오, 그렇군. 리즈의 소원을 이뤄주면 된다고 하는군."

"소원? 어떤 소원인지 궁금하군요."

클라라가 리오를 돌아보고는 오른손을 불끈 쥐었다.

"전투!"

그녀의 '말'을 들은 하이엘바인의 안색이 이상해졌다. 클라라의 언어 체계를 전혀 모르는 리오는 의아해할 뿐이었다.

그녀는 고민했다.

'행복한 세상 만들기라는 말을 곧이곧대로 했다가는…….'

여태까지 그랬듯, 그는 분명 비웃거나 냉소적인 농담을 던질 것이다. 그렇게 판단한 하이엘바인은 클라라를 꾹 안으며 대답했다.

"소중한…… 비밀이라고 하는군."

"흠, 그렇군요."

리오는 고개를 끄덕거렸다. 하지만 클라라는 자신이 했던 말과 전혀 다른 얘기가 나오자 리오와 하이엘바인을 번갈아보며 당혹스러워했다.

"전투!"

클라라가 하이엘바인의 품을 벗어나 응접실 밖으로 뛰쳐나갔다. 그녀가 왜 그러는지 이유를 모르는 리오는 그저 의아해했고, 하이엘바인은 아스가르드 전사로서 거짓말을 했다는 죄책감에 고개를 숙였다.

마침 리즈가 도로시와 함께 응접실로 들어왔다. 오는 도중에 클라라가 무서운 기세로 뛰어나오는 모습을 봤던 리즈는 당황해하고 있었다.

"무슨 일인가요? 클라라가 방금……."

"사소한 일이오. 일단 앉으시오."

하이엘바인이 급히 말을 잘랐다.

리즈는 이상한 자세로 굳어진 케롤을 의식하며 먼저 자리에 앉았다. 처음 만났을 때 그대로, 조금 찰랑거리는 스타일로 머리를 다듬은 그는 대단히 겸연쩍은 얼굴이었다.

도로시가 찻잔을 그에게 내민 뒤 자리에 앉았다.

"고마워, 도로시."

도로시는 밋밋하게 웃었다.

팔짱을 낀 채 둘을 바라보던 리오가 자신의 풍성한 머리채를 만졌다.

"어디부터 얘기를 시작하면 될지 모르겠군. 설마 이렇게까지 일이 꼬일 줄은 몰랐거든."

"죄송합니다."

"아, 사과하라고 한 말은 아니야. 너무 부담 갖지 마."

솔직히 리즈는 리오가 부담스럽다기보다는 무서웠다. 어제 봤던 그의 경이적인 힘도 이유였지만 첫 만남부터가 그렇게 평화적이지 못했고 이따금씩 툭툭 쏘붙이는 말투는 반박하기도 힘들었다.

"시작이라고 할 만한 부분부터 차근차근 말해봐."

"음…… 예. 그러니까 약 2년 전이었습니다. 주변 도시에서 젊은 여자들이 실종되고 있다는 흉흉한 소문이 이 저택에까지 들려왔죠."

리즈는 차를 한 모금 마셨다. 손끝이 덜덜 떨렸다.

"그런데 얼마 지나지 않아서 어제 만났던 그 괴물이 이 저택을 습격했습니다. 그것도 저를 노리고 말이죠."

리오의 표정이 더욱 진지해졌다.

"2년 전부터 렘런트가 활동했단 말인가? 이 세계에서?"

"그렇습니다."

"그럼 처음 습격당했을 때는 어떻게 이겨냈지?"

"클라라가 저를 도와줬습니다."

"어제처럼?"

"그렇습니다."

리즈는 두 손으로 얼굴을 감쌌다.

"그날, 아버님과 도로시의 부친이신 클라이머 경께서 돌아가셨습니다. 뿐만 아니라 일을 도와주시던 분들 모두가 희생되었습니다. 그 지옥이 끝났을 때 저택에 남아 있는 사람은 저와 올리버, 그리고 클라라뿐이었습니다. 도로시는 마법학교에서 공부 중이었는데 그날의 이야기를 듣고 저택으로 왔지요."

그는 두려움 속에 말을 이었다.

"하지만 그날 이후 제 몸도 이렇게 바뀌었습니다."

발레이그르의 첫 사용과 동시에 그리됐을 것이다. 하이엘바인의 생각이었다.

"그날부터 저는 아일리스라는 이름 대신 리즈라는 이름을 쓰게 됐지요."

"흠."

깊게 한숨을 쉰 리오는 이 세계에서 렘런트가 2년 전부터 활동했다는 사실에 주목하면서 질문을 계속했다.

"렘런트는 그날 이후에도 계속 공격해 왔나?"

"이후에는 멸망의 사슬단이라는 이름으로 부녀자 납치만을 계속해 왔습니다. 같은 방식의 범죄가 계속되는 것을 보고 처음에는 용병을 고용하여 그들과 대적하려 했지만 5개월 뒤에 다시 나타난 그 괴물…… 렘런트라고 하나요?"

리오가 고개를 끄덕였다.

"그 렘런트와 부하들에게 용병들이 전멸되었습니다. 클라라와 도로시 덕분에 적들 역시 전멸시킬 수 있었지만 그 렘런트는 또 놓치고 말았죠. 이렇게 해서는 안 될 것 같아서 공작님께 정규군의 동원을 부탁드리려고 했지만 그때 마침 오크와 트롤들이 전쟁을 일으키면서 그마저도 무산됐습니다. 결국 저는 뭔가 특별한 능력을 가진 사람들을 선별하여 모으기로 했지요."

"그 결과가 흡혈귀에, 늑대인간에, 목동인지 뭔지 모를 궁수들이군."

"예. 정확하게 말씀드리자면…… 지금까지 살아남은 동료들이지만요."

리즈가 눈물을 보였다. 수많은 동료들의 죽음이 눈앞을 스친 것이다. 그의 눈물에 도로시도 울먹였다.

"너무 그렇게 슬퍼할 필요 없어."

리오가 보기 좋게 웃었다.

"너와 네 동료들은 위대한 싸움을 해온 거야."

그 말에 리즈가 짧게 웃음을 터뜨렸다.

"친절하시네요. 무서운 분인 줄 알았는데⋯⋯."

"사람은 좀 지나야 아는 법이지."

이어서 하이엘바인이 질문했다.

"클라라와는 어떻게 만나게 됐소? 당신께서 11년 전에 이 아이를 풀어주셨다는 것만 들었소이다만."

"클라라는 저택 지하에 있었습니다."

"지하?"

"예. 이 거실보다 조금 큰 공간이 있습니다. 그 안에 클라라와 저의 이 왼쪽 눈, 그리고 라그나로크라는 이름의 이야기가 함께 있었지요."

"라그나로크?"

그 말에 하이엘바인이 자리에서 벌떡 일어났다.

"그곳을 보고 싶소! 당장!"

그 기세에 놀란 리즈는 마치 귀신에 홀린 듯 리오와 하이엘바인을 지하로 안내했다.

문제의 지하 공간은 입구를 포함하여 다섯 개의 벽면으로 이뤄져 있었다. 천장에는 잘 조각된 석화가 붙어 있었고 입구를 제외한 네 개의 벽은 깨알 같은 글씨로 가득했다.

중앙에는 돌로 된 직육면체의 전시대가 있었다. 그곳이 바로 클라라와 리즈의 왼쪽 눈이 놓여 있던 자리이다.

하이엘바인은 먼지가 가득 쌓인 전시대를 손으로 훑은 뒤

장식대 주변에 널린 쇠사슬들을 들었다.

"이것이 클라라를 구속하던 사슬이구려."

"그렇습니다."

대답한 리즈는 벽면의 글귀를 살피는 리오를 잠시 돌아봤다. 등불의 빛이 미치지 못하는 곳에 있음에도 불구하고 읽는 것에는 문제가 없어 보였다. 물론 실제로도 그랬다.

쇠사슬 조각을 자세히 살핀 하이엘바인은 아랫입술을 살짝 물었다.

'미미르의 기술이야. 자신의 이름까지 새겨 넣었군. 그자가 이 세계에 와서 이곳을 만들었단 말인가? 오딘님의 한쪽 눈과 클라라를 이곳으로 빼돌린 이유가 뭐지?

그녀의 눈동자가 어렴풋이 황금색으로 변했다. 벽에 있는 글귀와 천장의 석화 모두가 그녀의 머릿속으로 순식간에 입력되었다.

다시 파란 눈으로 돌아온 하이엘바인은 쇠사슬 조각을 조용히 내려놨다.

"이 글들은 아스가르드 신들의 마지막 전투에 대한 기록이라오."

"아스가르드?"

"지금은 멸망한 옛 신계의 이름이오. 저 석화의 가운데에 계신 분이 보이시오?"

리즈는 고개를 들고 등불을 올렸다. 창을 들고 말을 탄 육중한 체구의 노인이 보였다. 그 노인은 한쪽 눈에 안대를 단단히 하고 있었다.

"저분이 아스가르드의 주신인 오딘님이시오. 그리고 그대가 가진 왼쪽 눈의 진정한 주인이시라오."

"아……!"

노인, 오딘의 안대에 대해 아무 생각도 없이 살아왔던 리즈는 입을 벌리고 감탄했다.

"라그나로크라는 것은 이곳을 만든 자가 붙인 이 기록의 제목이라오. 그대들의 말로 직역하자면 '신들의 숙명'이라 할 수 있소. 왜 이 기록이 이곳에 있는지는 모르겠지만 이것은 아스가르드의 관계자들에게 큰 의미를 지닌다오."

라그나로크를 읽으며 시간을 보내던 리오가 그녀를 돌아봤다.

그는 지금까지의 이야기를 통해 자신의 상부와 오딘이 그녀를 왜 하필 이곳에, 그것도 자신의 곁으로 내려보냈는지 조금이나마 파악해 가고 있었다.

'단순히 나를 엿 먹이려는 수작은 아니었다 이거지.'

잠시 시간을 보낸 뒤, 그가 하이엘바인 곁으로 다가갔다.

"어찌하실지 결정하셨습니까?"

그 질문의 대답은 리즈도 궁금해하고 있었다.

눈을 감고 생각 중이었던 하이엘바인은 이윽고 리즈의 바로 앞에 다가갔다.

"회수해야 하네."

"회수할 경우 리즈는 어떻게 됩니까?"

"잠시 기다리게. 리즈님도 가만히 계시오. 당장 회수하지는 않을 테니까."

하이엘바인은 의사가 진찰을 하듯 두 손의 엄지로 리즈의 왼쪽 눈꺼풀을 살며시 벌린 뒤 그 상태를 유전자 단위로 자세히 살폈다.

"눈이 완전히 적출된 상황에서 오딘님의 눈이 이식됐군. 부상을 당했었소?"

"예. 사고로 그리됐습니다."

"의술이나 마법을 통한 이식이 아니구려. 오딘님의 눈이 누군가의 소원을 받아들여 이식된 것이오. 대체 어느 분께서 이토록 간절히, 자신의 죽음을 각오하고 그대를 위해 소원을 비신 것이오?"

"어머님께서……."

리즈의 말끝에 습기가 차올랐다.

"그렇구려. 미안하오."

위로하듯 부드럽게 웃은 하이엘바인은 오른손에 황금색의 빛을 발산시켰다. 그 빛을 머금은 손이 리즈의 왼쪽 눈을 차분히 덮었다.

"이식 과정 도중에 어머니께서 타계하셨구려. 그로 인해 부정확한 결합이 발생하여 그대와 클라라 모두 제대로 된 힘을 발휘할 수 없었을 것이오. 내가 바로잡아 드리리다."

"예? 그렇다면……?"

"그대를 노리는 렘런트는 아직 살아 있소. 어제 비록 본거지를 부쉈지만 그 렘런트의 부하들이 전멸됐다는 증거 역시 없소. 그런 상황에서 여태껏 없던 것이라 생각하고 있던 보물을 회수하기 위해 클라라와 그 아이의 은인이기도 한 그대 모두를 위험에 빠뜨릴 수는 없소."

하이엘바인이 손을 내렸다.

"이제 됐소. 눈의 회수는 우리에게 주어진 임무가 끝난 뒤에 하겠소. 물론 회수한다고 해서 그대가 안대를 하고 다닐 일도 없을 것이오. 그대의 눈을 복원시키는 것에는 아무런 문제가 없다오."

그녀가 빙긋 웃었다.

"수고 많으셨소. 앞으로 조금만 더 참아주시오."

그녀의 손이 리즈의 어깨를 두드렸다.

렘런트와의 싸움이 시작된 이후 가장 희망적이고 명확한 이야기를 들은 리즈는 오래간만에 밝게 웃을 수 있었다.

지하에서 나온 리오는 드디어 이 도시를 벗어날 수 있다는 생각에 속이 시원해졌다. 며칠 동안 집중적으로 터진 수많은 일들은 그를 정신적으로 힘들게 했고 지금도 그 여파가 아직 남아 있었다.

'해결됐다고 봐야 하나, 아니면 더 꼬였다고 봐야 하나? 모

를 일이군.'

응접실에 가장 먼저 들어온 그는 클라라 혼자 스케치북을 들고 앉아 있는 모습을 발견했다.

의자에 앉아 다리를 흔들고 있던 클라라는 그를 보자마자 스케치북을 들고 뛰어와 목탄으로 쓴 글씨를 보여줬다.

아스가르드의 문자로 쓰인 그 글귀에 리오의 표정이 이상해졌다.

"행복한 세상…… 만들기?"

그가 글을 그대로 읽어보자 클라라가 무지개처럼 휘어진 눈빛을 한 채 위아래로 머리를 끄덕끄덕했다.

'뭐 어쩌라고?'

그녀가 지금 왜 그러는지 전혀 모르는 리오는 답답하기만 했다. 리오는 뭔가 알고 있는 일이냐는 식으로 하이엘바인을 돌아봤지만 그녀는 시선을 철저히 회피했다.

클라라가 재촉하듯 스케치북을 흔들었다. 리오는 뒷머리를 세게 긁었다.

*　　　*　　　*

저택 사람들과 대강 인사를 끝낸 리오는 하이엘바인과 케롤을 데리고 도시 밖으로 나왔다.

"아무리 비밀스러운 얘기라도 그렇지, 저를 그런 꼴로 방치하시다니! 실망이에요, 리오님!"

"내가 그런 게 아니라니까?"

"알아요! 알고 있어요! 하지만 당신께서 저를 더 소중하게 생각하셨다면 하이엘바인님께 좀 더 멋진 자세로 저를 묶어 주십사 권유하셨을 거라고요!"

"그래, 앞으로 주의하지."

산길의 중턱으로 접어든 리오는 리즈의 저택이 있는 도시를 돌아봤다. 하이엘바인도 하얀 꽃밭처럼 햇살을 잔뜩 받고 있는 도시의 전경을 둘러보며 시원섭섭해했다.

"유쾌한 사람들이었네. 벌써부터 다시 보고 싶어지는군."

"클라라님의 일 때문에라도 다시 오셔야 합니다."

"그렇지."

"예. 그리고……."

리오가 케롤을 물끄러미 바라봤다.

"무슨 일이신가요, 리오님?"

"이제 너도 슬슬 가봐야지?"

"예?"

어깨 밑까지 내려오는 케롤의 백발이 꿈틀했다.

"무, 무슨 말씀이시죠? 저는 리오님의 것이에요! 저를 여기까지 오게 만든 사람은 당신이라고요! 끝까지 책임지셔야죠!"

하이엘바인이 그 말에 자극을 받았다. 표정은 대충 그대로였지만 입술은 석고상처럼 지나치게 딱딱했다.

리오가 어깨를 으쓱했다.

"내가 도와달라고 한 일은 어제부로 끝났어. 약속한 대로 중요한 정보도 줬잖아? 거래 끝이라고."

"으……!"

케롤이 어느 틈에 손수건을 꺼내 입에 물었다.

"이봐, 너와 내가 같이 다니는 게 얼마나 위험한 일인지 너도 잘 알잖아? 이번 한 번은 내가 상부에 얼버무려서 어찌어찌 넘어갔지만 계속 이러면 너뿐만 아니라 내 목도 확실히 날아간다고. 선신계 녀석들이 목격했으면 더 큰일이란 말이야. 평화롭게 같이 다니고 싶으면 서류 떼어서 가져와."

"…그렇군요."

케롤이 입에 문 손수건을 내렸다.

"저를 그렇게 걱정하고 계셨던 거군요! 역시 전 리오님의 것이에요!"

그가 리오의 망토를 붙들고 늘어졌다. 리오는 해석이 어떻게 그렇게 되냐고 묻고 싶었다.

"웃홍! 그럼 바로 해결하고 돌아올게요! 그때까지 무사하세요!"

케롤의 모습이 홀쩍 사라졌다.

리오는 케롤이 붙잡았던 망토를 툭툭 털며 한숨을 쉬었다.

"아, 이거 정말 피곤하군요."

"자네가 원한다면 그에게 명예로운 죽음을 선사하겠네."

방금 그녀의 말이 진심임을 느낀 리오는 적잖이 당황했다.

"그 정도로 녀석이 마음에 안 드셨습니까?"

"자네는 마음에 들었나?"

"아뇨. 꼭 그런 건 아닙니다만……. 아무튼 가시죠."

그는 다시 산길을 걸어 올라갔다. 하이엘바인이 그 뒤를 바짝 따라붙었다.

"그리고 보니 남자와 단둘이 길을 가는 것은 아버님 이후 처음이군."

"상황과 상대가 별로 좋지 않아 아쉬우시겠군요."

"상황은 몰라도 상대는 만족하네."

"영광이군요."

리오는 이번에도 그러려니 하는 식으로 지나가듯 말했다. 하이엘바인은 어제 자신이 뭔가 실수한 게 있을지도 모른다는 생각에 얼른 그의 옆으로 다가갔다.

"어, 어젠 열심히 했다네! 실수를 한 일도 없단 말일세!"

"예, 훌륭하셨습니다."

"……."

"진담입니다만?"

"됐네!"

버럭 소리친 그녀가 앞으로 성큼성큼 나아갔다. 리오는 고개를 갸웃거린 뒤 그녀를 뒤쫓았다.

CHAPTER 07
전승된 것

그날, 하이엘바인은 아침 이슬에 얼굴을 흠뻑 적신 채 눈을 떴다.

　리오의 망토로 얼굴을 제외한 몸 전체를 단단히 감싼 그녀의 모습은 고치 속의 번데기 같았다.

　마침 그녀의 눈앞에서 작은 벌레 한 마리가 풀잎을 기어 올라갔다. 벌레는 작고 둥글며 빨갰다. 보석처럼 단단해 보이는 그 벌레를 바라보는 하이엘바인의 눈은 힘없고 처량했다.

　벌레가 풀을 박차고 날아올랐다. 벌레가 있던 수풀 위로 붉은 장발이 쏟아졌다.

　"안녕히 주무셨습니까?"

리오가 목에 하얀 수건을 두른 채 인사했다. 하이엘바인은 자신 쪽으로 몸을 굽혀 아침 햇살을 가리고 있는 그를 가만히 바라봤다.

"으음…… 옷을 입고 자는 것이 이렇게 불편할 줄은 몰랐네."

리오의 얼굴에 쓴웃음이 떠올랐다.

"유별나시군요. 전쟁터에선 어찌 주무셨습니까?"

"잠을 꼭 잘 필요는 없었다네. 잘 틈도 없었지만."

"그렇군요."

하이엘바인이 꿈틀거리며 다시 눈을 감았다. 리오는 자신의 허리 좌우에 손을 대며 한숨을 쉬었다.

"습한 밤을 망토 없이 보낸 저를 봐서라도 좀 일어나시죠."

"으음……."

결국 그녀는 고치에서 깨어나는 나비처럼 리오가 빌려준 망토에서 벗어났다.

그녀는 근처의 계곡으로 가서 얼굴과 머리카락을 씻었다. 원래는 계곡물을 달궈 목욕을 할 수도 있었지만 일부러 불편함을 배우는 상황이니 좀 더 참으라는 리오의 지적에 따라 그녀는 인간에 가까운 행동만을 할 수밖에 없었다.

하이엘바인의 그런 고생은 리즈 일행과 작별한 이후부터 지금까지 계속 이어지고 있었다.

그녀는 야영지 옆 계곡물에 몸을 웅크리고 머리카락을 풀었다. 금속처럼 맑고 선명하게 반짝거리는 은발이 계곡물 속에서 흔들리는 모습은 상당한 절경이었다.

"최근 자네가 내주는 과제가 더 힘들어진 것 같네."

"며칠만 더 참으십시오. 위에서 지원을 보내준다고 했으니지금보다는 더 편해지실 겁니다."

"지원?"

"제 동생 아시죠? 루이체가 온다는군요. 이번 일도 돕고, 저번에 발견한 라그나로크 기록에 대한 조사도 병행하려는 것 같습니다. 저와 단둘이 다니는 것보다는 편하실 겁니다."

"음⋯⋯."

그녀가 기뻐할 줄 알았던 리오는 오히려 아쉬움을 접하자의아해했다.

"루이체와 사이가 좋으신 줄 알았습니다만?"

"응? 아, 좋은 일이지. 난 루이체를 좋아하네."

왠지 분위기가 어색해졌다.

"루이체 혼자 오는지, 아니면 다른 누군가와 같이 오는지는 알 수 없지만 이것으로 제 고민거리가 하나 더 늘었지요."

"고민이? 왜 그런가?"

"그 애도 요리를 못하거든요. 똑똑한 앤데 요리는 죽어도안 배우려고 하지요. 제가 다시는 요리를 안 해줄 것 같다고하면서 말입니다. 정말 어린애 같지요?"

"으, 으음⋯⋯."

하이엘바인은 루이체의 기분이 왠지 이해가 갔다.

"아, 잠시 그대로 계십시오."

리오는 벨트에 달린 가방 중 하나를 열고는 그 안에서 작은 가죽 주머니를 꺼냈다. 그는 주머니에 든 흰색 가루를 왼손에 조금 덜어낸 뒤 그것을 하이엘바인의 뒷머리에 뿌렸다.

갑자기 머리 위로 떨어지는 가루들의 느낌에 그녀가 움찔했다.

"무슨 짓인가?"

"독약은 아닙니다."

그는 가루가 묻은 그녀의 머리에 물을 뿌린 후 양손으로 부드럽게 문질렀다. 리오의 손에서 비롯된 낯선 향기와 거품이 하이엘바인의 머리카락을 타고 내려왔다.

하이엘바인은 계곡물에 떨어져 자신의 눈앞을 지나가는 거품들을 신기하게 바라봤다.

"이것들은 뭔가?"

"서룡족이 사용하는 일종의 세정제입니다. 과일에서 짜낸 기름을 이용하여 만든 것이라 향도 좋고 세정 효과도 좋죠. 처음 접하십니까?"

"그렇지. 먼지 등은 언제든지 떨쳐 낼 수 있으니까 말일세. 향기도 마음만 먹으면 만드는 것이 가능하네."

"편하군요. 하지만 힘을 아예 사용할 수 없을 때는 이것을 쓰시는 편이 나을 겁니다."

손끝으로 그녀의 두피까지 만져 준 리오는 물속에서 흔들리는 그녀의 머리카락을 들어 조심스럽게 거품을 냈다.

"불편하시면 말씀해 주십시오."

"음, 아니네. 조금 낯설 뿐이네."

거품이 좀 따가웠는지 그녀가 눈을 감았다.

손가락이 머리카락 사이를 지나가는 소리가 거품 속에서 사각사각 들렸다. 하이엘바인은 그 소리가 너무나 신기했다.

"프레키도 지금처럼 기분이 좋았을까?"

"예?"

"아, 프레키를 모르나?"

기분이 좋다는 말에 다른 의미로 잠깐 놀랐던 리오는 소리 없이 미소를 흘렸다.

"잘 압니다. 깡마른 녀석이지요."

프레키는 오딘의 곁을 지키는 존재로서, 겉보기에는 그냥 거대한 늑대지만 실제로는 전사들의 시체에서 영혼을 채취해 발키리들에게 1차적으로 인도하는 영물이다.

신계의 정권이 교체될 때도 살아남은 그는 형제나 다름없는 또 다른 늑대, 게리와 함께 리오의 수련에도 많은 도움을 주었다.

"오딘님께서 갓 태어난 그 녀석들을 나에게 맡기셨지. 처음에는 그냥 강아지 같았지만 진짜 잠깐 사이에 거대해지더군. 아무튼 게리는 목욕을 하자고 부르면 도망치느라 바빴는데, 프레키는 정반대였지. 내가 씻겨주면 좋아서 어쩔 줄을 몰랐네."

"그렇군요."

리오는 물을 떠올려 그녀의 머리를 헹궜다. 물이 워낙 차가워서였을까. 하이엘바인은 물속에서 느껴지는 리오의 손에서 기분 좋은 따뜻함을 느꼈다.

"남자에게 머리를 맡기는 것도 괜찮군."

"마음에 드십니까?"

"편안함보다 더 좋은 말이 있다면 지금 쓰고 싶네."

리오는 눈동자를 좌우로 움직인 후 하던 일을 계속했다. 조금 부담스럽긴 해도 여기서 멈추는 것보다는 낫다는 판단이었다.

"이제 머리를 말려 드릴 테니 저쪽에 앉으시죠."

지시에 따라 그녀는 햇볕이 내리쬐는 나무 그루터기 위에 앉았다.

리오는 수건으로 그녀의 긴 뒷머리를 톡톡 눌러 큰 물기를 뺐다. 하이엘바인은 두 손을 허벅지 사이에 놓은 채 눈을 감고 햇볕을 즐겼다.

"머리가 너무 길지 않나? 짧게 바꿔줄 수 있네."

"걱정이 너무 과하십니다."

"음. 그런데 자네는 이런 일에도 꽤 익숙하군. 임무와는 관계가 없는 능력인 것 같네만?"

"능력이라기보다는 살아오면서 얻은 경험이지요."

"그런가? 여자가 한둘이 아니었나 보군."

하이엘바인이 한숨을 쉬었다.

"역시, 자네에겐 하반신으로 신계를 정복하려 하려는 야망이......"

"오해는 사양합니다."

"아하하하."

리오의 수건이 그녀의 윗머리에 드리워졌다.

리오는 거기서 여태껏 뒤로 미뤄두고 있던 의문을 꺼냈다.

"오딘님께서 왜 하이엘바인님을 하이볼크님께 보내신 겁니까? 요즘 세상을 알고 오라는 단순한 이유로는 납득이 힘들군요."

그녀가 눈을 떴다.

"일종의 거래라네."

"거래라고 하셨습니까?"

하이엘바인은 리오의 수건이 만든 그늘 속에서 고개를 끄덕거렸다.

"오딘님께서 하이볼크에게 어딘가에 유폐되신 나의 아버님을 다시 만나게 해달라고 하셨네. 하지만 하이볼크는 아버님의 유폐 장소가 브리간트와 관련이 있고 브리간트는 자신이 어찌할 수 없는 위치에 있기 때문에 곤란하다고 했지."

"흠."

"자네도 알 것이네. 브리간트의 옛 이름이 요르문간드이며 신계 반란 때 아버님과 마지막까지 혈투를 벌인 존재라는 것을 말이네. 아버님의 손에 의해 한 번 죽었던 존재가 그렇게 앙심을 품는 것은 무리가 아니지."

하이엘바인의 부친인 토르가 현재의 용신 브리간트와 숙적지간임을 알고 있는 리오는 일단 잠자코 그녀의 얘기를 들었다.

"신계 반란에서 가장 먼저 패퇴한 신은 아버님이시라네. 요르문간드의 독 때문이지. 그 이후 로키의 간계, 펜리르의 기습, 헬이 이끄는 니블헤임의 전사들로 인해 우리는 전면적인 피해를 입었고, 하이볼크가 이끄는 반란군의 공격은 우리를 괴멸로 몰아넣었지."

그녀가 수건을 슬슬 움직였다.

"아스가르드의 전사들은 대부분이 죽거나 포로가 됐고 그 과정에서 오라버니는 전사, 어머님과 언니는 자결을 택하셨지. 나 역시 자결하려 했으나 오딘님의 만류로 생각을 거뒀네. 아, 옛날얘기가 길어졌군."

그녀가 웃었다.

"오딘님은 아버님을 찾을 수 있는 단서만이라도 제공해 달라 하셨지. 그러자 하이볼크는 나에게 자네들에게 주어진 것과 똑같은 자격을 부여하겠다고 했네."

"불사(不死)의 능력을 말씀하시는군요."

"그렇다네. 불사의 능력도 그렇지만 자격을 얻는 동시에 브리간트의 간섭으로부터도 자유롭게 되지. 하이볼크가 브리간트를 건드리지 못하는 것처럼 브리간트 역시 하이볼크를 건드리지 못하니까 말일세."

물기가 빠진 그녀의 머리를 새 수건으로 감싸준 리오는 그녀의 앞에 웅크리고 앉았다.

"그렇다면 그 이후에는 토르님의 수색에만 집중하시겠군요. 혹시 라그나로크 기록과 클라라에 대해서도 알고 계셨습니까?"

"전혀 몰랐네. 그리고 아버님에 대한 것도 잘 모르겠네."

"마음이 변하셨습니까?"

그녀가 다시 웃었다.

"난 아직 자네에게 배울 것이 너무 많네."

그녀의 힘은 주신계와 선신계, 악신계의 균형을 단숨에 깨버릴 만큼 강대했다. 그런 그녀가 주신의 하수인으로서 불사의 능력까지 갖춘다면 정치적으로 일어날 수 있는 모든 문제가 불거질 것이다.

하지만 하이엘바인이 아직 알지 못하는 부분이 하나 있었다. 그리고 리오는 그 부분이 무엇인지 알고 있었다.

현재에 대한 경험. 그것을 쌓기 위해 그녀는 오랫동안 무사하지 않으면 안 됐다.

"그렇다면 감히 조언하겠습니다. 지금 하이엘바인님께선

선신계와 악신계의 간부들을 제압하실 수 없습니다."

딱 잘라 말하는 리오의 표정은 무섭기까지 했다.

"내가?"

리오가 고개를 끄덕였다.

"저희들도 그렇지만 그들은 신계혁명, 혹은 신계 반란이라 칭해지는 사건 이후 옛 신들과 그 잔재들을 끊임없이 사냥해 왔습니다. 특히 선신계는 올림포스 소속의 신들이 옛 신들에 대한 직접적이고 치명적인 약점을 알려준 준 덕에 더욱 막강하지요."

올림포스라는 말에 하이엘바인의 인상이 일그러졌다.

"그놈들, 우리를 배신한 것으로도 부족했단 말인가?"

그녀의 분노를 접한 리오는 아쉬운 얼굴로 고개를 저었다.

"저는 그들이 정보를 줬다는 이야기 외에는 듣지 못했습니다. 뭔가 다른 일이 있었습니까?"

하이엘바인은 머리의 수건을 내려 손에 쥐었다.

"반란 사건이 일어나기 전의 신계는 세 개로 분할되어 있었네. 지금도 셋인 것은 같지만 독립성이 좀 다르지. 아스가르드, 올림포스, 그리고 천상(天上)은 서로에게 아예 신경을 쓰지 않았고 교류도 거의 하지 않았네. 그 철저한 분열이 각 신계의 후계자로서 태어난 '하이볼크'와 '제흡', '아롤'의 반란동맹에게 패배하게 된 결정적인 원인이라네."

주신계와 선신계, 악신계의 최고 수장들의 이름이 그녀의 입에서 차례로 나오자 리오는 묘한 느낌을 받았다.

그녀의 얘기가 계속됐다.

"올림포스의 신들과 신족들의 배반은 치명적이었네. 제우스를 비롯한 올림포스 신들의 대부분은 쾌락에 대한 미련을 버리지 못했지. 제우스는 자신의 보물인 '지노그'를 하이볼크에게 바치며 목숨을 구걸했다네. 결사저항을 다짐한 몇 명은 이후 어디론가 사라졌지."

그녀의 목소리가 다시금 격해졌다.

"내가 아는 그들의 이야기는 거기까지였는데, 설마 그들이 사냥에 도움을 주리라고는 생각 못했네. 짐승만도 못한 것들 같으니……!"

"진정하십시오."

리오가 말렸을 때 그녀의 손에 잡힌 수건은 이미 모래로 변해 바닥에 떨어지고 있었다.

그는 침울해하는 하이엘바인에게 다시금 주의를 줬다.

"몇몇 옛 신들은 그 방법을 깨는 수단을 고안하는 데 성공했지만 그런 경우는 극소수일 뿐, 대부분은 그들의 제압을 벗어나지 못했습니다. 그러니 저희들과 똑같은 자격을 얻으실 때까지는 다투지 마십시오."

하이엘바인은 손바닥으로 이마를 덮었다. 앞머리가 눌리면서 흘러나온 물기가 그녀의 얼굴을 타고 내려갔다.

"내가 할 수 있는 것은 아무것도 없군."

이런 상황을 보고 싶어서 말을 한 것이 아니었던 리오는 다급히 분위기를 환기시켰다.

"최악의 상황에 대비하십사 말씀드린 것뿐입니다. 그러니 너무 깊게 생각하진 마십시오."

"괜찮네. 덕분에 또 배울 수 있었네."

하지만 표정은 그리 괜찮지 않았다. 리오는 앞으로 대화의 방향을 좀 바꿔야겠다고 생각하며 그녀에게 물었다.

"그보다 아침 식사는 어떻게 하시겠습니까?"

"역시 남의 살을 먹어야 힘이 나는 법이지."

"아, 예."

"부친께서 자주 하시던 말씀이네."

그녀의 표정이 조금 풀어졌다. 안도한 리오는 자루에서 장작과 고기를 꺼내 식사를 준비했다.

"부친이신 토르님은 어떤 분이셨습니까?"

"오딘님께 듣지 못했나?"

"자세하게는 듣지 못했습니다. 특별히 여쭌 적도 없지요."

그녀는 오른쪽 무릎을 붙잡고 몸에 바짝 붙였다. 과거를 추억하는 그녀의 눈 속에 리오가 지피는 장작불이 들어왔다.

"우직한 분이셨지. 신이시면서 모험과 싸움을 좋아하셨네. 묠니르 해머를 들고 싸우시는 모습은 아직도 눈에 선하다네. 인간들에게 인기가 좋으셔서 오딘님 이상으로 추앙을 받기도 하셨지."

그녀가 자신의 무릎 위에 턱을 올렸다.

"정말 유쾌하고 솔직하신 분이었네. 살아 계시길 바라지만…… 영겁의 시간 동안 얼마나 고통을 받으셨을지 모르겠군."

불을 지핀 리오가 그녀를 봤다.

"좋은 쪽으로 생각해 주십시오. 아직 갈 길이 멉니다."

"그러지."

그녀가 그루터기에서 일어나 장작불 앞으로 자리를 옮겼다.

그녀는 곁에서 고기를 손질하는 리오의 손짓을 유심히 살폈다. 단검으로 불필요한 지방과 변색된 부위를 순식간에 골라내는 그의 적동색 손이 그녀에게는 마냥 신기하기만 했다.

"자네는 오딘님께 무엇을 배웠나?"

"물론 요리는 아닙니다."

농담을 던진 그가 씩 웃었다.

"처음부터 끝까지, 모든 것을 배웠습니다. 사실 그분께 배운 것 말고는 기억나지 않지요."

"여성 편력도?"

리오가 잠시 손질을 멈췄다.

"도대체 누가 그러던가요?"

하이엘바인은 대답 대신 다른 곳에 슬그머니 시선을 돌렸다. 리오에게 배운 행동이었다.

"흠, 이상한 것만 배우셨군요."

한숨을 쉬며 고개를 흔든 리오는 다시 고기를 손질했다. 하이엘바인은 싱긋 웃으며 그의 모습을 지켜봤다.

조금 뒤, 불 위에 고기를 올린 리오는 향신료를 계속 뿌리며 고기를 살폈다. 접시를 두 손으로 들고 가만히 기다리던 그녀가 다시 물었다.

"그럼 요리는 어디서 배웠나? 루이체 때문에?"

"그 애가 입양되기 전부터 이 정도 수준을 유지했지요. 요리는 그냥 자연스럽게 배우게 됐습니다. 그렇게 맛깔나게 하진 못하지만 먹어본 사람들이 욕은 하지 않더군요."

"그럼 나에게 좀 가르쳐 주게."

"예?"

"대신 나는 자네에게 놀라운 검술을 가르쳐 주지. 어떤가?"

리오는 자신의 요리 기술이 그리 대단한 게 아니라는 사실을 알고 있었다. 그래서 굳이 거래까지 할 생각은 없었지만 그녀가 가르쳐 준다는 검술이 어떤 것인지 보고 싶기도 했기에 그녀의 청을 받아들였다.

"좋습니다. 기대되는군요."

"깜짝 놀랄 것이네."

하이엘바인이 자신만만한 표정을 지었다. 그녀가 그렇게 자신있어하는 모습을 지금 처음 본 리오는 신선함에 긍정적인 실소를 지었다.

식사가 끝난 후 둘은 좀 넓은 곳으로 자리를 옮겼다. 리오는 자신의 검을 들었고, 하이엘바인은 쓰다 남은 장작을 들어 자신의 기운을 불어넣었다.

"그것으로 괜찮겠습니까?"

"이 정도면 바위도 문제없이 부순다네."

씩 웃은 하이엘바인은 조금 멀리 떨어진 아름드리나무를 향해 장작을 휘둘렀다. 그러자 장작에 닿을 거리에 서 있지도 않은 나무가 예리한 칼날에 베인 듯 잘려 옆으로 넘어졌다.

리오는 우르릉 무너지는 거목을 보고 휘파람을 불었다.

"괜한 걱정을 했군요."

"후후, 그럼 잘 보게."

그녀가 장작을 두 손으로 쥐고 자세를 잡았다. 그 자세를 본 리오의 안색이 달라졌다.

"아, 그것은……."

"처음 보는 자세겠지? 이것은 아스가르드에서도 극소수만이 쓸 수 있었던 최고의 검술이라네."

그녀의 파란색 눈동자가 황금색으로 찬란하게 변했다.

"죽음을 두려워하지 않는 자네라면 익힐 수 있을 것이네. 파괴의 검술, 지하드를!"

마음먹고 외쳤던 하이엘바인이 다음 순간 움찔했다. 리오가 왼손으로 얼굴을 가린 채 창피해하고 있었기 때문이다.

"아니, 왜 그러나? 지하드는 익힐 가치가 있는……."

반응이 계속 이상하자 그녀는 잠시 말을 멈춘 후 혹시나 하는 얼굴로 물었다.

"이미 배웠나?"

리오는 말없이 고개를 끄덕거렸다. 다시 파란색의 눈동자로 돌아온 하이엘바인은 난처함과 부끄러움 사이에 갇혀 우두커니 서 있었다.

리오는 검을 거두며 그녀 곁을 지나갔다. 앞으로 두 시간 거리에 있는 자신들의 목적지, 엘프들의 대도시로 출발하기 위해서였다.

"요리는 가르쳐 드리지요."

"아, 음. 고맙네."

어찌할 바를 모르던 그녀는 쥐고 있는 장작을 들어 보였다.

"이건 어찌하면 좋은가?"

"버리세요."

짐을 싸면서 툭 던진 리오의 그 말이 하이엘바인에게는 큰 상처가 됐다.

*　　　　*　　　　*

길을 둘러싼 숲의 색깔은 그들이 목표로 삼은 엘프의 도시에 가까워질수록 깊어졌다. 뿐만 아니라 일반적인 숲 이상의 상쾌한 향기가 풍겼다.

나뭇잎의 색도 녹색 일변도를 벗어나 노란색과 붉은색, 옅은 파란색으로 치장됐다. 나무들의 덩치도 달라져서 군대가 통과할 수 있을 만큼 큰길마저도 나뭇가지가 얽혀져 만든 신록의 천장에 뒤덮였다.

주변에는 맑은 시냇물이 하늘색 빛을 내며 흘렀다. 물 자체가 빛을 내는 것은 아니었다. 바닥에 깔린 자갈들이 내는 빛을 머금은 것뿐이었다.

리오와 하이엘바인은 그런 신비한 절경 속을 단둘이 걸었다. 그러나 주변의 분위기와 달리 양쪽 모두 표정은 그저 그랬다.

리오는 평소대로 여기저기서 지켜야 할 것들과 알아야 할 것들을 설명하느라 분주했고 또한 진지했다. 그런데 문제는 하이엘바인이었다.

어제까지, 정확히 어제저녁까지는 리오가 무슨 말을 하든 경청했던 그녀였지만 지금은 무덤덤한 표정을 지은 채 그냥 걷기만 했다.

그녀답지 않은 그 태도의 근원은 바로 아침 식사 직후에 이어진 상황이었다. 그러나 리오는 그것도 모른 채 혼자 이야기를 계속하고 있었다.

"……그래서 민간인들이 휘말리는 일은 가급적 피해야 합니다."

거기서 한 단락을 마친 리오는 이상한 느낌이 들어 하이엘바인을 흘끔 봤다.

정신적으로 듣기를 거부하고 있는 그녀의 얼굴은 리오가 지금까지 본 모습 중 가장 꼴불견이었다.

"듣고 계십니까?"

그녀는 대답하지 않았다.

"흠."

헛기침을 한 리오는 다시 그녀를 불렀다.

"하이엘바인님."

"음? 아, 나를 불렀나?"

그녀의 반응에 리오는 어깨를 가볍게 움직여 보였다.

"이곳엔 하이엘바인님과 저밖에 없습니다."

그들의 머리 위로 앞발과 뒷발 사이에 날개와 같은 가죽을 가진 작은 짐승이 불쑥 날아갔다. 하이엘바인은 그 짐승을 물끄러미 바라봤고, 리오는 어이가 없어 헛웃음을 터뜨렸다.

"혹시 불편하신 점이라도……?"

"아닐세."

일단 출발은 대범했다.

"오히려 내가 자네를 불편하게 만들고 있지."

리오는 맥이 풀린 그녀의 눈을 보고 약 한 시간 전의 일을 떠올렸다.

'그 문제 때문이군.'

그녀가 그 일로 인해 결국 좌절했음을 깨달은 리오는 일단 밝게 웃었다.

"하이엘바인님, 제가 미리 익힌 것은 지하드라는 검술뿐입니다. 하이엘바인님께선 그보다 더 놀라운 기술을 많이 알고 계시지 않습니까? 그걸 저에게 가르쳐 주시면……."

"괜히 그러지 말게."

그녀가 쓸쓸히 웃었다. 그 표정을 본 리오는 더 이상 말을 할 수가 없었다.

하지만 문제는 그의 생각보다 더 심각했다.

"나도 언젠가는 자네에게 도움이 되지 않겠나? 후후후."

그녀의 좌절을 목격한 리오는 뒷골이 뜨끔했다.

'이런 성격이셨나? 이를 어쩌지?'

목적지까지 거의 다 온 시점에서 예상외의, 어찌 보자면 대단히 쓸데없는 골칫거리와 맞닥뜨린 리오는 어떻게 하면 이 문제를 시간 내에 처리할 수 있을지 다급히 고민했다.

'일단 말로 풀어야 할 것 같은데.'

하지만 길은 쉽게 보이지 않았다.

이윽고 그들의 눈앞에 엘프들의 거대한 도시가 모습을 드러냈다.

그 도시는 일단 산처럼 큰 나무였다. 주거지의 밑바탕은 두꺼운 나뭇가지 위에 고정된 판자들이었다.

판자 하나당 백여 채의 크고 작은 건물들이 빽빽이 놓여 있었다.

그런 대형 판자 수십여 개가 완만한 경사의 나선형을 그리며 나무를 휘감고 올라가는 도시의 모습은 불가사의할 정도의 매력과 싱그러운 냄새를 풍겼다.

"나선형이라."

그 도시의 정문을 앞둔 리오가 자신의 두툼한 머리채를 만지며 도시 정상 쪽으로 고개를 들었다.

"가뜩이나 도시도 크니 어지간히 체력이 좋지 않으면 한 번에 끝까지 못 올라가겠군요."

왠지 그리운 얼굴로 도시를 바라보던 하이엘바인이 정문 왼쪽을 가리켰다.

"저곳을 보게. 승강기가 놓여 있네."

나무와 석재를 섞어 만든 도시 정문의 왼편엔 제법 큰 승강기들이 떼를 지어 오르락내리락하고 있었다. 구조는 승강기를 매달고 있는 나무덩굴의 수축을 마법으로 유발하는 것인데, 그로 인해 승강기는 엘프나 그 밖에 마법을 쓸 수 있는 존재들만이 이용할 수 있었다.

리오는 기분 좋은 얼굴로 도시의 전경을 살피는 하이엘바인의 모습에 의아해했다.

"왠지 기분이 좋아 보이시는군요."

"아, 옛날 생각이 나서 말일세."

그녀가 마주 보고 웃었다.

"옛 세계는 세계수, 위그드라실을 중심으로 이뤄져 있었지. 오순도순하진 않았지만 아스가르드를 포함한 아홉 개의 세계가 세계수를 따라 내려오는 모습은 신과 신족만이 즐길 수 있는 장관이었네. 그 모습이 지금 이 도시의 전경과 거의 비슷하다고 보면 된다네."

"허, 그렇군요."

좋기만 하던 하이엘바인의 표정이 급격히 어두워졌다.

"하지만 내부에서 느껴지는 힘은 매우 불손하군."

"예, 그렇지요."

사건 초기부터 '적'이 엘프들을 이용해 온 것만 생각해도 당연한 문제였다. 리오는 두툼하고 푹신한 회색 가죽 위에 검은색의 가죽 끈을 꽉 감아 만든, 조금 원시적인 형태의 팔뚝 보호대를 만지작거렸다.

"원래는 조사를 목적으로 온 것인데…… 아무래도 큰 싸움이 일어날 것 같군요. 당장 사용하실 수 있는 무기는 '궁니르' 하나입니까?"

그녀가 눈을 크게 떴다.

"그렇긴 하지만 난 맨주먹으로도 문제없네. 궁니르는 내가 생각해도 좀 과한 무기지."

"그럼 궁니르가 이 세계에 나타날 때의 충격량은 어느 정도입니까?"

"현재 신계에서 정한 대형 마법의 네 배는 된다네."

네 배라는 말에 리오는 정신이 아찔했다.

"그 정도였습니까?"

"존재 자체만으로도 근방의 기압과 중력이 변한다네."

그녀가 배시시 웃었다.

궁니르는 원래 오딘이 가진 창이지만 신계의 주인과 구조가 바뀐 이후엔 하이엘바인에게 전해져 지금까지 내려오고 있다.

창의 능력은 현 신계에서도 으뜸으로 치는데, 창에 깃든 힘은 그 어떤 물질이라 해도 근본적인 결합 구조를 파괴하여 뚫을 뿐만 아니라 투척했을 때는 적과 사용자 사이에 존재하는 모든 법칙을 깡그리 무시하고 무조건 적중, 관통시키는 치명적인 능력을 갖고 있다.

"그 무기로 제가 가르친 제자를 치셨던 거군요."

"제자?"

"불의 별의 일이지요."

그녀는 당혹감 속에 기억을 더듬어봤다.

"아, 혹시 그…… 용족 아가씨 말인가? 그 아이가 자네 제자였나?"

"예. 이름은 쑤밍이라고 합니다. 한 번 죽이셨다고 들었는데……."

하이엘바인은 역시나 하는 얼굴로 고개를 숙였다.

"그건 자리가 자리여서 어쩔 수 없었다네. 브리간트가 되살려 줬으니 다행이군. 그 아가씨는 잘 있나?"

"그때 그 일 이후로 저와 6개월 정도 함께 수행을 했지만 지금은 다시 용제전하 곁에 있지요."

"오, 그분께서 매우 아끼는 아가씨인가 보군."

"관비입니다."

"관비?"

하이엘바인의 눈이 동그래졌다.

"그 아이는 서룡족이 아니라 동룡족입니다. 기억이 나실지 모르겠지만 쑤밍은 불의 별에서 부모를 잃었지요."

"부모를?"

"동룡족의 해적선을 공격한 경비들에게 당했습니다."

"아…… 그때 그 아이였군. 기억이 나네."

"당시 저와 다른 한 사람, 그리고 용제전하께서 쑤밍을 구했습니다. 하지만 당시엔 두 종족의 사이가 좀 안 좋았기에 쑤밍을 제대로 돌보려면 관비니 관노니 하는 입장을 줄 수밖에 없었지요."

"저런."

그녀가 안타까워했다.

"아, 물론 쑤밍은 그 이후에도 제대로 된 교육을 받았습니다. 단지 어린 나이부터 지금껏 용제전하의 뒷바라지까지 신경을 쓰느라 조금 바빴을 뿐이지요."

"용제전하의 뒷바라지를?"

"아까 말씀드렸다시피 관비니까요."

"허어."

하이엘바인이 난감한 표정을 지었다.

"그 아이도 팔자가 기구하군."

리오는 그녀의 입에서 왜 그런 말이 나왔는지 알고 있을뿐더러 생애가 참 기구하다는 것에 동감하기 때문에 아무 말도 하지 않았다.

"음, 그랬군. 그래, 자네의 제자였군. 그때는 어디서 이렇게 용감한 아가씨가 나타났나 하고 놀랐다네. 아무튼 나에게 여러 가지로 감정이 많겠군. 무기를 맞대지 않고 다시 만나고 싶었는데 말일세."

거기까지는 확정지어 말할 입장이 아니었던 리오는 미적지근하게 웃었다.

"담대하고 착한 아이니 어렵게 생각지 마십시오. 분명 발전적인 방향으로 나가실 수 있을 겁니다."

"그러도록 노력하지."

리오가 다시 엘프들의 도시에 눈을 돌렸다.

"이제 눈앞의 문제를 좀 처리해 보죠. 들어가실까요?"

"음."

하이엘바인은 마음을 굳게 먹고 리오의 뒤를 따라갔다.

검문 없이 도시에 들어선 리오는 사방에서 느껴지는 '적'의 기운에 자못 긴장했다. 그보다 감지 능력이 더 좋은 하이엘바인은 아예 걱정까지 했다.

"숫자가 많다고 해야 하나?"

그녀가 묻자 리오는 고개를 갸우뚱했다.

"너무 많아서 위치 파악도 힘듭니다."

이곳저곳을 둘러보던 리오의 눈이 앞쪽으로 뻗은 길 저편에 멈췄다. 하이엘바인의 시선도 그곳에 고정됐다.

밤색 더벅머리의, 예전에 지나친 도시에서 갑자기 행방불명된 레나가 그 길 한가운데에 서 있었다. 얼굴의 귀여운 미소는 여전했으나 그녀를 대하는 둘의 태도는 달랐다.

하이엘바인은 그녀를 대할 때 항상 미소를 먼저 지었다. 그러나 지금은 마치 적을 살피는 장수처럼 냉엄한 얼굴로 그녀를 바라봤다.

"여기서 만나는군."

"처음부터 예상했던 일이지요. 조금 빠르긴 하지만 말입니다."

대답한 리오의 표정도 하이엘바인과 비슷했다.

"뭐, 빨라서 나쁠 것은 없죠."

그가 그리 말하자 하이엘바인의 눈빛이 잦아들었다.

"괜찮겠나?"

"괜히 이름을 레나라고 지어준 게 아닙니다."

그가 웃었다.

"이젠 몇 번이고 죽여도 가책을 못 느끼는 이름이거든요."

그가 레나에게 다가갔다. 하이엘바인은 리오와 '레나'라는 이름 사이에 무슨 사연이 있는지 궁금했지만 그런 것을 물어볼 상황이 아니기에 그를 따라 걸었다.

이윽고 리오와 레나가 마주 섰다.

먼저 말을 건넨 쪽은 레나였다.

"지금 왔네, 오빠?"

"좀 늦었지? 하지만 늦는 편이 우리 레나에겐 더 좋았을 텐데?"

"그럴지도 모르겠네."

레나가 방긋 웃었다.

엘프들의 도시 전체가 요동치기 시작한 것은 그 직후였다.

도시를 거닐던 엘프들의 절반이 태엽 풀린 장난감처럼 우뚝 멈췄다. 가족과 친구, 이웃의 그 이상 반응에 놀란 것은 같은 엘프들만이 아니었다. 그 엘프들과 함께 태연히 일을 하던 다른 종족들도 경악했다.

멈췄던 엘프들의 육체들이 급변했다. 희고 맑은 피부는 검게 탁해졌고 몸의 형태도 늪지의 진흙처럼 뭉개졌다.

한번 뭉개졌던 형태는 이윽고 다른 모습으로 재구성됐다. 지금까지 흡수해 온 폭력을 유감없이 발휘할 수 있는 존재, 렘런트가 된 그들은 근처에 있는 자들을 거침없이 학살했다.

자신을 친구로, 이웃으로, 그리고 부모와 형제로 여겨주었던 모든 것들을.

비명이 그 거대 도시의 나선형 구조를 타고 올라갔다.

이런 상황을 어느 정도 예상했던 리오는 착잡한 미소로 레나를 바라봤다. 하이엘바인은 자신의 모든 감각을 타고 들어오는 대량의 죽음에 안타까워했다.

"멈춰라! 저들은 아무 죄도 없지 않나!"

레나가 다시 웃었다.

"그럼 애초에 날 화나게 만들지 말았어야지?"

그녀가 꼭 쥔 두 주먹을 자신의 허리 양쪽에 댔다. 여자아이들이 춤을 추기 전에 흔히 잡는 동작의 하나였다.

"두 사람, 언제부터 내 정체를 알고 있었지?"

그러자 답변에 앞서 리오의 검이 보라색 자태를 드러냈다. 공기를 부드럽게 가른 디바이너의 끝이 레나 쪽으로 움직였다.

"처음부터라고나 할까?"

리오는 검끝으로 레나의 앞머리를 훑었다. 레나는 눈 하나 깜짝 안 하고 리오를 쳐다봤다.

"처음부터?"

"사실 네가 이분을 처음 만났을 때는 이미 확인이 끝난 후였어. 내가 묻은 네 오빠라는 존재의 시체 말이야. 며칠 지나지도 않았는데 시체가 깔끔하게 없어졌더군."

하이엘바인을 본 레나는 좀 더 어른에 가까운 눈빛을 품었다.

"둘이 그에 관련해서 얘기하는 모습을 본 적이 없었는데?"

"여길 썼지."

리오가 자신의 머리를 두드렸다.

"너희들은 정신감응을 통해 각자가 얻은 정보를 동포들과 공유하는 것 같더군. 우리라고 그것을 못할 것 같았나?"

"정신감응을 사용했다고? 난 느끼지 못했는데?"

"네 기준으로 생각하면 곤란하지. 그쪽 분야는 우리가 한참 더 위야."

디바이너가 레나의 이마에 직접 닿았다. 검의 끝이 피부를 파고들었지만 레나의 이마에선 피 한 방울 나지 않았다.

"더 이야기를 듣고 싶다면 어서 네 동포들을 멈추도록 해. 안 그러면 널 시작으로 너희 모두가 이 자리에서 증발될 거야. 어느 쪽이 됐든 난 편하지만 넌 그렇지 않겠지?"

"흥."

일그러진 표정의 레나가 눈빛을 번뜩였다. 검은색의 강력한 파동이 그녀가 밟은 자리를 떠나 도시 전체로 퍼졌다.

비명들이 점차 잦아들었다.

리오는 검끝을 조금 내린 뒤 얘기를 계속했다.

"이제 얘기하지만 네가 날 속이려고 하는 것 정도는 처음부터 알고 있었어. 트롤들에게 화살을 맞아 죽은 네 오빠라는 생물 말인데, 시체만 봤을 때는 몰랐지만 머리에 박힌 화살을 뽑을 때 보니까 두개골이 좀 이상하더군. 만들어진 지 얼마

안 된 뼈였다고나 할까? 그때 처음 느꼈지."

레나를 바라보는 리오의 눈에 푸른 살기가 스쳤다.

"아무래도 '평범하게 태어난 녀석'은 아닌 것 같다고 말이야."

그 순간 포동포동하던 레나의 얼굴에서 핏기가 쑥 빠졌다. 맑기만 하던 눈동자도 퀭하니 풀렸다. 하이엘바인의 눈엔 그 모습이 꼭 쓰레기장에 버려진 인형처럼 보였다.

"하하, 대단하네? 어떻게 그런 것까지 알 수 있었지?"

"내가 본 사람의 뼈가 몇 개라고 생각해? 못해도 여기 있는 네 동포들의 숫자보다 많을걸."

리오가 씩 웃었다.

"그 이후 넌 나와 하이엘바인님을 계속 건드렸지. 껴안기도 하고, 어깨를 두드려 주기도 하면서 육체와 정신, 그리고 기억의 구조를 어떻게든 손에 넣기 위해 애를 쓰더군. 하지만 쉽지 않아서 좀 약이 올랐을 거야."

"맞아."

이번엔 레나가 웃었다.

"나도 그런 당신들이 좀 이상해서 동포들과의 접촉을 아예 끊었지. 심지어는 악마의 정보를 얻으려던 동포까지도 속여야 했어. 결국 내가 감시당하고 있다는 사실을 알게 됐지. 두 명 중에 한 명은 내 곁에 꼭 있더라고."

"머리도 좋으셔라."

리오가 비꽜으나 레나는 그 혈색 없는 미소를 유지했다.

"마침 우리가 천사들의 정보를 입수할 때 감시가 풀려서 다행이야. 이 부분은 저 계집에게 감사해야 하나?"

그 말에 하이엘바인은 천사들과 관련된 일 때문에 리오가 자신의 곁으로 달려온 것을 기억해 냈다.

'나 때문에⋯⋯!'

그녀가 죄책감에 빠지려는 찰나, 리오의 머리채가 좌우로 설렁설렁 흔들렸다.

"아니야. 넌 내가 준 기회를 저버렸어. 그때 내가 분명히 말했을 텐데? 그 누구도 너를 함부로 건드리지 못하게 해주겠다고 말이야. 하이엘바인님은 나와 달리 어떻게든 너를 갱생시키려 하셨지. 잘 대해주다 보면 네가 알아서 실토할 거라 생각하셨거든. 이제 신계에서 너를 지켜줄 사람은 없어."

"퉤!"

레나의 입에서 뿜어진 검은색 액체가 리오의 얼굴 쪽으로 날아갔다. 검으로 그 공격 아닌 공격을 막은 리오는 눈을 돌려 하이엘바인을 봤다.

측은함이 가득한 시선으로 레나를 바라보던 그녀는 눈을 감고 고개를 돌렸다. 이제 더 이상 말리지 않겠다는 뜻이었다.

"좋아, 그럼 마지막으로 말씀해 주실까? 너는, 아니, 너희들은 누구지? 존재 목적은?"

레나의 흰자위가 검게 물들었다.

"우리가 누구였는지 알아내는 게 우리의 존재 목적이야. 예전에 내 동포에게 들었을 텐데?"

보라색의 검광이 레나를 휘감았다. 그러나 레나는 칼날이 닿으려는 찰나에 만들어낸 공간의 구멍을 이용해 거리 저편으로 이동했다.

"역시 대단해."

중얼거린 레나의 모습이 검게 변하며 부풀었다. 그녀가 입고 있던 옷은 사라졌고 사탕들은 바닥에 쏟아졌다.

그러나 다른 괴물들처럼 끈적거리는 생물적 모습이 아니라 고체와 기체의 중간에 가까운 형태였다.

리오는 그 형태의 렘런트와 만난 일이 있었다. 리즈와 클라라를 노렸던 바로 그 렘런트였다.

연기(煙氣)와 비슷하면서도 연기가 아닌 것들이 꿈틀거리는 가운데, 리오가 레나라고 이름을 붙여준 그 렘런트가 하얀색의 눈빛을 드러냈다.

"난 당신의 힘을 도저히 가늠할 수 없어. 당신보다 강하다는 그 계집은 상상조차 가지 않아."

괴물이 오른팔을 위로 추켜올렸다.

"그 힘으로 이 도시의 꼭대기까지 올라와 봐. 살육은 그때까지 계속될 테니까."

"그래?"

리오의 눈동자 속에서 아른거리던 파란색 빛이 더욱 강해졌다.

"그럼 그때까지 공포를 가르쳐 주지."

"후후."

렘런트가 위쪽으로 사라졌다.

리오는 눈을 잠시 감았다 떴다. 빛나던 그의 눈동자는 다시 원래대로 되돌아와 있었다. 자신을 최대한 자제시킨 것이다.

비명 소리가 다시금 도시를 흔들었다. 초감각을 통해 다시 시작된 수많은 고통과 공포, 그리고 죽음을 일시에 느낀 하이엘바인은 분한 듯 두 주먹을 쥐었다.

"내가 저것을 살리려 했다니……!"

그녀의 분노가 땅으로 전달되면서 그녀가 밟고 있는 땅이 가뭄의 강바닥처럼 짝짝 갈라졌다.

"진정하십시오."

"내가 진정하게 됐나? 지금 죄없는 생명들이 무수히 죽어가고 있는데?"

"그렇다면 이 상황에 대한 해결책을 갖고 계십니까? 지금 당장 위로 올라가서 그 괴물을 없애는 것 말고 다른 해결책이 있다면 말씀해 주십시오."

하이엘바인이 머뭇거렸다. 전쟁터에서 전사들끼리 정면으로 승부하는 것만 알고 있는 그녀에겐 매우 어려운 질문이었다.

거리 전체에 악취가 풍기고 건물과 나무들이 검게 오염되었다. 오래전부터 도시를 파고든 괴물들의 잔재였다.

뒤이어 온갖 형태의 괴물들이 거리로 쏟아져 나왔다. 파충류, 곤충, 그리핀을 포함한 거대 포유류와 드래곤까지 다양했지만 모든 괴물들의 머리에는 천사의 고리가 공통적으로 달려 있었다.

그중 몇몇은 아직 다 먹지 못한 엘프들의 시체를 입에 잔뜩 머금고 있기도 했다.

녹색으로 찬란했던 도시가 시커먼 생지옥으로 변하기까지는 단 몇 분도 걸리지 않았다.

리오는 그 지옥 같은 광경을 담담하게 바라보며 어깨를 풀었다. 하이엘바인은 그런 리오에게서 이때껏 느끼지 못했던 벽을 실감했다.

"항상 하던 얘기지만 오늘만큼은 지시에 잘 따라주십시오. 그래야 한 명이라도 더 살릴 수 있으니까요."

"자네, 괜찮나?"

"예?"

리오가 의아해했다.

"최소한 분노라도 드러내야 하지 않나!"

"싸우려고 오셨습니까, 해결하려고 오셨습니까?"

그녀에게 눈총을 준 리오는 검끝으로 지면을 긁으며 렘런트들을 향해 걸어갔다. 그 소리가 대단히 위협적이었다.

하이엘바인에게 있어서 그의 그 말은 강렬했다. 처음 듣는 충고라서 그런 게 아니었다. 그 정도의 충고는 부친이나 오딘, 또는 그 외의 현명한 신들에게 충분히 들어왔고, 자기 자신도 부하들에게 몇 번이나 한 말이기도 했다.

그런데도 강렬하게 느껴졌던 이유는 왠지 충고라기보다는 과거에 대한 자책처럼 느껴졌기 때문이다.

리오와 하이엘바인, 그리고 렘런트들 사이에 난투극이 벌어졌다.

오랫동안 함께 싸운 사이처럼 리오의 검과 하이엘바인의 주먹이 서로의 빈틈을 채우며 렘런트들을 쓸어버렸다.

렘런트들이 제아무리 용족의 힘과 선신계 천사의 힘을 흡수했다 하더라도 힘의 근본이 다른 둘을 어떻게 할 수는 없었다. 그냥 베이고 소멸될 뿐이었다.

하지만 리오와 하이엘바인의 전진 속도는 영 더뎠다. 적들의 숫자가 지나치게 많을뿐더러 시간을 벌겠다는 목적이 노골적으로 보일 만큼 소극적인 공격만 계속했기 때문이다.

리오는 고민에 휩싸였다.

그는 한시라도 빨리 도시의 최상부로 올라가서 그 특이한 괴물을 처리해야 했다. 적들이 어떤 특성을 가졌는지 대략적으로 파악을 끝낸 상황이고 '우두머리' 격이 누구인지 알게 된 이상 망설일 이유가 없었다. 또한 엘프족들의 희생도 막아야만 했다.

고민하는 그의 눈에 몸싸움으로만 적들을 분쇄시키는 하이엘바인의 모습이 보였다. 힘은 여태껏 훈련을 한 덕분인지 과도하지 않았다.

　리오는 큰 결심을 하고 하이엘바인을 불렀다.

　[앞장서십시오, 하이엘바인님.]

　리오의 정신감응에 하이엘바인은 자신의 머릿속을 의심했다.

　[내가?]

　[힘을 과도하게 쓰시지만 않으면 됩니다. 뒤는 제가 보좌하겠습니다.]

　[그럼 전진하겠네!]

　동의를 나타내는 정신감응 신호가 느껴지자마자 하이엘바인이 앞으로 달렸다. 그러자 치고 빠지는 것만 지겹게 반복하던 렘런트들이 광분하여 일제히 달려들었다.

　달려가던 그녀가 주먹을 쥐고 힘을 높였다. 그녀의 눈동자가 황금색으로 빛나고 몸에서도 황금색의 아지랑이가 흘러나왔다.

　"하앗!"

　그녀가 주먹을 내지르자 폭발음과 함께 황금색 아지랑이들이 혜성처럼 뭉치며 앞으로 뻗었다. 그 크기가 1층집 정도는 간단히 압도할 만큼 컸다.

　그런 것이 두 주먹의 움직임에 맞춰 쉴 새 없이 뿜어졌다.

제법 덩치가 큰 괴물이 그것을 몸으로 막으려 했으나 간단히 타살되어 먼지처럼 사라졌다.

이번엔 거북이의 등껍질 같은 조직을 온몸에 덮은 렘런트들이 달려들었다. 그들 역시 소멸을 피할 수는 없었지만 다른 렘런트들처럼 한꺼번에 죽어주진 않았다.

그들이 파도처럼 밀려오는 가운데 하이엘바인이 오른손 주먹을 아래로 내리며 자세를 잔뜩 낮췄다.

이윽고, 그녀가 벌떡 일어나며 주먹을 머리 위로 뻗었다.

황금의 빛줄기가 그녀의 주먹을 따라 용솟음쳤다. 앞뒤 가리지 않고 달려들던 괴물들이 그 빛에 휘말려 한꺼번에 소멸됐다.

리오와 하이엘바인이 동시에 좌우로 물러났다. 그들이 있던 자리에 검은색 물줄기가 닿았다. 멀리서 물주머니처럼 생긴 렘런트들이 내뿜은 것인데, 초고압으로 분사되는 그 물줄기의 위력은 돌로 된 집조차도 간단히 자를 정도였다.

[시간을 좀 벌어주게!]

[알겠습니다.]

리오가 검을 두 손에 쥐고는 푸른색의 스펠다이얼을 만들었다. 바람의 마법을 머금은 디바이너의 칼날에 폭풍이 맺혔다.

그가 검을 땅에 박았다. 물고기의 지느러미가 수면을 가르듯 무수한 바람의 칼날이 렘런트들을 덮쳤다.

하이엘바인이 숨을 크게 들이쉬더니 일시에 기운을 뿜어냈다. 그 힘에 반응한 그녀의 복장이 황금빛과 함께 뒤바뀌었다.

갑옷 밑에 받쳐 입은 검은색 옷은 하얗게 탈색되었고 바지 위엔 무릎 아래에 살짝 걸치는 흰색 치마가 풍성하게 펄럭거렸다. 가죽제로 보이던 갑옷은 황금색의 찬란한 판금 철갑으로 변했다.

동그랗게 틀어 올린 그녀의 머리카락이 깔끔히 풀려 등판으로 내려왔다. 아무것도 없던 그녀의 머리 위엔 새의 부리를 보고 만든 듯한 투구가 나타나 그녀의 머리를 보호했다.

그것이 하이엘바인이 입고 있던 가죽 갑옷의 진정한 자태였다.

렘런트의 물줄기들이 그녀의 갑옷에 맞아 사방으로 꺾였다. 튕긴 물줄기들은 인근에 있던 다른 렘런트들의 몸통을 갈랐다.

투구가 만든 그늘 속에서 하이엘바인의 황금색 안광이 더욱 밝게 빛났다.

[내 뒤에 가까이 붙게!]

그녀의 뒤편으로 달려들던 괴물들을 한참 상대하던 리오는 황급히 그녀 뒤편으로 자리를 옮겼다.

하이엘바인이 두 주먹을 자신의 가슴 앞에서 맞부딪쳤다.

"주제를 모르는 존재들이여, 멸망한 자들의 노래를 들어라!"

그녀의 팔에 감싸인 황금색 빛이 하얀색보다 더 흰 백색으로 달아올랐다. 그녀는 맞대고 있던 주먹을 떼고 두 손을 괴물들 쪽으로 펼쳤다.

"니벨룽겐리트(Nibelungenlied)!"

그 순간 괴물들은 사방이, 심지어는 딛고 있는 땅까지 하얗게 탈색되는 초현실적인 광경을 목격했다. 중력과 기압의 굴레로부터 해방되는 느낌도 받았다.

그 평온함은 인지능력의 한계를 돌파한 공격이 닥쳐오며 생긴 일종의 부조리(不條理)였다.

뒤이어 그들을 때린 것은 강철보다 더 단단한 무형의 폭풍이었다.

리오는 가만히 서 있던 괴물들이 일순간 넝마가 되어 사방으로 튕겨 나가자 내심 감탄했다.

적들이 휩쓸린 것보다 더 신기한 것은 괴물들이 그렇게 튕겨 날아갔음에도 불구하고 그들 사이에 있던 건물이나 몇 명 안 되는 엘프 생존자들이 멀쩡하다는 사실이었다.

그녀가 다시 뛰고 리오가 뒤를 따랐다. 리오는 잠깐의 여유가 생긴 틈을 이용해 그녀에게 물었다.

[니벨룽겐리트를 쓸 줄 아셨습니까? 얘기만 들었던 기술입니다만.]

[물론이지.]

투구 밑으로 흘러나온 그녀의 긴 은발이 리오의 눈앞에서 찰랑거렸다.

[그나마 흉내라도 내는 자가 '베노로스'라는 이름의 부하뿐이라서 걱정하던 기술이라네. 사실 그 역시 육체를 개조하지 않았다면 쓸 수 없었을 것이네. 이번 일이 끝나면 자네도 한번 배워보겠나?]

[예, 뭐, 생각해 보죠.]

맨주먹으로 싸우는 것에 전혀 흥미가 없는 리오는 일단 그렇게 둘러댔다.

그들이 도시의 3분의 1정도를 올라갈 무렵, 덩굴로 만들어진 도시의 상수도가 파열됐는지 맑은 물이 거주지를 떠받치는 나뭇가지들을 거쳐 비처럼 아래로 쏟아졌다.

위쪽으로부터 전열을 다듬은 렘런트들이 다시 몰려왔다. 이번에는 단단한 껍질뿐만 아니라 큰 덩치와 날개를 단 녀석들로만 이뤄져 있었다.

[난이도가 높아졌군요.]

농담을 던진 리오가 건물과 나무들을 밟고 공중으로 높이 도약했다. 그리핀과 모습만 비슷할 뿐, 덩치가 두 배 이상 되는 괴물 두 마리가 하이엘바인에게 돌격하고 있는 찰나였다.

리오는 그중 하나의 목을 검으로 찍고 그 상태로 검을 비틀어 적을 땅에 내리꽂았다.

땅을 밟은 리오가 붉은색 스펠다이얼을 띄워 마법검을 발동시켰다. 그것도 적들이 가장 싫어하는 화염의 마법이었다.

리오가 검으로 렘런트의 머리를 후려쳤다. 부리를 시작으로 렘런트의 몸 전체가 순식간에 탄화되어 바스러졌다.

그는 상하, 좌우, 사방팔방에서 날아오는 적들을 맡았다. 반대로 지상에서 오는 적들은 하이엘바인이 상대했다.

돌진하는 대형 렘런트의 머리를 맨손으로 받아내 반대편에 메친 하이엘바인은 오른손 주먹으로 렘런트의 머리를 올려쳤다.

렘런트의 거구가 위로 붕 뜨는 한편, 땅에서 곧장 자세를 바꾼 하이엘바인이 두 손을 앞으로 내밀었다가 당기며 긴 호흡을 들이켰다.

위에서 떨어지던 물방울이 그녀가 만든 대기의 압축에 휘말려 어지러이 춤을 췄다.

"하아아앗!"

그녀가 왼손을 뻗자 압축되어 휘몰아치던 대기의 흐름이 거대한 망치처럼 렘런트를 후려쳤다.

그 충격이 너무 강했던 탓에 튕겨 나가지도 못하고 공중에서 납작해진 렘런트는 압축에서 해방되는 대기의 힘에 의해 한 번 더 충격을 받고 완전히 분해되었다.

리오는 여자를 뒤따르며 싸우는 것이 이렇게 즐거울 수도 있다는 사실을 깨달았다.

렘런트는 아직 많이 남아 있었다.

하이엘바인은 문득 주변을 살폈다. 렘런트들과 어떻게든

싸우려고 발버둥치다가 죽어간 엘프족 전사들의 무기들이 여기저기에 널려 있었다.

그중에서 그녀의 눈에 띈 것은 볼품없는 창 한 자루였다.

그 창을 손에 쥔 하이엘바인은 머리 위에서 창을 붕붕 돌렸다. 나무와 약간의 강철로 만들어진 창이라고는 생각되지 않을 정도의 강력한 바람이 창의 회전을 따라 몰아쳤다.

이윽고 그녀가 창의 자루 끝으로 땅을 찍었다. 타점에서 터진 힘의 파동이 도시를 흔들었다.

"창을 든 발키리의 의미는 명백한 죽음!"

고함을 지른 그녀는 창술 자세를 잡았다.

"그 모습을 본 너희들은 죽을 것이다!"

렘런트들이 그녀의 선언에 저항하듯 괴성을 질렀다.

비록 엘프들이 쓰는 창이긴 했지만 리오는 걱정하지 않았다. 그녀의 손에 잡히면 땔감용 장작조차도 바위를 자르는 흉기가 됨을 알고 있기 때문이다.

[힘을 너무 과하게 쓰시면 곤란합니다.]

[걱정하지 말게. 오히려 창을 드는 편이 힘을 조절하기에 편하다네.]

[그렇습니까?]

[맨손 격투는 상대방을 두드리는 감이 좋지 않아서 말일세.]

그녀가 창술을 준비했다.

[자네는 검만 계속 써왔나?]

[처음에 지급된 무기가 이거라서 어쩔 수가 없더군요.]

[여유가 된다면 창술을 배워보게. 창은 수련만 제대로 한다면 거의 모든 무기를 제압할 수 있는 최고의 무기지.]

[마침 동료 중에 창을 잘 쓰는 자가 있습니다. 그리고 지금은 현장에 참여하는 일이 없지만 피엘 비서관의 무기도 창이지요.]

[피엘 비서관이? 그렇다면 언젠가 그녀와 한번 겨루고 싶군.]

[예? 아니, 왜 하필 피엘 비서관과…….]

[강자에 대한 느낌이랄까?]

리오는 그런 말을 할 여유가 있냐며 묻고 싶었으나 그럴 수가 없었다. 하이엘바인의 움직임은 왠지 신이 난 듯 더욱 좋아졌다.

렘런트 세 마리가 빠른 속도로 낙하했다. 리오가 바로 날아가 그들을 격추했지만 다른 방향에서 다섯 마리의 렘런트가 추가로 내려왔다.

그렇지 않아도 덩치가 큰 녀석들이 그렇게 떼를 지어 날아오니 하늘은 물론 상층 주거지를 떠받치는 나뭇가지들조차 보이지 않았다.

리오는 하이엘바인을 도울 준비를 했으나 너무 이른 판단이었다.

그녀가 창을 던질 자세를 취했다.

"발키리의 머리 위는 너그럽지 않다!"

혜성이 날아가듯 그녀가 쥔 창이 폭음을 터뜨리며 튀어나갔다.

리오의 눈엔 창의 비행이 얼핏 보였지만 렘런트들과 소수의 생존자들에겐 그렇지 않았다. 단지 창이 지나간 이후 공중에 남겨진 공기의 일그러짐만이 하얀 일직선으로 흔들거릴 뿐이었다.

그녀가 날려 보낸 창에 직접 얻어맞은 렘런트는 없었다. 그러나 창이 지나가는 순간 터진 후폭풍에 휘말려 골격 외의 모든 것을 잃고 추락했다.

끝없이 날아갈 것만 같던 창은 어느 순간 멈춘 뒤 방향을 바꿔 하이엘바인의 손에 다시 돌아왔다.

다른 렘런트들이 연이어 그녀를 공격했다.

"저승으로 물러나라!"

처음에는 단순한 찌르기였다. 그런데 그 찌르기가 황금빛을 머금더니 창끝에 속도가 더해졌고, 조금 뒤엔 유성우(流星雨)처럼 무수하게 퍼졌다.

그 빛의 무리를 보고 움찔한 괴물들이 속도를 줄였지만 자신들의 의지와 관계없이 그 황금의 유성우에 빨려 들어갔다.

렘런트 한 마리가 단숨에 분해되고 뒤이어 다른 한 마리도 조각 몇 개를 남기며 흩어졌다. 단단한 껍질도, 엄청난 덩치도 소용없었다. 몇 마리가 땅에 발톱을 박고 저항했지만 뜯겨진 땅덩어리들을 움켜쥔 채 휘말려 들어가 소멸됐다.

그녀가 펼치는 창술의 영향권은 지상만이 아니었다. 하늘에 있던 적들은 오히려 더 쉽게 빨려 들어갔다.

자세를 낮춘 채 아슬아슬하게 버티던 리오는 그 광경을 보고 아연실색했다.

'이건 창술이 아니라 자연재해잖아?'

창을 멈춘 그녀는 자루 끝으로 다시 땅을 때려 기술을 마무리했다. 주변에 남아 있는 적들이 없는 것을 확인한 그녀는 한숨을 돌리는 리오에게 손짓했다.

"뭘 하는 건가? 어서 가세!"

뭐라 할 말을 찾지 못한 리오는 얼른 그녀를 뒤따랐다.

그들이 도시의 절반을 올라 상층에 거의 도달할 무렵, 이번에는 쥐며느리와 비슷한 형태의 렘런트들이 건물들을 무자비하게 짓밟으며 몰려왔다.

리오는 이번에야말로 자신의 힘이 필요할 것이라 생각했다. 괴물들이 뒤집어쓰고 있는 껍질이 철을 바른 성벽이 떠오를 만큼 두껍고 단단했기 때문이다.

그가 어떤 마법을 검에 주입해야 할지 고민하려던 찰나, 그의 눈앞으로 엘프들의 백마가 휙 지나갔다. 그냥 뛰어가는 게 아니라 바람에 걸린 나뭇잎처럼 날아가고 있었다.

멀리서 주인을 잃고 방황하다가 하이엘바인의 힘에 붙들

린 그 백색의 짐승은 다시 땅을 밟음과 동시에 놀라서 앞뒤로 펄펄 날뛰었다.

하이엘바인이 안장에 앉아 말의 고삐를 쥐었다.

"정숙하라!"

고삐를 통해 그녀의 힘을 받은 말은 이내 황금빛 마갑에 둘러싸인 전투마로 변했다. 최면에 걸렸는지 그 말은 저편에서 무섭게 돌진해 오는 괴물들을 보고도 콧김만 뿜었다.

[말이 버틸 수 있겠습니까?]

리오가 정신감응으로 물었다.

['슬레이프니르'를 부를 처지가 아니라서 어쩔 수 없지만 이 갑옷이라면 충분할 것이네.]

슬레이프니르는 오딘이 말을 대신하여 타고 다니는 신수(神獸)이자 주인이 원하는 곳이라면 이승과 저승을 가리지 않고 넘나들 수 있는 아스가르드 최강의 전투마였다.

오래전에 오딘의 마구간에서 혼자 시간을 보내는 슬레이프니르를 본 적이 있는 리오는 의아해했다.

[슬레이프니르도 받으셨습니까?]

[전사가 전장에서 무엇을 따지는 건가! 길을 뚫을 테니 뛸 준비나 하게!]

[아, 알겠습니다.]

점점 입장이 바뀌고 있음을 느낀 리오는 자존심이 조금 상했지만 그녀의 말대로 그런 것을 따질 상황이 아니었기에 잠자코 그녀를 지켜봤다.

황금색 빛이 그녀가 쥔 창을 감쌌다. 빛의 형태가 예전에 클라라가 썼던 돌격창처럼 길고 두꺼웠다.

창까지 준비를 마친 하이엘바인이 강하게 고삐를 당겼다. 말이 앞발을 들고 포효하는 등 분위기는 좋았지만 리오는 그녀의 단독 돌파만으로 과연 상황이 해결될지 의문이었다.

'정말 혼자서 뚫으실 생각인가?'

하지만 그 생각 역시 쓸데없는 걱정에 지나지 않았다.

그녀가 말을 몰고 돌진했다. 다가오던 렘런트들도 맞서 속도를 높였다.

하이엘바인의 전신에서 빛이 일어났다.

"발키리의 위대한 영령(英靈)들이여! 나 하이엘바인이 이 자리에서 그대들을 추모하리니!"

창을 앞으로 내뻗는 그녀의 좌우로 오색의 기운이 무수히 맺혔다. 그 빛의 흐름들은 이윽고 하이엘바인과 마찬가지로 창을 들고 말을 탄 여성들의 군대 발키리들로 바뀌었다.

"아스가르드의 용맹을! 기상을! 그리고 투지를 다시 한 번 세상에 보여라!"

하이엘바인이 이끄는 발키리들이 자신들과 적들 사이에 위치한 건물과 생존자들을 고속으로 뛰어넘으며 전진했다.

리오는 전율을 느꼈다.

그들은 저승에서 소환된 망자가 아니었다. 그렇다고 그녀가 재창조한 인형들도 아니었다.

'기억의 실체화!'

그는 예전에 하이엘바인이 기억의 실체화를 이용하여 뮐니르 해머를 불러내는 광경을 똑똑히 기억하고 있었다.

지금 나타난 발키리들도 그와 마찬가지였다. 그들은 하이엘바인이 갖고 있는 전우들에 대한 기억이었다.

무기도, 갑옷도, 말들의 모습도 각각 달랐다. 심지어는 머리 모양과 생김새, 장신구들도 달랐다. 그것은 하이엘바인이 갖고 있는 전우들에 대한 기억이 그만큼 뚜렷하다는 증거였다.

하이엘바인이 왼손을 들었다.

"스트라케! 라피르! 그대들이 선두로!"

두 명의 발키리가 그녀의 호명에 따라 대열에서 앞으로 나왔다.

"클라라와 지노비아는 좌우를 책임져라!"

둥근 방패와 돌격창을 든, 장난감 병정이 아닌 멀쩡한 모습의 클라라가 돌격창을 들어 반대편에 위치한 발키리에게 신호를 보냈다.

실체화된 기억들이 명령에 따를 리는 없었다. 장기판의 말처럼 그녀가 원하는 대로 움직일 뿐이었다. 하나 하이엘바인은 진지했고 기억들은 완벽했다.

'기억에 새겨진, 말 그대로 소중한 전우들이었군.'

리오는 자신이 낼 수 있는 최고의 속도로 하이엘바인의 뒤를 쫓았다.

양측의 군세가 정면으로 충돌했다.

하이엘바인이 실체화시킨 기억들은 놀라운 힘으로 렘런트들을 밀어붙였다. 그러나 그들은 얼마 가지 못해 렘런트들에게 밀려 산산이 부서졌다.

리오는 그 이유를 알고 있었다. 실체화를 이용한 몰니르 해머가 아주 잠깐 나타났다 사라진 것처럼 발키리들 역시 시한부였다.

하이엘바인은 유리처럼 부서지는 전우들의 모습을 뒤로하고 냉정하게 돌격했다.

리오와 함께 렘런트들의 대군을 돌파한 하이엘바인은 리오가 어느 지점을 통과하자마자 말머리를 돌렸다.

[어서 가게! 이 길은 내가 막겠네!]

리오는 괜찮겠냐는 질문을 하려다가 자신이 세상에서 가장 쓸데없는 짓을 하려 했다는 사실을 얼른 깨닫고 씩 웃었다.

[부탁드리겠습니다!]

하이엘바인에게 뒤를 맡긴 리오는 달리고 또 달렸다. 도중에 자신을 막기 위해 기어 내려오는 렘런트들은 최대한 빨리 처리하고 지나갔다.

결국 최상층에 도착한 리오는 가빠진 숨을 조절하며 팔의 가죽 보호대로 얼굴의 땀을 훔쳤다.

최상층에는 엘프들의 영주와 도시의 관리자들을 위해 만들어진 건물이 있었다. 도시가 위로 갈수록 좁아지는 구조였기 때문에 건물은 높지도, 넓지도 않았다.

건물의 대부분은 나무로 이뤄졌지만 자세히 보지 않으면 나무라는 사실을 믿기 힘들 정도로 정교하고 치밀하게 지어져 있었다. 게다가 색깔도 녹색 일변도가 아니라 갓 쪼개진 나무의 속살처럼 연한 황색이었다.

그러나 리오의 눈엔 아무것도 보이지 않았다. 그저 건물 앞에 웅크리고 앉아 있는 '레나' 만이 들어올 뿐이었다.

리오가 팔뚝 보호대로 얼굴을 닦으며 앞으로 걸어갔다. 그에 맞춰 최상부의 사방에 각종 렘런트들이 기어올라 와 주변을 포위했다.

리오는 점점 가까워지는 레나를 노려보며 살기를 흘렸다.

"혼날 때가 왔는데, 어떻게 생각하지?"

파랗게 빛나는 리오의 눈빛이 꿈틀했다. 레나의 옆자리에서 똑같은 생김새의 렘런트 하나가 더 솟아올랐기 때문이다.

"너는……?"

리오는 레나를 처음 만난 날, 트롤의 화살에 머리가 꿰어 죽은 소년을 떠올렸다.

레나가 연기처럼 꿈틀거리는 손으로 방금 나타난 자신의 쌍둥이를 가리켰다.

"그래, 내 쌍둥이 오빠야. 기억하지?"

리오는 의문이 들었다.

"동포니 어쩌니 하더니 지금은 진짜 혈육처럼 소개하는군."

"혈육이야."

"뭐?"

"오빠는 달라. 동포라는 개념과는 조금 달라."

"그러신가? 무슨 말인지 도무지 모르겠군. 알아들을 수 있게 설명해 주면 좋겠는데?"

리오가 황당하다는 투로 말하자 레나의 옆에 나타난 렘런트가 눈빛을 반짝거렸다.

"설명은 우리도 힘들어. 사실 우리도 그렇게 느끼는 이유를 알고 싶거든."

소년의 목소리였다.

"우리는 의식이 시작된 순간부터 함께 다녔고 서로를 쌍둥이라고 인식했어. 왜 그런 느낌이 들었는지는 몰라. 아는 것은 우리가 쌍둥이라는 사실뿐이야. 그 외에는 다른 동포들과 마찬가지로 우리가 원래 어떤 존재였는지, 남자인지 여자인지, 이름이 뭐였는지 전혀 알지 못해."

"그런가? 그렇다면 내가 좀 도와주지."

리오가 어깨를 으쓱했다.

"모든 걸 중단하고 얌전히 투항해. 그렇게 하면 신계로 데려가서 너희들이 원래 어떤 존재였는지 알게끔 해줄 테니까."

쌍둥이가 비웃듯 몸을 흔들었다.

"어차피 거절하기 위해 당신들을 이곳으로 불러들인 거야."

"당신들은 강해. 하지만 우리 동포들의 힘을 너무 얕봤어."

번갈아 말한 쌍둥이가 하늘로 솟아올랐다.

"당신들, 특히 당신이 가진 가치관에 대해서 시험해 볼까?"

"당신의 임무라는 것과 이 근방의 생물 전체를 걸고 도박을 해보자고."

"당신이 얼마나 버틸 수 있을지 궁금하네."

검을 잡은 리오의 손등이 부르르 떨렸다.

'이것은! 이 느낌은……!'

멸망은 그에게 있어서 꽤 익숙한 단어였다. 멸망을 막아본 경우는 수도 없이 많지만 막지 못한 경우도 꽤 됐다. 심지어는 실수와 자제력 상실로 인해 스스로 세상을 멸망시킨 적도 있다.

어찌 됐든 멸망 직전의 느낌이라는 것은 항상 비슷했다. 표현하기 힘든 절망감, 불안감, 그리고 고독감이 엄청난 압력으로 밀려들어 온다.

그중에서 고독감은 어떤 상황이든 공통적으로 닥쳐오는 요소였다. 큰 선택을 앞둔 인간은 누구나 겪을 수밖에 없는 일이고, 그것은 리오 역시 마찬가지였다.

'이것저것 가릴 때가 아니야!'

그가 쌍둥이를 영원히 제거해 버리자고 결심한 순간 최상부에 올라와 있던 모든 렘런트들이 뛰어올라 하나로 뭉쳤다.

하늘을 가릴 정도로 크고 두꺼운 방패가 천사의 성령결계까지 치며 필사적으로 쌍둥이를 지켰다.

"이 자식들!"

리오의 양손에 진홍색의 대형 마법진이 하나씩 입체적으로 떠올랐다. 스펠다이얼과는 다른, 규칙을 지킨 진짜 마법진이었다.

"그 찌꺼기들과 함께 날려주마!"

플레어의 진홍색 섬광이 렘런트 덩어리에 직격했다. 결계가 깨지고 렘런트 덩어리들이 핵융합폭발의 열과 폭풍에 깎여 나갔다.

렘런트들이 부서지는 속도에 맞춰 쌍둥이가 공간을 열고 다른 렘런트들을 불러냈다. 깎고 붙이는 싸움은 폭발이 끝날 때까지 계속됐다.

도시를 뒤흔들 정도의 폭발이 끝나기도 전에 리오의 왼손에서 또 한 번의 플레어가 작렬했다. 폭발의 여력이 남은 상태에서 터졌기에 파괴력은 더했다.

방패의 소각 속도가 기하급수적으로 빨라졌다. 렘런트들이 나오는 속도가 뒤따라가지 못하자 쌍둥이는 결국 급히 고도를 올려 그곳에서 벗어났다.

그를 놓칠세라 황금색 빛줄기가 쌍둥이를 향해 솟구쳐 올랐다. 최상부의 바닥과 건물을 꿰뚫고 솟아오른 그 빛줄기 속엔 한 자루의 창이 들어 있었다.

창은 쌍둥이의 머리를 스치고 올라갔다. 쌍둥이의 동작이 멈추는 한편, 창이 뚫은 최상부의 바닥으로부터 말을 탄 하이엘바인이 뛰어나왔다.

하늘을 향해 뻗은 그녀의 손에 아까 내던졌던 창이 다시 돌아왔다. 창에 손상이 있긴 했지만 그녀는 흔들림없이 창을 던질 자세를 잡았다.

"너희들의 뜻대로 되지 않는다!"

그녀가 창을 날리려는 찰나, 쌍둥이가 동시에 정신감응을 날렸다.

[우리의 뜻이 뭔지 알기나 해?]

[그곳으로 올라오라고 한 이유를 알려줄게.]

"뭐라고?"

그녀의 손이 멈칫했다.

도시가, 나무가 진동했다.

쌍둥이가 올라오라고 한 최상부에서 지상을 내려다본 리오와 하이엘바인은 들고 있던 무기를 동시에 내렸다.

도시를 버티는 거대 나무의 곳곳이 조약돌에 맞은 도자기처럼 파열됐다. 그 깨진 틈새를 뚫고 검은색의 해일이 광기를 부리며 터져 나왔다. 그 대량의 물질은 그냥 검은색의 액체가 아니라 리오들이 여태껏 상대해 온 렘런트였다.

나무 안쪽에 잔뜩 차 있던 렘런트들은 도시와 숲, 그리고 낮은 언덕을 집어삼키며 번져 나갔다. 눈 깜짝할 사이에 지역 하나가 날아가고 지평선까지 까맣게 물들었다.

그에 휩쓸린 생물들이 어떻게 됐을지는 상상할 필요도 없었다. 그 괴물들이 터져 나온 순간부터 이 도시에서 정상적으로 살아 있는 존재는 리오와 하이엘바인뿐이었다.

"제대로 한 방 먹었군요."

중얼거린 리오가 어금니를 물었다. 침통함이 얼굴에 역력한 하이엘바인은 어떻게든 마음을 가라앉히기 위해 한숨을 길게 내쉬었다.

"힘을 써보라면 써보라는 뜻이겠지?"

"그렇지요. 준비를 확실히 했던 것 같습니다."

리오는 여전히 공중에 떠 있는 쌍둥이를 올려다보며 교신기를 꺼내 들었다.

"여길 다 정리하려면 선신계 측 움직임을 막아야겠군요. 중간에 나타나서 시비를 걸면 곤란하니까요. 상부에 보고를 하겠습니다."

"그리하게. 내가 엄호하겠네."

하지만 상황은 나쁜 쪽으로만 흘러갔다.

교신기를 계속 조작하던 리오의 얼굴이 굳어졌다.

"하이엘바인님."

"무슨 일인가?"

"지금 당장 주신계로 돌아가십시오! 어서!"

교신기의 표면이 교신 불능을 알리는 붉은색 빛으로 점멸하는 것을 본 하이엘바인은 침착하게 공간의 길을 열기 위한 빛의 도형을 눈앞에 그렸다.

그 순간 흰색의 빛이 터지면서 그녀가 만들던 도형들을 흐트러뜨렸다. 리오는 그 느낌에 움찔했고, 그것이 무엇을 뜻하는지 전혀 모르는 하이엘바인은 크게 허둥댔다.

"다, 다시 해보겠네. 내가 또 실수를……."

"공간의 길이 봉쇄됐습니다! 당장 힘을 억누르십시오!"

연속되는 그의 고함에 움찔한 하이엘바인은 여태껏 개방하고 있던 자신의 힘을 깔끔하게 수습했다.

그녀의 황금색 갑옷이 가죽 갑옷으로 바뀌었다. 타고 있던 말의 마갑도 완전히 사라졌다.

리오 역시 힘을 최대한 억누른 뒤 그녀를 붙잡고 부서진 건물 안으로 들어갔다. 마갑에서 해방되어 정신을 차린 말은 밖에서 우왕좌왕했다.

그들이 건물 속에 들어간 이후 얼마 안 되어 고리 모양을 한 수십 개의 빛이 하늘을 수놓았다.

그 고리들을 뚫고 나타난 것은 하얀색 새의 날개를 처덕처덕 붙여 만든 것처럼 보이는 거대한 물체들이었다. 그것은 선신계에서 사용하는 군함이었다. 각 군함의 크기는 작은 도시의 규모에 가까울 만큼 컸다.

하이엘바인은 하늘에서 천천히 날개를 펴는 그 군함들을 긴장한 눈으로 지켜봤다.

[선신계의 군대인가?]

그녀가 정신감응을 요청하자 리오가 곧장 응했다.

[정확히 어느 소속인지는 모르겠지만 장로급 천사의 직속 함대인 것 같습니다. 공간의 길까지 봉쇄하고 나타난 것으로 봐서 확실히 작정을 한 것 같군요.]

[작정? 설마 함정이라는 건가?]

[모르지요.]

리오는 이유를 알면서도 그렇게 답했다.

한편, 공중에서 선신계의 함대를 지켜보던 쌍둥이 괴물은 동시에 쳐다봤다.

"계획대로 됐어."

"이제 때를 기다리자."

만족한 목소리로 대화를 나눈 둘은 공기 속으로 후루룩 사라졌다.

잠시 후 갑옷을 차려입은 선신계 천사들이 하늘에 고정된 그들의 군함으로부터 군무(群舞)를 펼치며 내려왔다.

그들의 한가운데에는 주황색의 고리와 녹색의 고리를 가진 두 명의 천사가 다른 천사들에 비해 훨씬 더 넓고 강인한 날개를 펄럭이고 있었다.

그들이 내려오자 세상이 더욱 밝아졌다. 태양에서 내려오는 빛이 두 장로 천사의 권능을 거치며 강해진 탓이었다.

그 밝기는 결코 좋은 것이 아니었다. 지나친 빛으로 인해 높은 산지에 남아 있던 수풀이 삽시간에 말라비틀어졌다.

하이엘바인은 그들의 모습을 보고 눈살을 찌푸렸다.

[저 애송이들이 장로라고?]

[저들을 아십니까?]

[메타트론과 함께 반란군의 선봉에 섰던 자들이라네. 하지만 녹색 고리에 녹색 로브를 입은 천사 정도만 이름을 기억하겠군. 아마 '가브리엘'이었지?]

리오는 세대 차이라는 말을 머릿속에 떠올리며 설명했다.

[주황색 고리를 달고 갑옷을 입은 천사는 우리엘입니다. 라파엘과 함께 성격이 지저분한 장로 천사로 유명하지요.]

[라파엘은 알고 있네. 베노로스에게 생포되어 우리 진영에 붙잡혀 왔었지. 어린 전사였지만 제법 기백이 좋았다네.]

리오는 그런 놀라운 과거를 태연하게 회상하는 그녀의 모습이 믿음직스러우면서도 불안했다.

천사들이 도시 위쪽과 주변에 서서히 자리를 잡았다.

바닥에서 꿈틀거리는 검은색 괴물들이 몸을 쭉 늘려 천사들을 공격하려 했으나 무장한 천사들은 창과 검, 그리고 빛의 힘을 사용해 그들을 불태웠다.

녹색 로브의 천사 가브리엘은 리오와 하이엘바인이 숨어 있는 도시 최상부를 살펴봤다.

오색의 빛이 교차하는 그의 눈동자는 매우 조심스러웠다. 오래된 동료의 그런 모습에 함께 온 장로 천사 우리엘이 조급함을 드러냈다.

"무엇을 기다리십니까? 모든 상황이 갖춰졌습니다. 어서 하이볼크의 졸개를 부르십시오."

"조금 불안합니다, 우리엘."

"불안하시다니, 무엇이 말입니까?"

"우리가 이곳에 도착하기 직전에 어떤 느낌 하나가 사라졌습니다. 이 세계의 대기와 저 거대한 나무 사이에 미약하게나마 그 흔적이 느껴지는군요."

주황색 단발의 우리엘은 황색으로 이글거리는 눈동자를 통해 가브리엘이 말한 장소를 노려봤다. 그러나 가브리엘보다 감각 능력이 떨어지는 그로서는 아무것도 느껴지지 않았다.

"저는 잘 모르겠습니다. 느끼신 흔적에 대해 말씀해 주십시오."

가브리엘이 눈을 감고 기억을 되살렸다.

"아스가르드의 느낌입니다."

"아스가르드?"

우리엘은 허탈하게 웃었다.

"가브리엘님, 옛 신계의 잔재라면 무엇이 됐든 제압할 수 있는 우리가 아닙니까?"

"그렇긴 합니다만……."

"심려치 마시고 서두르십시오. 주신의 졸개가 우리의 포위 망을 뚫고 도망치기 전에 잡아야 합니다."

"알겠습니다."

가브리엘은 오른손에 들고 있던 긴 나팔을 입에 댔다.

고급 도자기처럼 윤기가 흐르는 백색을 띤 그 나팔은 가브리엘이 신을 대신하여 계시를 내릴 때, 혹은 적에게 선언을 할 때 쓰이는 신기(神器)였다.

"신계의 규칙을 깬 주신계의 용의자는 들어라! 나는 규칙을 바로잡기 위해 이 땅에 내려온 선신계의 사자 가브리엘이다!"

리오는 그다음에 이어질 말을 긴장한 채 기다렸다.

"그대는 우리 선신계의 아이들을 살해했으며 이 정체를 알수 없는 괴물들을 하계에 들여놓은 중죄를 저지른 것으로 파악됐다! 지금 투항하면 규칙에 따라 그대를 존중할 터이니 어서 무기를 거두고 우리에게 모습을 드러내라!"

그 선언을 통해 그들이 자신을 직접 노리고 있다는 사실을 확실히 알게 된 리오는 이를 악물고 혀를 찼다.

[도망칠 수 있는 상황이 아닌 것 같습니다, 하이엘바인님.]

[투항하겠다는 건가?]

[싸워봤자 이득 될 것이 전혀 없는 상황입니다. 우리의 교신과 공간의 길을 봉쇄한 점, 그리고 어지간한 일로는 얼굴조차 보이지 않는 장로 천사들이 직접 내려온 점을 따지자면 그냥 투항하는 편이 낫겠지요.]

리오는 그녀를 보며 웃었다.

[하이엘바인님께선 이곳에 기척을 숨기고 가만히 계십시오. 그리고 상황이 진정될 때까지 그냥 계시는 겁니다.]

그는 케롤이 예전에 줬던 명함을 그녀에게 건네줬다.

[가지고 계신 교신기로도 연락이 안 될 경우 이 명함을 쓰십시오. 명함에 일정 수준 이상의 힘을 가하시면 케롤과 직접 정신감응을 할 수 있는 길이 열릴 겁니다.]

[케롤에게 도움을 청하란 말인가?]

[녀석을 통해서 디아블로와 상의하시는 겁니다. 그러면 아마 직접 도움을 드릴 겁니다. 뒤에 문제가 좀 생기겠지만……적어도 하이엘바인님께서 다치실 일은 없을 겁니다.]

[음…….]

그녀의 반응이 미적지근하자 리오가 진지한 얼굴로 다시 말했다.

[이것은 지시가 아니라 부탁입니다. 당신께 무슨 일이 생기면 제가 오딘님을 뵐 면목이 없습니다.]

그 말에 하이엘바인이 울컥했다.

[자네는 오딘님 때문에 나를 걱정하는 건가?]

[예?]

잠깐의 침묵이 이어졌다.

[아, 아닐세. 자네 말대로 하겠네. 다치지 말게.]

고개를 끄덕이며 웃은 리오는 그녀를 뒤로하고 건물 밖으로 나갔다.

리오의 모습이 다시 드러나자 가브리엘은 나팔을 내렸다.

보통 중성적인 모습의 선신계 천사들과 달리 남성적인 모습의 우리엘은 승리감에 도취된 미소를 지었다.

"꽤 큰 물고기였군요."

"신의 은혜가 아니겠습니까?"

가브리엘이 잔잔한 미소로 응했다.

그가 다시 나팔을 입에 댔다.

"우리 곁으로 올라와라, 용의자여."

"그전에 변호사를 부르고 싶은데?"

일반적인 외침이었으나 하늘에 떠 있는 천사들과 가브리엘, 우리엘의 귀에는 확실히 들렸다.

"그대의 농담을 받아줄 마음은 없으니 지시대로 올라와라."

리오는 팔짱을 낀 채 그들의 곁으로 서서히 올라갔다.

두 장로 천사와 얼굴을 마주한 리오는 빛의 포승을 준비하는 가브리엘을 노려봤다.

"아주 오래간만이군, 당신들. 난 왜 당신네를 볼 때마다 기

분이 나쁠까?'

"그대가 부족하기 때문이겠지."

우리엘이 부하와 함께 가까이 다가왔다.

"무기를 내놔라, 주신의 졸개."

"흠."

리오는 디바이너를 풀어 그에게 건네주었다.

곧이어 가브리엘의 포승이 리오의 몸을 단단히 묶었다. 장로 천사의 손을 거친 그 포승은 리오의 모든 능력을 원천적으로 봉쇄했다.

"그래서, 증거는 있나?"

리오의 질문에 천사들은 일단 웃기만 했다.

하이엘바인은 갈라진 건물 틈으로 그 광경을 지켜보고 있었다.

그녀의 가슴 한구석이 저렸다. 그의 모습에서 부친이 다시 떠올랐기 때문이다.

'왜 다시……!'

회상하던 그녀의 눈이 일순간 크게 벌어졌다. 디바이너가 만들어낸 진공의 칼날이 천사들 수십을 도륙했기 때문이다.

그뿐만이 아니었다. 마음만 먹으면 지평선 끝도 볼 수 있는 그녀의 눈동자 속에서 디바이너에 의해 갑옷과 육체를 관통당한 천사가 사지와 날개를 축 늘어뜨렸다.

하지만 지금 디바이너를 잡은 자는 리오가 아니었다. 우리엘이었다.

방금 전 부하의 숨을 끊은 그 장로 천사는 무슨 짓이냐고 묻듯 표정을 일그러뜨린 리오를 즐겁게 바라봤다.

"증거를 원했나? 이것이 자네가 원한 증거다."

우리엘이 디바이너를 놓았다. 리오를 묶은 포승을 단단히 붙들고 있던 가브리엘은 능력을 발휘해 검에 찔린 천사를 거대한 수정으로 단단히 보존했다.

다른 천사들이 그의 곁으로 내려왔다. 그들은 많은 동료를 잃었음에도 불구하고 아무런 동요도 없었다.

"전사한 영웅들을 함선으로 옮기도록."

천사들이 디바이너가 몸에 박힌 천사의 시체와 우리엘이 일으킨 검풍에 휘말려 사망한 시체들을 들고 함선으로 올라갔다.

이렇게 될 가능성을 머릿속에 어느 정도 열어놨던 리오는 밑에 있는 하이엘바인이 이후 이어질 자신과 이들의 대화를 상부에 전해주길 바라며 그들에게 물었다.

"무슨 짓이지? 지금은 모든 신계가 렘런트의 정체를 밝히기 위해 바쁜 게 아니었나?"

"정체라."

우리엘이 웃었다.

"우리가 그런 것도 모르고 계획을 추진했을 것 같나?"

"뭐라고?"

가브리엘이 우리엘을 보며 고개를 저었다.

"말씀을 자제하십시오, 우리엘."

"아, 제가 너무 흥분했습니다."

그때까지 자제력을 발휘하고 있던 리오가 결국 몸부림을 치기 시작했다.

"이 자식들, 똑바로 말해! 언제부터, 무슨 생각으로 꾸민 일이야!"

가브리엘의 힘이 리오에게 전달됐다. 포승의 힘이 더욱 강해지자 리오의 목과 팔뚝에 정맥이 불거졌다.

"주신계는 왜 존재하는 것일까?"

가브리엘의 목소리는 싸늘했다.

"주신계는 우리와도 타협하지만 악마들과도 타협하지. 아주 오랫동안 그 모습을 보아온 나는 주신계에서 대체 무엇을 위해 그러는지 이해할 수 없었네. 내분과 지나친 경쟁으로 인해 알아서 멸망해 가는 악신계를 주신계는 왜 돕는 건가? 그리고 항상 올바른 길을 추구하는 우리 선신계는 왜 탄압하는가?"

가브리엘의 말을 들은 리오는 이를 부드득 갈았다.

"탄압은 무슨 탄압이야? 모든 이들에게 똑같은 '올바름'을 강요하는 너희들이야말로 탄압하는 자들이잖아!"

"아, 너무 흥분하지 말게. 내가 한 말은 선신계 전체의 의견이 아니라 지극히 개인적인 의문일 뿐이었으니까."

"그렇다면 렘런트의 정체가 뭔지 털어놔!"

"오해가 깊어지는군. 우리는 우리의 방식으로 렘런트들을 제거할 것이네. 그러니 안심하고 푹 쉬게."

아까 천사를 보존했던 수정들과 똑같은 물질이 리오의 의식과 육체를 서서히 잠식했다. 그가 일부러 죽음에 도달하지 못하게 하기 위한 술책이었다.

'하이엘바인님, 부디……'

그는 이번 일의 희망이 되어버린 그녀를 떠올리며 결국 의식을 잃었다.

순조롭게 일을 마친 우리엘은 호박(湖泊) 속의 벌레처럼 굳어진 리오를 한참 동안 구경하더니 이윽고 통쾌하게 웃었다.

"하하하! 잠시 경박함을 보여도 되겠습니까, 가브리엘님?"

가브리엘이 희미하게 웃었다.

순간 거대한 황금색의 빛줄기가 우리엘의 복부에 적중했다. 그를 머금은 채 계속 상승한 빛줄기는 바로 위에 떠 있던 천사들의 함선까지 관통했다.

"으, 으으으윽!"

필사적으로 빛을 억눌러 멈춘 우리엘은 자신을 밀어붙인 무기를 보고 경악했다. 그것은 그 어떤 놀라운 무기도 아니었다. 그저 엘프들이 만든 저급한 창에 불과했다.

"누구냐!"

격노하여 창을 움켜쥐고 분해시킨 우리엘은 뚫린 구멍 사이로 빛을 토하는 함선을 노려봤다.

"누가 감히 장로 천사에게 이런 무엄한 일을……!"

그가 말을 마치기도 전에 함선이 또 다른 충격에 관통되어 아예 네 조각으로 찢어졌다.

부서지는 함선의 단면으로 충격에 사망한 천사들의 하얀 시체들이 우르르 쏟아졌다. 살았거나 부상당한 천사들은 갑작스런 일에 비명을 질렀다.

하지만 우리엘은 그런 것을 볼 틈이 없었다. 방금 함선을 격침시키며 자신의 눈앞으로 올라온 존재 때문이었다.

새의 부리처럼 뾰족한 투구 밑으로 황금색의 안광이 이글거렸다. 투구 밑으로 내려온 맑은 은발은 분노로 너울거렸다.

우리엘은 아주 오래 전에 그 모습을 멀리서나마 본 적이 있었다. 그리고 그 모습을 감히 범접할 수 없는 공포라고 기억하고 있었다.

"이 천한 것들!"

영겁의 세월 동안 쌓인, 승자가 남긴 역사에 밀려 서서히 사라졌던 아스가르드의 분노가 우리엘의 눈앞에서 폭발했다. 그 힘으로 인해 지상으로 떨어지던 함선의 거대한 파편들이 모든 법칙에서 벗어나 허공에 멈췄다.

"하, 하이엘바인!"

당황한 우리엘은 황급히 자신의 무기인 창을 불러냈다. 번개의 힘을 머금은 그 창끝이 분노에 찬 발키리를 겨냥했다.

맨손의 하이엘바인이 머리 위로 오른손을 들었다. 바람조차 두려움에 억눌려 고요한 하늘 위에 한 자루의 창이 나타났다.

하이엘바인과 마찬가지로 황금색을 띤 그 장창의 끝엔 대검처럼 보이는 육중한 창날이 달려 있었다. 창날의 전체엔 붉은색의 룬(Rune) 문자가 새겨져 빛을 발했다.

오딘이 물려준 신의 창 궁니르를 손에 쥔 하이엘바인이 다시금 고함을 질렀다.

"정숙하라!"

궁니르의 자루 끝이 아무것도 없는 허공을 때렸다.

그 수준을 가늠키 어려운 힘의 압력이 허공에 멈춰 있던 함선의 파편은 물론 멀쩡한 함선들까지 사방으로 밀어냈다. 낮은 고도에 위치해 있던 함선은 땅에 추락하기까지 했다.

그 압력의 중심부로부터 가장 가까운 곳에 있던 우리엘은 멍한 얼굴로 자신의 창을 봤다. 빳빳하던 창끝이 알맹이를 잃은 과일 껍질처럼 네 줄기로 갈라진 채 둥글게 휘어져 있었다.

"으으음!"

신음 소리와 비슷한 기합을 지르며 뒤로 물러난 우리엘은 급히 창을 재생시켰다. 창은 따로 제작된 무기가 아니라 장로 천사로서의 권능으로 만든 그의 분신이었기에 재생에는 어려움이 없었다.

날개를 활짝 펼친 우리엘이 하이엘바인에게 돌진했다.

"네가 아무리 하이엘바인이라 하더라도 과거의 존재일 뿐! 지금 이 자리에서 장로 천사의 권능으로 너를 제거해 주마!"

다음 순간 우리엘은 자신의 모든 것이 분해되는 광경을 목격했다.

그가 악몽에서 깨어나듯 퍼뜩 움직였다. 몸은 멀쩡했고 하이엘바인은 자신을 노려보고 있기만 했다.

'환각?'

당황하는 그를 향해 궁니르의 끝이 움직였다. 우리엘은 자신이 동원할 수 있는 모든 방어 수단을 기동시켰다. 물리적 충격의 완화, 모든 마법에 대한 면역, 모든 특이 사항에 대한 완벽한 저항, 그리고 신의 축복 등등.

그러나 궁니르는 그 모든 것을 가르며 들어와 우리엘의 이마를 건드렸다.

"꼴사나운 짓은 그만둬라."

이마의 상처에서 솟은 천사의 광혈이 우리엘의 얼굴에 흘렀다.

"지금 당장 나의 전우를 해방시키고 이곳을 떠나라. 그리고 돌아가서 이번 일에 대한 처벌을 기다려라. 거부한다면 너를 시작으로 내 눈에 보이는 너희 동포 모두가 죽음을 피할 수 없을 것이다!"

"으……!"

우리엘은 그녀의 눈빛을 통해 방금 자신이 본 그 환각이 무엇인지 깨달았다.

그것은 단순한 환각이 아니었다. 궁니르를 든 하이엘바인의 힘이 어설프게나마 시간의 축까지 일그러뜨리면서 보여준 그의 미래였다.

동료가 그렇게 당하고 있는 한편, 평정심을 잃지 않은 가브리엘은 부하 몇 명을 손짓하여 불렀다.

"그대들은 죄인을 데리고 귀환해라. 그리고 상부에 아스가르드의 신족 하이엘바인이 나타났다는 사실을 전해라."

"명을 따르겠습니다."

리오가 담긴 수정을 붙든 네 명의 천사가 공간의 길을 열었다.

선신계 천사들에 의해 봉쇄된 공간을 자유롭게 오갈 수 있는 존재는 현재 선신계 천사들뿐이었다. 억지로 여는 것이 불가능하진 않았지만 그걸 가능케 하기 위해선 긴 시간이 요구됐다.

천사들이 리오를 데리고 공간의 길을 들어가는 찰나였다.

뭔가 갈라지는 소리가 가브리엘의 귀에 들렸다. 흠칫 놀란 가브리엘은 부하들 쪽을 돌아봤지만 그들은 아무런 문제 없이 공간의 길로 들어갔다.

'방금 전의 그 섬뜩함은……? 분명 아스가르드의 느낌이었는데? 그것도 하이엘바인님의 영향인가?'

자신의 힘으로 부하들의 탈출을 최대한 감춘 가브리엘은 일이 끝나자마자 나팔을 입에 댔다.

"전군, 적을 공격하라! 그대들의 위대한 희생은 신의 이름으로 세상에 남을 것이다!"

밖에 있던 천사들이 아무런 두려움 없이 하이엘바인을 향해 달려들었다. 함선에서 대기하고 있던 천사들 역시 일제히 밖으로 나왔고, 함선들도 광선을 쏘며 그녀를 공격했다.

"어리석은 것들!"

하이엘바인이 궁니르의 창날로 우리엘을 후려쳤다.

우리엘은 창을 들어 그 공격을 막았다. 하지만 돌팔매질에 맞은 달걀처럼 창과 함께 가슴 아래의 모든 부분을 일격에 잃으면서 저편으로 날아갔다.

"큭! 커어어억!"

우리엘의 입과 몸의 단면에서 대량의 광혈이 터졌다. 하나 놀랍게도 그 정도의 피해는 그에게 있어서 치명상이 아니었다. 단지 오랫동안 복구하기 힘든 피해에 불과했다.

'어째서 저 신족이……! 왜 하필 하이엘바인이 이 세계에 있는 것이냐!'

의문을 품은 우리엘의 머릿속에 섬뜩한 생각이 떠올랐다.

'설마, 하이볼크가?'

하이엘바인에게 가장 먼저 도달한 공격은 함대의 포격이었다. 그 무수한 빛의 포탄과 광선을 내려다보던 하이엘바인은 궁니르를 자신의 아래쪽으로 휘둘렀다.

그녀 아래쪽의 공간에 날카로운 균열이 생기면서 포탄과 광선이 균열 속으로 빨려 들어갔다.

함대의 공격을 잔뜩 머금은 공간의 균열은 금방 원래의 형태로 복귀됐다. 복귀될 때의 강력한 탄성으로 인해 균열 속에 쌓였던 에너지가 지상으로 되돌아갔다. 그 빛은 그녀에게 돌진하던 천사들과 아래쪽에 대기하고 있던 함대에 떨어졌다.

천사들이 불타고 함선들이 하나씩 떨어졌다. 그럼에도 불구하고 천사들과 함선들은 공격을 계속했다.

'우리엘님이 당황하셨군. 물론 제정신이라도 정면으로 대적할 수 있는 상대는 아니지.'

가브리엘은 육체의 대부분을 잃고 추락하는 우리엘의 모습에서 눈을 떼고 현재의 상황에 집중했다. 그는 하이엘바인 개인의 힘과 자신들이 데리고 온 직속 함대 전체의 전투 능력을 비교했다.

'저분의 힘이 과거와 동일하다면 이제 모든 전력의 9할 이상을 1분 내에 잃겠지. 부탁이다, 신의 군대여. 30초만 버텨다오.'

가브리엘은 하이엘바인을 제압하기 위한 준비에 몰두했다.

하이엘바인을 사정거리 내에 둔 천사들이 일제히 창을 던졌다. 그 창들은 주인의 손을 떠난 직후 마치 독립된 사고를 갖춘 생물들처럼 비행하며 하이엘바인을 노렸다.

'정신능력을 이용한 무기 제어 공격은 쓸모없지. 역으로 침식당하니까.'

가브리엘의 생각대로 하이엘바인을 향해 날아가던 창들이 우뚝 멈췄다. 그리고는 역으로 주인들을 향해 날아가 그들의 머리와 몸을 꿰뚫었다.

하이엘바인은 천사들과 함대들이 밀집된 지역을 노려봤다. 천사들이 그녀에게 돌격하여 직접 창을 내밀었지만 그녀는 어느 순간 자신이 택한 적진 한가운데로 이동하여 궁니르를 휘둘렀다.

그녀의 몸에서 흘러나오던 황금색의 빛이 청색을 띠었다. 그 직후 궁니르의 끝이 사방의 공간을 엄청난 속도로 두드렸다. 그로 인해 비롯된 폭발의 섬광이 그녀가 위치한 장소를 휘감고 대기와 대지를 소멸시켰다.

폭발로 인해 생긴 진공 상태를 채우기 위해 공기가 쏠리면서 큰 폭풍이 불었다. 그 폭풍의 한가운데에서 하이엘바인의 황금빛이 떠올랐다.

가브리엘은 그와 똑같은 광경을 오래전에 본 일이 있었다.

'지하드라는 이름의 기술이었지? 리오라는 작자가 쓰는 기술과는 품격이 다르군.'

사방에서 지하드의 섬광이 터졌다. 그 몇 번의 폭발로 인해 함대와 천사들의 8할 이상이 세상에서 사라졌다.

잠시 멈춘 하이엘바인은 남아 있는 적들을 노려봤다. 그녀의 냉엄한 얼굴에서 피로의 기색은커녕 땀 한 방울도 찾아볼 수 없었다.

가브리엘을 제외한 천사들의 전력은 모함 한 척과 작은 함선 한 척, 그리고 수십 명의 천사뿐이었다.

그녀가 모함의 역할을 하는 함선을 남겨둔 이유는 그곳에 적들이 만든 가짜 증거가 들어갔기 때문이다.

'리오는? 그는 어디에 있지?'

그에게 아직 배워야 할 것이 많다. 듣고 싶은 이야기도 많다. 이렇게 누명으로 그를 잃는다면 자신은 전사로서 끝까지 후회할 것이다. 그런 생각이 하이엘바인의 머릿속에 가득했다.

하이엘바인이 사방을 살폈다.

'저 큰 함선으로 들어갔나?'

그녀는 리오를 찾기 위해 모함 전체를 투시하면서 궁니르를 던졌다. 그녀의 손을 떠난 궁니르는 작은 함선 한 척을 깔끔하게 관통하여 격침시킨 뒤 그녀에게 되돌아왔다.

덕분에 시간을 벌게 된 가브리엘의 손에 여섯 개의 작은 고리가 맺혔다.

"나에게 이런 행운이 올 줄은 몰랐군."

가브리엘이 기쁘게 중얼거렸다.

고리들이 그의 앞쪽으로 떠올라 차례로 배열되었다. 뒤이어 가브리엘이 발산한 빛줄기가 고리들을 통과하여 하이엘바인을 향해 날아갔다.

하이엘바인은 이번에도 공간에 균열을 일으켜 그 빛을 막으려고 했다. 그러나 빛이 가까워질수록 궁니르를 든 그녀의 팔이 무거워졌다.

'아니?'

생각 못한 상황에 경악한 그녀를 가브리엘의 빛이 덮쳤다.

그녀의 갑옷이 빛을 잃고 부서졌다. 궁니르는 힘을 잃은 그녀의 손을 벗어나 공간의 저편으로 사라졌다. 마지막으로 흰색 원피스 차림이 된 그녀의 눈동자에서 황금색 빛이 지워졌다.

모든 힘을 잃은 그녀의 육체가 땅으로 추락했다. 허무감으로 물든 그녀의 머릿속에 간부급은 결코 이길 수 없다는 리오의 경고가 떠올랐다.

'모든 원소의 힘이 차단되다니⋯⋯!'

추락하는 그녀를 네 명의 천사가 낚아챘다. 하이엘바인은 저항했으나 차단당한 힘은 되돌아올 기미가 보이지 않았다.

"정말 생각지도 못한 거물을 잡았군."

한숨을 내쉰 가브리엘은 자신에게 끌려오는 하이엘바인을 지그시 바라봤다.

이윽고 하이엘바인이 십자가 모양의 형틀에 결박됐다. 그녀를 묶은 것은 가브리엘의 포승이 아니라 그가 불러낸 여섯 개의 고리였다.

가브리엘은 팔과 다리, 몸, 그리고 목까지 죄여진 채 자신을 노려보는 그녀를 천천히 감상했다.

"놀라게 해드려서 죄송합니다, 하이엘바인님. 하지만 옛 신들도 피하지 못한 이 '헤카테의 고리'를 제아무리 당신이라 해도 피해갈 수는 없었을 겁니다."

"헤카테의 고리라고?"

"올림포스 신들이 가르쳐 준 정보를 토대로 만든 소중한 무기입니다. 혹시나 해서 여쭙는 것인데, 아십니까? 오딘을 비롯한 옛 신들이 후계자를 만든 이유 말입니다."

하이엘바인은 말이 없었다. 가브리엘은 고개를 가로저었다.

"모르시는군요. 그럼 어쩔 수 없지요."

그가 웃었다.

"당신을 신께 봉헌하게 될 날이 오게 될 줄은 정말 몰랐습니다. 당신의 신변이 브리간트에게 넘어갔다는 이야기를 들었을 때는 매우 아쉬웠답니다. 그런데 그 영겁의 아쉬움을 이제야 풀 수 있게 되다니, 진심으로 행복합니다."

갑자기 그녀가 두 손을 움켜쥐었다. 동시에 그녀의 눈동자가 다시 황금색으로 바뀌었다.

"뜻대로는 안 된다!"

그녀의 오른팔을 구속한 고리가 뜯겨 나갔다. 뜻밖의 상황에 당황한 가브리엘은 자신에게 닥쳐오는 하이엘바인의 기운을 막기 위해 왼팔을 들었다.

"큭!"

그의 왼팔이 순식간에 뜯겨 나갔다. 그러나 거기까지였다. 왼팔을 내주며 그녀에게 접근한 가브리엘은 오른손으로 그녀의 복부를 찔렀다.

가브리엘이 발휘한 빛의 충격이 그녀의 육체와 십자가를 뚫고 지나갔다. 몸이 손상되진 않았지만 그만큼 큰 충격을 받은 하이엘바인은 더 이상 버티지 못하고 혼절했다.

"정말 대단한 분입니다."

가브리엘의 팔이 빠르게 재생됐다.

"헤카테의 차단 능력을 뛰어넘다니 생각지도 못했습니다. 도대체 토르라는 신은 무슨 생각으로 당신을 만든 겁니까? 이 정도라면 변종이라 해도 과언이 아니겠습니다."

그는 재생된 팔을 흔든 뒤 장신구들까지 복구시켰다.

"아무래도 더 큰 힘을 고리에 공급해야 할 것 같습니다."

그는 모함을 가리키며 천사들에게 지시했다.

"형틀과 헤카테의 고리에 모함의 동력을 접속시키십시오. 이분의 힘을 뺄 수 있는 데까지 빼고 봉헌해야겠습니다."

천사들이 그녀를 데리고 모함으로 향했다.

때마침 육체의 재생이 끝난 우리엘이 가브리엘의 곁으로 날아왔다.

"도움이 되어드리지 못하여 송구합니다, 가브리엘님."

"아닙니다."

"피해가 크군요. 1분도 안 되어 장로 직속의 천군(天軍) 두 부대가 괴멸되다니 생각지도 못했습니다."

"그래도 모든 계획을 성공했으니 상관없습니다."

가브리엘이 따뜻하게 웃었다.

"모두 신의 은혜가 아니겠습니까?"

"그렇습니다."

우리엘도 웃었다.

*   *   *

하이엘바인이 모함의 동력로 옆에 묶인 후 수 시간이 지났다.

밖은 밤이었다. 더불어 힘이 완전히 빠진 하이엘바인의 안색은 밤공기보다도 창백했다.

부하 네 명과 함께 그녀의 감시를 맡은 우리엘은 밑으로 축 늘어진 하이엘바인의 은발을 잡아 위로 들었다.

"설마 죽은 것은 아니겠지?"

우리엘이 그녀의 안면을 살폈다.

질문에 답하듯 하이엘바인이 눈을 떴다. 그녀의 파란색 눈동자는 비록 심하게 떨렸지만 초점만은 잃지 않았다.

우리엘이 그녀의 머리카락을 놓고 팔짱을 꼈다.

"이야기가 전해지는 한 전사는 불멸이다. 그대가 했던 말인가? 좋은 말이지만 이제 그대의 이야기는 우리 선신계를 위해 사용될 것이야."

"……."

"혹시 나에게 전할 이야기는 없나? 듣는 것 정도는 해줄 용의가 있다네."

말을 할 기운도 없는 하이엘바인은 다시 눈을 감았다.

'미안하네, 리오. 미안하네.'

그때, 모함 저편에서 작은 폭발이 일어났다. 그 폭발의 충격파가 하이엘바인을 거쳐 우리엘의 발밑까지 쓸고 지나갔다.

우리엘이 눈을 부릅떴다.

"문제가 생긴 것 같군. 난 현장으로 가볼 테니 너희들은 이곳을 단단히……."

우리엘의 몸이 들썩했다. 그의 복부에서 터진 하얀 피가 하이엘바인의 머리에 듬뿍 쏟아졌다.

그녀가 기운을 짜내어 고개를 들었다. 검에 몸이 관통당한 우리엘의 어깨너머로 파란색의 안광이 보였다.

우리엘은 자신을 찌른 검에 실린 강력한 힘으로 인해 죽음에 가까운 격통을 느꼈다. 하지만 그는 상대를 살피는 것을 잊지 않았다.

"네, 네놈은……? 타, 탈출한 건가? 누가 네놈을 도왔나? 그리고 이 검은 무엇인가?"

우리엘은 자신을 찌른 그 철회색의 대검을 손으로 붙잡았다.

하이엘바인은 그 검을 알고 있었다.

오딘의 검, '그람'이었다.

CHAPTER 08
속임수

GodsKnight R

가브리엘의 수정에 갇힌 채 공간의 길로 옮겨진 직후, 리오
는 스스로도 이해하지 못할 정도의 힘에 의해 의식을 회복했
다.

　힘의 근원은 그의 왼손이었다. 대단히 강력하면서도 익숙
한 느낌이 가브리엘의 수정을 깨고 리오에게 힘을 되돌려주
고 있었다.

　천사들이 알아차리지 못할 만큼 눈을 서서히 뜬 그는 자신
이 천사들의 손에 이끌려 선신계로 가는 공간의 길을 거슬러
올라가고 있음을 확인했다.

　'탈출하는 건 어렵지 않겠지만…… 어떻게 싸우지? 이 녀

석들을 상대로 맨손으로 싸울 수는 없는데?

그를 옮기는 천사들은 상당한 전투력과 극상의 마법 저항력을 갖춘 최상위급의 전투천사들이었다. 마법의 사용이 심각하게 제약되는 공간의 길에서 맨손으로 그들을 쓰러뜨리는 것은 멀쩡한 정신으로도 어려운 일이었다.

고민하는 그의 왼손에 강한 자극이 왔다. 눈에도, 공간에도 존재하지 않았지만 느낌이 확실히 왔다.

'이건…… 검?'

그가 잡힐 것 같으면서도 잡히지 않는 왼손의 느낌을 혼신을 다해 재촉했다.

이윽고 가브리엘의 수정이 터졌다. 수정 밖으로 튀어나온 것은 철회색의 대검이었다.

움찔한 천사들이 일제히 리오를 놓고 물러났다.

수정 전부를 우지끈 부수고 탈출한 리오는 빈혈에 걸린 듯 눈앞이 핑 돌았다. 가브리엘이 걸었던 정신과 육체의 마비가 아직 풀리지 않은 탓이었다.

'움직여!'

왼손에 쥔 대검을 오른손에 옮겨 잡은 그는 되돌아가는 길에 위치한 천사를 먼저 노렸다.

그는 집중력이 흐트러져 마법검을 쓰기가 힘든 상황이기에 전부 처리하기보다는 따돌리고 도망치는 쪽을 생각하고 있었다. 그러나 그가 쥔 철회색의 대검은 기이한 성능을 갖고 있었다.

일순간 수백 겹으로 깔린 천사들의 성령결계가 검의 일격에 베어졌다. 결계뿐만 아니라 천사의 육체도 저주에 걸린 것처럼 타들어갔다.

리오는 어질어질한 정신을 가다듬으며 손에 쥔 대검을 다시 살폈다.

'이건……?'

분명 기억에 있는 검이었다.

위대하고 따뜻한 추억과 함께 검의 이름이 그의 머릿속에 떠올랐다.

'오딘님의 검, 그람?'

그는 약 천 년 전, 솔리더스를 쓰러뜨리고 돌아온 날 오딘이 자신에게 전해줬던 '미지의 힘'에 대한 기억을 떠올렸다. 그 힘이 오늘 이 순간을 위해, 자신과 하이엘바인 모두를 구하기 위해 주어진 힘이라면 대충 넘어갈 수는 없었다.

선신계로 가는 순백색의 통로에서 리오와 천사들의 격투가 벌어졌다.

리오는 사력을 다해 정신을 가다듬으며 천사들을 하나씩 베었다. 천사들의 검과 창이 그의 망토를 뚫고 몸을 스쳤지만 리오는 개의치 않고 계속 움직였다.

온몸이 천사들의 하얀 피로 물들 무렵, 가까스로 천사들을 모두 물리친 리오는 새카만 재로 변해 사라지는 적들을 바라보며 교신기를 꺼냈다.

"음, 아니야."

여기서 정직하게 교신을 시도했다가는 무슨 일이 벌어질지도 모른다는 생각에 그는 다시 그 도구를 집어넣었다.

'일단 하이엘바인님께 가야 해. 만약 그분이 싸우기로 하셨다면 정말 감당할 수가 없어.'

그의 상처 부위와 찢겨진 옷에서 연기가 피어올랐다. 모든 손상 부위가 점차 복구되었다. 그는 그 상태로 길을 거슬러 내려갔다.

＊　　＊　　＊

공간의 길을 가로막고 있는 선신계의 장벽까지 어렵사리 돌파하여 되돌아온 리오는 주변 상황을 조심스레 살폈다.

때는 밤이었다. 장벽을 돌파하는 시간이 그만큼 오래 걸린 것이다.

주변은 완전히 폐허였고, 가브리엘과 우리엘이 동원했던 함대는 단 두 척만이 남아 있었다.

'하이엘바인님이 저 두 척만 남기고 모조리 격파하셨군. 그리고…… 붙잡히셨겠지.'

그 외의 가능성은 떠오르지 않았다.

천사들의 모함은 엘프들의 도시 잔해 위에 정박해 있었다.

모함에서 쏟아지는 빛 때문에 그 주변은 꽤 밝았다. 주변을 정찰하는 천사들의 몸에서 흘러나오는 빛도 그 밝음에 한몫 했다.

하지만 천사들의 수는 적었다. 모함 내부와 외부에 있는 인원을 전부 합해봤자 수십 명이 채 되지 않았다.

'상황을 보니 가브리엘도 긴장했겠군. 잔여 병력이 저 정도라면 수십 초도 안 되어 전멸했을 테니까.'

리오는 산속에 몸을 숨긴 채 정찰을 계속했다.

'공간에 균열이 일어난 흔적까지 있어. 제길, 왜 그렇게 흥분하신 거지? 분명히 부탁을 드렸는데…….'

리오는 머리를 흔들었다.

'아냐. 지금 그걸 따질 때가 아니야.'

그는 아주 조심스럽게 모함 위로 접근했다. 모함의 도시적인 규모에 비해 천사들의 수가 적었기에 그가 잠입하는 데에는 무리가 없었다.

모함 바로 위에 착지한 그는 손을 표면에 대고 내부를 살폈다. 하이엘바인의 기운이 미약하게 느껴졌다.

그는 교신기를 꺼내 그녀의 기운이 느껴지는 곳과 대조해 봤다.

'동력로에 계시군.'

선신계에서 쓰는 모함의 정보와 구조는 교신기 안에 자세히 담겨 있었다. 선신계에선 매번 구조를 바꿨지만 주신계에서 제공하는 정보 역시 그에 맞춰서 한 치의 오차도 없이 갱신되었다.

'왜 감방이 아니라 동력로에 그분을 모셔놨지? 함선의 동력을 이용해 고문이라도 하는 건가?'

의구심 속에, 그는 가장 큰 문제라 할 수 있는 가브리엘과 우리엘의 위치를 알아봤다. 그들 모두 힘을 대놓고 드러내고 있었기 때문에 위치를 파악하는 것은 매우 쉬웠다.

'가브리엘은 사령실에, 우리엘은 동력로에 있군. 우리엘이 하이엘바인님을 감시하나? 그럼 잘됐군. 가브리엘보다는 우리엘이 쉽지.'

싸워서 반드시 이길 자신은 없었으나 그는 오딘이 넘겨준 그람의 능력을 믿어보기로 했다.

그는 우선 상대를 교란하기로 했다.

그는 모함 위쪽으로 높이 상승한 뒤 모함의 가장자리 부분을 노렸다.

'한 방에 끝내는 거야.'

그는 일순간 힘을 높이고 대형 마법을 사용했다. 진홍색의 마법진이 그의 눈앞에 어지럽게 떠오르며 주변의 온도를 높였다.

이윽고 마법진에서 출발한 주황색의 빛줄기가 모함의 보호막을 가볍게 뚫고 그 가장자리에 적중했다. 큰 폭발과 함께 모함 내부에 흐르던 하얀색 액체들이 빛을 뿌리며 산화됐다.

마법은 한 번만 터지지 않고 여러 번 연달아 터졌다.

경계를 서던 천사들이 폭발 지점과 마법의 발동 지점을 확인하느라 분주해지는 한편, 그람을 단단히 쥔 리오는 그들이 알아차리지 못하게 기운을 잔뜩 죽이고 모함으로 돌진했다.

모함에 잠입한 그는 초감각으로 모함 내의 천사들이 어디에 있는지 확인하며 동력로로 향했다.

교신기의 정보는 정확했고 최단 거리 계산도 빨랐다. 큰 장애 없이 동력로 근처에 도달한 리오는 문이 활짝 열린 동력로와 그 안에서 오락가락하는 천사들, 그리고 우리엘의 모습을 발견했다.

그 상황에서도 그가 일으킨 마법의 폭발은 모함 전체를 계속 진동시키고 있었다.

'천사 셋에 우리엘 하나. 좋아, 가볼까?'

리오의 눈동자가 복도의 그늘 속에서 파랗게 빛을 냈다.

우리엘은 아무것도 모른 채 눈을 부릅떴다.

"문제가 생긴 것 같군. 난 현장으로 가볼 테니 너희들은 이곳을 단단히……."

우리엘의 몸이 들썩했다.

주변의 천사들을 순식간에 도륙한 뒤 그람으로 그를 찌른 리오는 검에서 흐르는 기운이 우리엘의 기운마저 제압하는 것을 보고 크게 안도했다.

만약 그가 쓴 무기가 디바이너였다면 우리엘은 몸이 관통되는 부상쯤은 가볍게 무시했을 것이다.

우리엘의 몸에서 뿜어진 광혈이 하이엘바인의 머리에 듬뿍 쏟아졌다. 하이엘바인이 기운을 짜내어 고개를 들었다.

리오는 의식을 되찾는 그녀를 보며 검을 더욱 깊숙이 찔렀다.

우리엘이 격통 속에 그를 돌아봤다.

"네, 네놈은……? 타, 탈출한 건가? 누가 네놈을 도왔나? 그리고 이 검은 무엇인가?"

"너희들처럼 비겁한 수단을 쓰진 않았으니 걱정하지 마."

리오는 손으로 우리엘의 머리를 붙잡았다.

"지금 내가 좀 급해. 계산은 나중에 하자고."

그는 우리엘의 머리를 완전히 비튼 뒤 그람으로 그의 몸을 조각냈다. 뒤이어 바닥을 뒹구는 우리엘의 머리를 천사들의 창으로 찔러 바닥에 고정시켰다.

선신계 천사들은 피와 살로 된 존재가 아니라 영체(靈體)이고 그들이 사용하는 무기 역시 똑같은 영체였다. 그들은 상호간에 뒤섞임없이 형태를 유지하기 위해 자석의 동일한 극처럼 서로를 밀어내게 되는데, 리오는 그것을 이용하여 우리엘의 움직임을 봉쇄하고 있었다.

"재수없는 녀석."

그는 눈앞이 다시 어지러워지는 것을 참고 하이엘바인에게 다가가 그녀를 구속한 고리들을 검으로 뜯어냈다.

"무사하십니까? 말씀하십시오, 하이엘바인님!"

그녀가 어렵사리 입을 열었다.

"리오……?"

리오는 자신도 모르게 웃었다.

"다행이군요."

"리오, 자네……? 그리고 그 그람은 어떻게……?"

"일단 밖으로 모시겠습니다."

그가 하이엘바인을 안아 올려 왼쪽 어깨에 걸쳤다. 붉은 장발과 은발이 한데 뒤섞였다. 그의 체온이 전해주는 안도감 속에 하이엘바인의 의식이 흐려졌다.

그녀를 데리고 모선 밖으로 나온 리오는 렘런트의 홍수와 전투로 인해 나무들이 싹 사라진 산을 따라 멀리멀리 피했다.

천사들의 추적을 피하는 것은 간단했다. 여태껏 몇 번이고 해봤던 일일 뿐만 아니라 그들의 수가 매우 적었기 때문에 특별히 눈속임을 할 필요도 없었다.

모선이 반딧불처럼 작게 보이는 곳까지 피한 그는 땅에 망토를 펴고 그 위에 하이엘바인을 눕혔다. 항상 깨끗하고 정갈하던 그녀의 머리카락과 피부는 전쟁을 피해 이리저리 도망을 거듭한 피난민처럼 거칠었다.

"이 자식들……!"

리오는 그람을 땅에 박고 오른손을 들었다.

"언젠가 몇 배로 갚아주마! 반드시!"

그의 오른손 위로 보라색의 문장이 떠올랐다. 그 문장으로부터 디바이너의 칼끝이 솟아올랐다.

같은 시각, 천사의 시체와 함께 수정에 보관된 디바이너를 지켜보며 적들이 올 것을 기다리던 가브리엘의 눈앞에서도 비슷한 현상이 나타났다.

디바이너가 수정 내부에서 빛으로 변해 사라지고 있었다.

그 불길한 보라색의 검이 주인의 부름을 받아 전송되고 있음을 깨달은 가브리엘은 억제력을 발동시키려 했지만 검은 그의 기술이 완성되기 직전에 그곳을 떠났다.

"으음!"

가브리엘이 주먹으로 수정을 때렸다. 수정은 안에 든 천사의 시체와 함께 분해되어 그곳에서 사라졌다.

분노에 주먹을 부르르 떨던 가브리엘이 아주 약간 일그러뜨린 표정을 온화하게 바꿨다.

"좋습니다. 비겼군요. 하지만 당신 성격상 나에게 분명 되돌아오겠지요. 그때를 기다리지요, 세 번째 남자여."

*　　　*　　　*

하이엘바인이 눈을 뜬 것은 다음날 오후였다.

장소는 리오가 마법과 바위, 나뭇가지 등으로 입구를 철저히 위장한 동굴 속이었다.

가브리엘이 만든 고리들로부터 풀려난 덕에 극소량의 힘을 되찾은 그녀는 헝클어진 은발을 누르며 윗몸을 일으켰다.

'또 자유를 얻어버렸군.'

스스로의 힘으로 자유를 얻지 못했다는 것에서 온 치욕이 복수심이 되어 그녀의 심장을 뜨겁게 달궜다. 하지만 복수를 위한 힘은 부족했다. 현재 그녀에게 돌아온 힘은 지극히 일부에 지나지 않았다.

그녀는 자신이 회색의 큰 망토를 몸에 두르고 있음을 깨달았다.

그녀는 망토를 들어 냄새를 맡았다. 잘 말린 도토리 냄새와 비슷한 리오의 체취가 그녀의 눈 밑을 자극했다.

"정신이 좀 드십니까?"

깜짝 놀란 하이엘바인은 목소리가 들린 곳을 돌아봤다. 리오가 근처 마을에서 가져온 마른 빵을 손으로 대충 쪼개어 끼니를 때우고 있었다.

그녀는 현기증을 참아내며 그에게 물었다.

"자네, 괜찮나? 어떻게 이곳으로 돌아온 건가?"

그녀의 목소리와 눈동자가 심하게 떨렸다. 리오는 먹던 빵을 돌 위에 내려놓고 왼손을 들어 보였다.

"오딘님의 은혜를 입었지요."

그의 왼손 위에서 작은 입자들이 뭉치더니 철회색의 대검 그람으로 변했다.

"이 검, 그람이 저를 깨우고 탈출시켜 줬습니다."

리오가 든 그람을 몇 번이고 살펴본 하이엘바인은 믿을 수 없다는 듯 고개를 가로저었다.

"정말 그람이로군. 언제 그 검을 얻은 건가?"

"제가 오딘님께 훈련을 받을 무렵이었습니다. 약 천 년 정도 이전이었지요."

"천 년? 그렇다면 오딘님께서 일이 이렇게 될 것을 예견하셨단 말인가?"

"기억이 좀 희미하긴 하지만 하이엘바인님을 위한 물건이라고도 하셨지요. '프리그'님께서 마지막으로 남기신 예언이라고 하셨습니다."

"프리그님이……!"

오딘의 부인 프리그에 대해 잘 알고 있는 하이엘바인은 주먹으로 맨땅을 쳤다.

"프리그님께서…… 이미 그때 나의 유약함을 예견하셨단 말인가!"

그녀의 주먹에 깨진 돌 밑으로 붉은 피가 흘렀다. 어떤 일에도 손상을 입는 법이 없던 그녀의 피부가 찢어진 것이다.

그녀는 그만큼 약해진 상태였다.

리오는 한숨을 쉰 뒤 그녀에게 다가갔다.

"흥분을 가라앉히십시오."

그는 상처가 난 하이엘바인의 손을 들어 약을 뿌리고 붕대를 감았다. 치유 마법을 쓰지 않는 이유는 그녀의 육체에 선천적으로 깃들어 있는 마법 저항력 탓이었다.

"자네의 부탁을…… 끝까지 지켰어야 하는데……!"

하이엘바인의 어깨가 파르르 떨렸다.

리오는 그녀를 아예 보지 않고 붕대를 감는 것에 집중했다. 화가 나서가 아니었다. 여기서 말을 함부로 꺼냈다가는 살얼음판처럼 아슬아슬하게 유지되고 있는 그녀의 자존심이 완전히 깨질 수도 있었다.

"쉬고 계십시오. 저는 그동안 드실 것을 만들겠습니다."

그는 붕대가 단단히 감긴 하이엘바인의 손을 곱게 놓은 후 동굴 밖으로 나갔다. 하이엘바인은 그가 남기고 간 망토 위에 다시 누웠다.

리오는 단도로 감자를 깎으며 생각했다.

'놈들도 그렇지만 이쪽도 정식으로 항의하거나 보복할 만한 증거가 없으니 비겼다고 봐야겠지. 하지만 앞으로 어쩌지? 상부가 문제를 제기해서 공간 봉쇄를 풀어줄 때까지는 알아서 움직여야 하는데…….'

알아서 어떻게 움직여야 할지 막막했다.

그는 문득 단도를 놓고 교신기를 꺼냈다.

'루이체와 접촉하기로 한 날짜가 얼마 안 남았군. 뭔가 괜찮은 지시 사항을 가지고 내려오길 기대해야겠어.'

하지만 감자를 깎는 그의 손에는 힘이 없었다. 설마 선신계까지, 그것도 장로 천사들까지 직접적으로 나서서 일을 부풀릴 줄은 생각도 못했기 때문이다.

'끝에 무엇이 기다리고 있을지 모르겠군.'

고개를 가로저은 그는 감자를 깎는 것에 집중했다.

* * *

숨어 지낸 지 이틀이 지났다.

아침 일찍 일어난 하이엘바인은 자신보다 더 일찍 일어나 식사를 준비하는 리오의 모습을 초췌한 모습으로 지켜봤다.

바위에 앉은 그녀는 물 밖의 해초마냥 힘이 없었다. 보석처럼 맑았던 파란색 눈동자는 흐릿했고 손끝은 미세하게 떨렸다.

리오는 안타까움에 속이 쓰릴 정도였으나 특별히 그녀를 응원하지도, 위로하지도 않았다.

'이것보다 더 큰 아픔도 이겨내신 분이잖아. 괜찮겠지.'

그와 눈을 마주친 하이엘바인은 애써 웃었다.

"면목이 없군. 자네도 피곤하고 혼란스러울 것 같은데 폐를 계속 끼치다니……."

리오는 그냥 웃었다. 하이엘바인이 그 모습을 보고 걱정했다.

"자네, 정말 괜찮은가?"

"아주 괜찮습니다. 걱정은 좀 되는군요."

"걱정?"

"저번에 말씀드렸듯이 루이체 역시 요리를 못하지요. 그나마 하이엘바인님만큼 고기를 좋아하는 애라 식단을 짤 고민은 좀 덜합니다만…… 꼭 무슨 엄마가 된 느낌이군요."

"후후."

그녀가 웃었다. 농담으로 그녀의 분위기를 바꾸는 데 성공한 리오는 다시 요리에 집중했다.

근처 마을에서 구입한 작은 냄비에서 물이 끓었다.

리오는 그 속에 방금 깎은 감자와 야채, 양념, 그리고 대량의 고기를 넣고 불을 더 세게 지폈다.

요리가 거의 끝날 무렵, 하이엘바인이 비틀거리며 일어나더니 동굴 옆에 널린 돌을 하나 주워 들었다. 어린아이 머리만 한 그 돌은 묵직한 대리석이었다.

그녀는 손에 쥔 돌을 공허한 눈으로 살폈다. 그녀의 늘씬한 손가락이 파르르 떨리더니 대리석이 한순간에 가루로 변했다.

떨어지는 파편과 손에 묻은 돌가루를 가만히 지켜보던 그녀는 슬픈 한숨을 내쉬었다.

"회복이 더디군."

거기까지 해내는 자들을 수없이 봐온 리오는 덤덤한 표정으로 국자를 들어 냄비를 저었다.

"아신다면 어서 오셔서 식사를 하십시오. 일정도 급하고, 더 무리하시다가는 괜히 선신계 녀석들에게 들킬 수도 있습니다."

"일정?"

"루이체는 오늘 만나기로 했습니다. 교신이 아직 불가라 과연 약속한 시간에 만날 수 있을지 모르겠지만 적어도 이쪽에서는 시간을 지켜야겠지요."

"알았네."

리오가 그릇에 음식을 담는 사이 렘런트들에 대해 생각해 본 하이엘바인은 문득 리오가 그 쌍둥이 괴물 중 하나에게 붙여줬던 이름인 '레나'에 대해 떠올렸다.

"이보게."

"예, 하이엘바인님."

그녀는 잠시 주저하다가 입을 열었다.

"레나라는 이름 말일세."

리오의 손이 멈칫했다.

"아, 예."

"그 이름과 관련된 이유를 좀 듣고 싶네. 물론 힘든 이야기라면 하지 않아도 괜찮네."

리오는 어찌할까 하다가 그녀의 눈빛에 활기가 넘치는 것을 보고는 지그시 웃었다.

"그렇게 재밌는 얘기는 아닐 겁니다."

그는 요리를 담은 그릇을 그녀에게 건네준 뒤 입을 열었다.

"전생이라는 개념에 대해서 좀 아십니까?"

그녀가 고개를 끄덕였다.

"인간계로 돌아가고 싶어하는 전사들의 영혼을 전생으로 몇 번 이끈 일이 있다네. 다시 태어나기 전의 기억은 없어지네만 인간들은 그런 식으로 인간계에서의 생활을 다시 바랄 때가 있더군."

"그렇다면 설명이 빠르겠군요. 저는 운이 좀 없었지요."

잘 익은 감자를 씹어 삼킨 리오는 그릇 안에 담긴 맑은 국물을 마셨다.

"레나라는 이름의 여자가 있었습니다. 여자라기보다는 영혼이었는데, 저와는 왠지 모르게 여러 부분에서 엮였지요. 저는 변함없이 시간을 보내고, 그 영혼은 몇 번이고 변하고. 그러면서도 만나고."

"낭만적이로군."

그녀의 감탄에 리오가 빙긋 웃었다.

"처음 만났을 때의 이름은 레나가 아니었는데, 레나라는 이름을 갖게 된 이후부터 저와 악연이 됐습니다. 제 손으로 목숨을 몇 번이나 끊었죠."

하이엘바인은 그 순간 자신이 '낭만적이다' 라는 말을 꺼내기 직전으로 시간을 되돌리고 싶었다.

"그 이후로는 만난 적이 없어서 잘 모르겠군요. 아무튼 그런 이유로 가책을 느끼지 못할 이름이 됐죠. 일종의 권태기랄까요?"

하이엘바인은 고기를 조심조심 씹었다. 고기가 생각보다 뜨거울뿐더러 그녀는 그 말을 듣고도 고기를 우걱우걱 씹을 수 있을 만큼 얼굴이 두껍지 못했다.

리오는 그렇게 넘어가나 했으나 얘기는 거기서 끝나지 않았다.

"사람이 왜 그런가? 그건 딱한 일이 아닌가?"

"예? 예, 물론 그렇죠. 그래서 아까 재밌는 얘기는 아닐 거라고 말씀을……."

"남자들이란!"

당황한 그를 향해 하이엘바인이 목소리를 높였다.

"굳이 그렇게까지 감정을 덮고, 부정하고, 뜯어고치는 이유가 뭐란 말인가! 아버지도 그러셨는데 자네도 똑같군!"

그러면서 그녀는 냄비에 든 음식들을 마구 떠서 꾸역꾸역 먹었다. 힘들다고 먹지 못하던 어제저녁과는 확연히 다른 모습이라 리오는 반갑기도 했지만 방금 전에 왜 그녀가 아버지에 대한 얘기까지 하면서 열을 냈는지는 이해하지 못했다.

'정신연령을 따져서 이분을 대해야 했나?'

리오는 고기에 열심히 화풀이를 하는 그녀를 보고 실소를 지었다.

식사를 마친 그들은 약속된 접선 장소를 향해 이동했다.

하늘에선 천사들이 짝을 지어 지상을 정찰했다. 그 모두가 벌레 하나, 풀 한 포기까지 구분할 수 있는 최상위의 전투천사들이었으나 리오와 하이엘바인은 각자의 방식으로 그들의 눈을 농락하며 이동을 계속했다.

접선 장소는 깊은 숲 속이었다.

교신기에 표시된 장소에 도착한 둘은 먼저 그곳에 와 있는 두 명의 여성과 마주했다.

한 명은 하이엘바인보다 아주 약간 어린 외모에 어깨 밑으로 내려오는 금발의 소유자였다. 또 다른 한 명은 조금 큰 키에 검은색 비단 같은 긴 머리를 리오와 비슷한 말총머리 형태로 꾸미고 있었다.

공통적인 것은 둘 다 울상이라는 사실이었다.

금발의 여성은 리오가 그늘 속에서 모습을 드러내자마자 어린아이처럼 울음을 터뜨리며 그에게 달려갔다.

"무사했어!"

그녀는 하이엘바인을 무시하다시피 하고 리오를 껴안았다.

"무사했구나, 오빠! 얼마나 걱정했는데!"

"후, 너야말로 공간 봉쇄를 잘 뚫었구나. 제 시간에 못 맞출 줄 알았는데, 다행이네?"

"그딴 봉쇄쯤은 이 루이체한테 암것도 아니야!"

"그래, 그래. 알았으니 울지 마."

리오는 동생의 환한 금발을 반갑게 만져 주었다.

뒤이어 검은색 말총머리의 여성이 어디서 한 대 맞고 온 아이처럼 훌쩍거리며 그에게 다가왔다.

"스승님……!"

리오는 그녀를 보고 이게 누구냐는 듯 짓궂게 웃었다.

"아니, 오랜만에 만나는 스승에게 인사는커녕 눈물부터 보여? 수행이 덜 됐네?"

"그렇게 말씀하시면…… 으흑, 너무하시지 말입니다!"

"후후."

그는 그녀에게 왼팔을 뻗어 자신에게 오라고 손짓했다. 검은색 말총머리의 여성은 기다렸다는 듯 그의 품에 뛰어들었다.

하이엘바인은 그녀를 알고 있었다. 리오가 제법 오랫동안 정성을 다해 길러온 제자이자 용족인 쑤밍이었다.

그녀와 루이체는 어렸을 때 리오의 소개로 처음 만나게 된 이후 오랫동안 친하게 지냈으며 쑤밍의 신분이 관노, 즉 노예 신분에서 벗어난 지금은 심심하면 같이 여행을 다닐 정도로 절친했다.

하지만 이번처럼 위험한 일에, 그것도 공간 봉쇄 때문에 탈출하기도 힘든 일에 같이 올 줄은 전혀 생각지 못한 리오는 상당히 황당했다. 그는 같이 온 이유가 정말 궁금했지만 둘이 같이 울어대는 바람에 뭐라고 말을 하지 못했다.

상황이 어느 정도 진정된 뒤, 폭포가 있는 계곡 옆으로 자리를 옮긴 리오는 모두를 앉혀놨다.

연한 갈색의 짧은 반바지에 같은 색의 소매가 없는 상의를 가볍게 입은 루이체와 검은색의 두꺼운 전투복에 목부터 상체를 덮는 붉은색 넥워머를 두른 쑤밍의 모습이 대조적이었다.

"우선 쑤밍이 왜 여기 왔는지 얘기를 좀 해봐."

그러자 쑤밍이 기다렸다는 듯 품에서 서룡족 용제의 징표를 꺼내 보였다.

"그냥 온 건 아니지 말입니다! 소녀는 서룡족 용제 전하의 대리인으로서 이곳에 왔지 말입니다!"

그녀가 소리를 빽 지르자 루이체가 황급히 일어나 그녀의 입을 손으로 막았다. 숨을 죽인 일행의 상공을 정찰을 나온 천사 다섯이 지나갔다.

디바이너에 손을 댄 채 잔뜩 긴장했던 리오는 얼굴을 쓸어내렸다.

"음…… 카일로스에 대한 일 때문이지?"

"그, 그렇지 말입니다."

쑤밍이 빨갛게 변한 얼굴을 푹 숙였다.

"루이체는 어때? 선신계에서 일을 저지른 건 알고 있어?"

"응."

조금 마른 편인 쑤밍에 비해 볼살이 통통한 루이체가 건강하게 고개를 끄덕였다.

"신계는 선신계에서 건 공간 봉쇄 때문에 난리가 나 있는 상황이야. 하지만 선신계에선 이 세계 안에 있는 램린드를 잡으려는 것뿐이라고 맞서고 있어. 특별한 증거가 없으면 어떻게 할 수가 없는 상황이야."

리오는 예상했던 대로 흘러간다는 듯 팔짱을 낀 채 눈을 잠시 감았다.

"그런데 오빠, 정말 괜찮은 거야? 처음 우리가 항의했을 때 선신계에서 오빠 이름을 거론하면서 난리를 쳤다고! 그래서 나도 쑤밍을 데려온 거란 말이야!"

리오와 하이엘바인, 루이체, 그리고 쑤밍 사이에 시선이 빠르게 오갔다.

"대리인으로 온 거라며?"

리오의 질문에 루이체와 쑤밍 모두 말이 없었다.

눈을 감고 잠시 괴로워한 리오는 일이 끝까지 꼬이는 것 같아 평소에 앓을 수도 없는 두통까지 느꼈다.

"뭐, 좋아. 상부에서 특별히 지시를 내려준 건 없어?"

"응? 아, 맞다."

루이체는 등에 멘 작은 가방을 풀고 그 안에서 리오가 쓰는 것보다 조금 더 큰 교신기를 꺼냈다.

"모두 모여봐요."

그녀가 모두에게 손짓했다. 하이엘바인을 포함한 모두가 루이체 곁으로 자리를 옮겼다.

"상부에서는 일단 선신계에 대한 일은 잠시 미루고 렘런트에 대해서 좀 더 알아보라고 했어요."

하이엘바인의 표정에 실망감이 드러났다.

"또 뭘 알아내란 말인가? 선신계 쪽에선 그들의 정체를 알고 있는 것 같은데 왜 주신계는 그렇게 멍청한 행동만 하는 건가?"

그녀가 화를 내듯 몰아붙이자 루이체가 금발을 흔들며 당황했다.

"으, 그러니까…… 우리가 알아내야 하는 것은 렘런트들의 과거예요. 그들이 왜 그렇게 움직이는지는 파악했으니 이제 그들이 과거에 대체 어떤 존재였는지 밝혀내는 것이 최우선적인 과제가 됐죠."

"음, 알 만하군."

중얼거린 리오가 하이엘바인에게 설명했다.

"이쪽이 그들의 정체를 구체적으로 알아내면 선신계에서 아무리 수작을 부린다 해도 어떻게 할 수가 없습니다. 규정상 최종 작전권은 우리에게 주어지기 때문입니다."

"그렇군."

하이엘바인의 뇌리에 쌍둥이 괴물의 모습이 다시 떠올랐다.

"뭔가 단서가 있으면 좋을 것 같군. 내가 아는 것은 그들이 서로를 쌍둥이라고 인식한다는 사실뿐이라네. 상부에선 뭔가 얘기해 준 게 없었나?"

"주신계에서는 쌍둥이였던 존재에 대해 리스트를 뽑아놨지만 자료가 너무 방대해서 도움은 안 돼요."

"답답하군."

자신이 당한 굴욕과 마음에 쌓인 분노를 당장 풀 수 없다는 사실에 하이엘바인은 한숨을 터뜨렸다.

"죄송합니다, 하이엘바인님."

루이체가 사과했다. 하이엘바인의 컨디션을 통해 그녀가 뭔가 큰일을 당했다는 것을 짐작했기 때문이다.

물론 하이엘바인은 루이체에게 화를 낸다고 해서 해결될 일이 아님을 알고 있었다.

"아니다. 나야말로 너에게 화를 내서 미안하구나."

루이체는 하이엘바인이 지상에 내려오기 전에 교육을 담당한 적이 있었다. 교육의 내용은 간단했고 시간도 짧았으나 성격에서 비슷한 곳이 많았던 둘은 서로가 생각했던 것보다 더 친해질 수 있었다.

귀여운 미소로 괜찮다는 뜻을 전한 루이체는 하려던 이야기를 계속했다.

"신계끼리의 분쟁으로 확대되는 것을 막기 위해 선신계 천사들과는 최대한 싸움을 피해야 해요. 하지만 어쩔 수 없는 경우가 발생하면 5분 내로 일을 처리해 주세요."

거기까지는 얘기를 듣지 못했던 리오가 고개를 갸웃거렸
다.

"5분? 이곳에 내려온 천사들은 전부 고위급이라 강력한 건
둘째 치고 소통 능력이 뛰어나다고. 한 대만 잘못 때려도 온
동네의 천사들이 떼로 몰려올걸?"

그의 지적에 루이체가 팔짱을 끼고 껄껄 웃었다.

"흐흐흐, 그래서 사무직으로 잠지 쫓겨났던 내가 다시 현
장에 온 거야. 선신계 천사들을 묶어둘 수 있는 금단의 힘을
비서관님께 허락받았지."

그녀가 은색으로 빛나는 둥근 막대를 꺼내 들었다.

"주신계의 신비! 아리스톤 드라이버!"

"오, 오오!"

쑤밍이 탄성을 터뜨리며 박수를 쳤다. 물론 성의는 없었
다. 이유는 아리스톤 드라이버가 뭔지 잘 모르기 때문이었다.

아리스톤 드라이버는 주신계 천사의 의지와 반응하여 일
정 시간 동안 소유자의 의지를 현실에 반영해 주는 역할을 하
는 보물이다.

주인의 혈통과 정신 능력에 따라 현실화되는 힘은 더욱 강
해지는데, 사용 시간이 너무 길면 뇌에, 특히 감정을 주관하
는 부분에 대한 손실이 크기 때문에 아무나 사용 허가를 받지
는 못한다.

팔짱만 낀 채 가만히 있던 리오가 문득 물었다.

"그거, 제대로 사용해 본 적 있어?"

그 질문에 당당했던 루이체의 표정이 굳어졌다.

"아니, 이번이 처음인데……."

혹시나 하는 마음에 질문을 했던 리오는 바닥에 떨어져 있는 돌을 주워 들며 하늘을 쳐다봤다.

루이체는 당황하여 급히 자신을 변호했다.

"기, 기회가 오면 할 수 있을 거야! 분명 될 거라고!"

"잠깐! 모두 조용히!"

하이엘바인이 다급히 주의를 줬다. 리오를 제외한 모두가 바짝 긴장하여 자세를 낮추고 기적을 지웠다.

아까 지나갔던 천사들의 정찰부대가 숲의 상공을 천천히 날아갔다. 아까와 마찬가지로 숲 전체를 빛으로 훑으며 지나가는 그들의 모습에 루이체는 머리를 긁적이며 짜증을 냈다.

"아, 정말 겁나게 돌아다니네! 도대체 이 작은 세계에 몇 놈이나 내려온 거야?"

"조용!"

이번엔 쑹밍이 그녀의 머리를 손으로 짓눌렀다.

천사들의 빛이 일행의 위쪽을 훑었다. 은신을 잘한 덕에 불의의 사고는 일어나지 않았다.

그러나 잠깐뿐이었다.

주먹 크기의 돌이 나뭇잎과 나뭇가지를 뚫고 하늘로 솟구

쳤다. 그 돌은 천사들 중 한 명의 머리에 정확히 꽂혔다.

그 광경에 모두가 경악했다. 돌을 던진 사람이 다름 아닌 리오였기 때문이다.

그는 돌 하나를 더 주워 들며 중얼거렸다.

"동생에게 기회를 주는 것도 오라버니가 할 일이지."

루이체의 얼굴이 새파랗게 질렸다.

"오, 오빠! 난 아직······!"

"5분이라고 했지?"

리오가 말했다.

"루이체와 쑤밍 너희들이 그 5분 동안 무엇을 할 수 있는지 증명해 봐. 못하겠으면 내가 무슨 수를 써서라도 공간 봉쇄를 뚫어줄 테니 거길 통해서 집으로 가도록 해. 장로급 천사가 내려온 시점부터 이 일은 장난이 아니라고."

루이체는 그의 말에 침을 꿀떡 삼켰다. 하지만 천사들이 자신들을 발견한 지금 그녀에겐 선택의 여지가 없었다.

돌에 맞은 천사와 그 동료들이 다급히 지상을 살폈다. 그들의 전신을 감싼 흰색의 갑옷과 금색의 술이 달린 투구가 격한 움직임으로 인해 서로 마주쳐 둔탁한 소리를 냈다.

"적인가?"

그들은 못해도 새보다는 빠르게 날아가고 있는 자신들을 돌팔매질로 맞출 수 있는 존재가 흔치 않음을 알고 있었다. 또한 일반적인 생물이 자신들의 모습을 알아볼 수 없다는 사실도 알고 있었다.

그러나 그들은 돌이 또 하나 날아오기 직전까지 범인들을 발견하지 못했다. 리오 등의 은신 기술은 그만큼 뛰어났다.

지상에서 날아오른 돌이 천사의 안면으로 정확히 날아들었다. 갸름한 나뭇잎 모양의 금속 방패를 들어 돌을 막아낸 천사는 돌이 솟아오른 방향을 뚫어지게 살폈다.

"저 녀석들은!"

리오와 그 일행을 발견한 천사들은 자신들이 목격한 상황을 보고하기 위해 정신감응을 준비했다. 하나 그보다 앞서 은색의 빛이 반구형으로 퍼지며 천사들이 포함된 그 일대를 단단히 둘러쌌다.

정신감응이 차단된 것을 감지한 천사들은 주변을 둘러싼 그 불가사의한 장벽을 없애기 위해 오른손에 든 창을 장벽 쪽으로 내던졌다. 그들에겐 전투보다 보고가 우선이었다.

장벽에 격돌한 하얀색의 창은 간단히 튕겨 나갔다. 떨어지는 창을 서둘러 회수한 천사들은 자신들에게 주어진 빛의 권능을 발휘해 수차례 장벽을 공격했으나 통하지 않았다.

"이것은……?"

"사상(事象)의 차단이다!"

사상의 차단이란 지정된 영역 안에서 일어나는 모든 일이 밖으로 유출되는 것을 완전히 차단하는 개념으로써, 최상위급 신이나 그에 가까운 존재들이 승인하거나 힘을 빌려주지 않으면 일으키는 것이 불가능에 가까운 고차원의 현상이다.

루이체가 아리스톤 드라이버를 이용해 만든 사상의 차단은 앞서 케롤이 사용했던 것과 이론상으로는 동일했으나 그 규모가 완전히 달랐다.

리오는 돌에서 옮겨진 손의 흙을 털었다.

"이제 쑤밍이 저놈들을 제거하면 되겠군."

그러더니 무심하게 팔짱을 끼고는 옆에 있는 바위 위에 앉았다.

천사들은 사상의 차단이 그리 오래가지 않을 것임을 알고 있었다. 아무리 혈통이 좋고 훈련이 잘된 주신계 천사라 할지라도 사상의 차단 같은 놀라운 기술을 장시간 유지하는 것은 불가능하다는 판단이었다.

모두가 장로 천사 직속 부대라는 이름이 아깝지 않은 경력자들이었다. 현재 그들이 짜고 있는 방패 모양의 대형도 빈틈이 없었다.

쑤밍이 오른손을 옆으로 내밀고 눈을 부릅떴다. 동룡족의 특징이라 할 수 있는 붉은색 눈동자가 기력을 머금고 더욱 빨갛게 빛났다.

그녀의 오른손에서 화염이 치솟더니 검은색의 직사각형 칼집에 담긴 대검이 모습을 드러냈다. 그 금속제 칼집에는 서룡족 제왕의 호위부대를 상징하는 붉은색 용 머리 문양이 새겨져 있었다.

검을 꺼내 든 쑤밍은 곧장 천사들을 향해 날아올랐다.

"소녀 쑤밍! 스승님의 이름을 걸고 반드시 이기겠습니다!"

공기의 저항에 눌린 그녀의 붉은색 넥워머가 그녀의 코 밑과 상체에 착 달라붙었다. 천사들은 자신들에게 닥쳐오는 그 검붉은 차림의 여성을 보고 경악했다.

"동룡족 계집이 서룡족의 무기를?"

"겨우 용족일 뿐이다! 냉정하게 맞서라!"

천사들이 그녀에게 집단으로 달려들었다.

리오는 그녀의 움직임을 가만히 살피며 과거를 회상했다.

동룡족인 쑤밍이 리오에게 구조되어 서룡족의 수도로 들어갈 당시, 서룡족과 동룡족은 같은 신계 아래에서 살 수 없다는 구호를 외치며 전쟁을 벌이는 사이였다.

서룡족의 수도 드래고니스는 신계를 제외하고는 가장 안전한 장소였지만 그녀의 입장에선 적대 종족이 가장 많이 사는 장소일 뿐이었다.

그녀는 관비로서 용제가 사는 곳에 머물렀기에 험악한 테러를 당할 일은 없었지만 그렇다고 인간으로 치자면 고작 여덟 살 정도의 나이인 그녀에겐 아주 사소한 일도 크게 작용할 수 있었다.

그런 그녀에게 리오는 자신의 기술을 차근차근, 확실히 가르쳤다. 그녀 스스로 자신을 지킬 수 있게 해주고 싶은 것도 이유였지만 무엇보다 그녀는 리오가 그때까지 만난 모든 용족 중에서 가장 뛰어난 재능을 갖고 있는 아이였다.

그리고 세월이 흘러 어른이 된 지금, 쑤밍은 리오의 기대에 부응하듯 모든 용족 내에서 손꼽히는 실력자가 되어 있었다.

천사들 앞에서 상승을 멈춘 쑤밍이 살기를 흘리며 왼손을 움직였다. 그 동작을 놓치지 않은 천사는 공격이 들어올 것 같은 방향으로 방패를 움직였다.

'검을 왼손에 들었나?'

방패에 뭔가 날카로운 물체가 부딪치는 소음이 터졌다. 상대가 검을 휘둘렀을 것이라 생각한 천사는 반격을 하기 위해 방패를 내리고 창을 들었다.

순간 쑤밍의 검 바이아덕트의 붉은색 섬광이 위에서 아래로 부채꼴을 그렸다. 창의 일부와 천사의 오른팔이 단번에 잘려 날아갔다.

천사는 자신에게 마무리 공격을 가하려는 쑤밍의 모습을 보고 경악했다. 상대가 왼손에 들고 있었던 것은 무기가 아니라 단순히 기력을 이용해 강철처럼 경화된 나무토막이었다.

'속임수!'

바이아덕트의 칼날이 천사의 머리부터 가슴 아래까지를 일직선으로 갈랐다. 즉사한 천사는 방패를 놓치고 두 팔과 날개를 축 늘어뜨렸다.

갈라진 갑옷 사이에 검이 끼어 빠지지 않자 쑤밍은 발로 시체를 밀쳐 검을 자유롭게 했다. 시체가 밀려 나가면서 튄 흰색의 피가 그녀의 검은색 옷을 물들였다.

밑에서 조마조마 구경하던 하이엘바인이 활짝 웃었다.

"자네와 정말 똑같군?"

리오도 씩 웃었다.

방금 전의 공격으로 인해 쑤밍은 천사들의 대열 한가운데에 위치하게 됐다. 루이체는 그녀가 무모하다고 생각했으나 하이엘바인은 다른 판단을 했다.

'허를 찌르겠군.'

쑤밍은 곧장 자세를 바꿔 자신의 바로 아래쪽에 위치한 천사를 대놓고 내려쳤다. 바이아덕트가 천사의 방패를 부수고 그 아래에 있던 머리까지도 으깼다.

천사들은 움찔했고, 루이체는 의아해했다.

"천사들이, 왜?"

그녀는 그들이 왜 멍청히 당했냐는 말을 차마 꺼내지 못했다.

'저 아이가 다시 물러나거나 소극적으로 행동할 줄 알았겠지. 천사들의 행동양식을 모르면 저렇게 할 수 없을 텐데, 대단하군.'

마음속으로 감탄한 하이엘바인은 천사들의 대열을 완전히 깨부순 쑤밍을 더욱 유심히 지켜봤다.

"이놈!"

소리를 지른 세 명의 천사가 일제히 공격을 가했다.

천사 한 명이 머리 위의 고리로부터 얇은 빛을 뿜었다. 쑤밍은 옆으로 비켜 그 광선을 피했지만 광선은 대기와 땅을 가르며 끈질기게 따라왔다.

광선에 맞은 나무와 땅, 바위산이 면도칼에 맞은 듯 예리하게 잘려 무너졌다. 나무는 찰나에 연소됐고 돌의 단면은 광선의 힘으로 인해 녹아서 주황색으로 빛났다.

다른 천사들이 광선을 피해 움직이는 쑤밍을 창으로 가로막았다. 그들의 움직임은 현란했다. 중력을 무시하고 전후좌우로 움직이는 것이 생물보다는 기계처럼 보였다.

그중 한 명의 머리에 쑤밍의 발차기가 갑자기 꽂혔다. 쑤밍의 부츠 밑창에 투구가 찌그러진 천사는 휘청거리며 뒤로 물러났다.

"으윽?"

얻어맞은 천사와 곁에서 함께 날던 천사, 그리고 광선을 쏘던 천사 모두 의아해했다. 상대의 움직임을 전혀 보지 못했기 때문이다.

쑤밍은 바이아덕트를 오른쪽으로 늘어뜨렸다. 그녀의 오른팔에서 마력으로 만들어진 진홍색의 스펠다이얼이 무수히 솟아올라 맹렬히 회전한 뒤 철컥 맞춰졌다.

하이엘바인이 벌떡 일어났다.

"저 아이가 마법검까지?"

맞춰진 스펠다이얼로부터 마법의 기운을 빨아들인 바이아
덕트가 진홍색으로 빛났다. 그것은 플레어를 이용한 마법검,
'플레어 버스터' 였다.

플레어 버스터의 파괴력을 익히 들어 알고 있는 천사들은
당황하지 않고 삼각형의 대열을 새로 만들어 공격에 대비했
다.

쑤밍은 거침없이 돌진했다. 공격을 앞둔 천사들과 쑤밍을
지켜보는 모두가 긴장에 휩싸였다.

쑤밍이 자세를 바꿔 검을 휘두르는 찰나, 천사들이 공격
대상이 된 천사의 어깨를 각각 붙들고 자신들의 힘을 그에
게 불어넣었다. 천사가 든 방패에서 더욱 밝은 빛이 뿜어졌
다.

바이아덕트와 방패가 충돌했다. 작은 핵융합폭발의 진홍
색 충격파가 하늘과 지상으로 각각 퍼졌다.

쑤밍은 충격파에 당한 듯 중심을 잃은 채 뒤로 날아갔다.
반면 조금 밀려나기만 했을 뿐, 아무런 부상도 입지 않은 천
사는 금이 간 방패를 내던지고 창끝을 쑤밍에게 맞춘 채 고속
으로 날아갔다. 뒤쪽에 있던 천사들도 창을 앞세우고 선두를
따랐다.

노린 듯 몸을 돌려 자세를 바로잡은 쑤밍은 왼손을 들었
다. 그녀가 왼팔에 미리 준비해 둔 스펠다이얼이 맞춰지면서
왼손에 붙들고 있던 나무토막에 플레어 버스터의 빛이 깃들

었다.

"룰을 비틀어라. 그것이 스승님의 말씀!"

방금 전 플레어 버스터를 막아내면서 소진된 영력을 보충할 틈이 없었던 천사들은 자신들에게 닥쳐오는 진홍색의 빛을 하염없이 바라봤다.

쑤밍의 정면에서 터진 폭발이 천사들의 몸을 먼지 한 줌 남기지 않고 분해했다. 바이아덕트가 아닌 나무토막을 이용해 발동한 기술이어서 위력은 절반에도 미치지 못했으나 영력이 감소한 천사들을 치기에는 충분했다.

마법검의 힘을 이겨내지 못한 나무토막은 쑤밍의 손아귀 속에서 쓸쓸히 분해되었다. 손을 털어낸 그녀는 살기로 얼어붙은 표정을 풀고는 팔뚝을 교차하여 루이체에게 적이 없음을 알렸다.

"아우!"

가까스로 버티고 있던 루이체는 즉시 아리스톤 드라이버를 내렸다. 사상의 차단이 풀리면서 그때까지 막혀 있던 공기의 흐름이 원활해졌다. 루이체가 한계 상태에 이르렀음을 알고 안타까워하던 하이엘바인은 가슴을 누르며 안도했다.

지상에 내려온 쑤밍은 뒷머리를 긁적이며 리오에게 다가왔다.

"해냈지 말입니다, 스승님!"

리오가 자리에서 일어나 그녀의 머리를 토닥였다. 더불어 옆에 있는 루이체에게도 손을 뻗어 그녀의 머리를 만져 주었다.

"둘 다, 아주 잘해냈어."

그녀들이 밝게 웃었다. 하이엘바인도 기뻐했다.

CHAPTER 09
악당

GodsKnight R

R

　공기에 남아 있던 마법의 여파를 쫓아 천사들이 마구 몰려들었다. 하지만 리오 일행은 이미 깔끔하게 자리를 뜬 뒤였다.

　멀리 떨어진 숲으로 간 일행은 잠시 숨을 돌렸다.

　루이체가 자신의 교신기를 들어 보이며 모두에게 말했다.

　"자, 이제부터 정식으로 해보자고요!"

　루이체가 교신기 위에 뜬 지도를 확대하여 위치를 보여주었다.

　"상부에서는 이곳부터 점검해 보라고 했어요. 여기 이 북쪽 산지에는 드워프들의 도시가 있답니다."

하이엘바인이 고개를 갸우뚱했다.

"드워프? 드워프라면 그다지 특별한 게 없는 종족이 아니더냐?"

"중요한 것은 드워프가 아니라 그들이 살고 있는 도시예요. 산맥 지하에 존재하는 거대한 수직 동굴인데요, 그 밑바닥에는 드워프들이 우연히 발견하여 사용하고 있는 금단의 지역이 있지요."

"그곳에 뭔가 특별한 것이 있느냐?"

"그럼요. 바로 고대의 거인족이 살고 있죠. 이건 주신계에서도 최고급 기밀이랍니다."

거인족이라는 말에 하이엘바인은 크게 놀랐다.

"거인족? 요툰헤임의 거인족 말이더냐?"

"그, 그것까진 잘……. 그냥 거인족이라는 말만 쓰여 있어요. 사실 고대의 거인족이라는 존재 자체가 기밀이거든요."

"그럴 수가……!"

거인족이라면 분명 그들이 찾고 있던 희귀한 생명체임이 분명했다. 하지만 하이엘바인은 반갑지 않았다. 그녀가 말한 요툰헤임의 거인족은 현재의 신들과 함께 오딘의 아스가르드를 공격한 주범이기 때문이다.

리오가 고개를 갸웃거렸다.

"내가 저번에 보고한 라그나로크 기록은 어떻게 할 거지? 네가 조사하려고 내려온다는 얘기를 분명히 들었는데?"

"아, 그거?"

루이체가 미적지근 웃었다.

"일단 조사만 허락됐고 어떻게 하라는 지시는 없었어. 오 딘님 측에서 아직 제대로 된 공문을 보내주시지 않았거든. 그 래서 라그나로크 관련 사항은 우선순위에서 꽤 밀려 있어."

리오가 걱정했다.

"괜찮으시겠습니까, 하이엘바인님?"

"상관없네."

그녀가 담담하게 말했다.

"나 역시 라그나로크와 오딘님의 눈에 관한 일은 뒤로 미 루고 싶네. 지금은 그 위험한 렘런트들, 특히 쌍둥이를 잡아 내는 것이 최우선일세."

"음…… 알겠습니다."

리오는 그녀가 개인적인 원한으로 그런 선택을 하지 않았 기를 빌었다.

*   *   *

하이엘바인은 드워프의 시초를 이렇게 설명했다.

태초의 거인족인 '이미르'는 자신의 창조 이후 태어난 아 스가르드의 신들에게 죽임을 당한 뒤 대지와 수많은 생명체 들의 재료가 되었다.

인간뿐만 아니라 요정도 이미르의 시체에서 비롯되었는데, 현재 알려진 드워프의 모습은 어둠의 성질을 가진 요정인 '드베르그'에서 진화된 형태다.

드베르그는 흙에 포함된 재료들을 이용해 뭔가를 만드는 것에 대한 놀라운 재능을 갖고 있었으나 모습은 구더기와 같았기에 그 재능을 살릴 수 없었다.

그 재능을 아깝게 여긴 아스가르드의 신들은 드베르그들에게 재능에 걸맞은 진화를 허락했다. 이후 재능을 살릴 수 있는 모습을 갖추게 된 드베르그들은 시간이 흐르면서 드워프라는 이름으로 새롭게 호명되었다.

그들은 비록 요정에 지나지 않았지만 그들의 뛰어난 재능을 이용하고자 하는 아스가르드의 신들과 자주 대립하였고, 고집과 자존심이 강하여 다른 종족들과 잦은 분쟁을 일으켰다. 특히 자신들과는 반대로 빛의 성질에 더 가까운 엘프들과는 전쟁에 가까운 충돌을 오랫동안 반복했다.

신계혁명이 일어난 후에도 그들의 위치와 성격에는 거의 변함이 없었다. 세계의 특성에 따라 외모가 조금 다를 뿐이었다.

그러나 신들과의 공식적인 연결고리가 끊기면서 자신들의 재능을 자유롭게 이용할 수 있게 된 점은 그들 전체의 입장에서 다행이라면 다행일 수 있는 일이었다.

"하지만 지금의 드워프들은 조상들의 과거를 알지 못할 것이네. 그들이 알고 있는 전설 이전의 이야기들이니까."

하이엘바인은 그렇게 설명을 맺었다.

리오와 함께 멧돼지를 구우며 설명을 듣던 쑤밍은 고개를 갸웃했다.

"그럼 하이엘바인님과는 사이가 안 좋을 것 같지 말입니다?"

그녀의 질문에 하이엘바인은 빙긋 웃었다.

"지금은 내가 어떤 존재인지도 모를 테니 아무 일도 없을 거다."

"아, 그렇겠군요."

쑤밍은 고개를 끄덕끄덕하며 자신의 곁에서 맛있게 구워지고 있는 멧돼지 두 마리에게 눈을 돌렸다.

'오늘도 부족할까?'

루이체와 쑤밍이 합류한 그날, 일행은 대단히 황당한 경험을 하고 말았다.

그때도 일행은 멧돼지를 잡았는데, 정상적인 경우 멧돼지 한 마리에서 얻을 수 있는 고기의 양은 아주 맛있는 부위를 골라 먹는다고 해도 고작 네 명의 입으로는 절반의 절반조차 먹을 수가 없다.

그러나 일행은 땅에 묻으려 했던 고기들을 하이엘바인 혼자 꿋꿋이 구워 먹는 모습을 보고 기겁했다. 그 양이 건장한 남자 20여 명이 먹고도 남을 양이었기 때문이다.

그녀는 잃어버린 힘을 보충하기 위한 작업이라고 친절하게 설명했으나 모두는 뼈에 붙은 고기까지 깔끔하게 발라 먹는 그녀의 자세에서 굶어 죽은 귀신의 기운을 느꼈다.

그런 일이 있은 후 일행은 최대한 천천히 식사했다. 혼자 고기를 구워 먹는 그녀를 보기가 너무 미안해서였다.

하지만 그 누구도 그녀의 속도를 맞출 수 있는 사람은 없었다. 애초부터 그런 친절함과는 거리가 먼 리오를 제외하고는 이도저도 아닌 불편함에 시달렸다.

그것은 드워프에 대한 이야기가 나온 그날 밤도 마찬가지였다.

서너 개의 극광(極光:오로라)이 아름답게 겹쳐 흘러가는 밤하늘 아래에서 리오는 작은 불에 데운 차를 철로 된 컵에 담아 입가심을 했다.

쑤밍이 직접 따서 말린 찻잎으로 끓인 그 차는 특유의 쌉싸래한 맛으로 고기의 느끼함을 말끔하게 없애주었다.

차를 음미한 리오는 식사 때문에 잠시 중단된 드워프의 이야기를 다시 꺼냈다.

"제 경험상 드워프들은 어지간한 계기가 없으면 다른 종족에게 협조를 안 하는데, 놈들이 과연 자기들 도시 깊숙한 곳에 있는 기밀을 우리 맘대로 하게 놔둘지 모르겠군요."

"에에? 그렇다고 계기가 만들어질 때까지 기다릴 수도 없잖아? 드워프들이 렘런트들에게 습격당해 위기에 빠진 상황에서 우리가 돕는, 뭐 그런 것 말이야."

투덜댄 루이체가 입술을 뾰족하게 내밀며 이어서 말했다.

"혹시나 그런 상황이 만들어진다 해도 현재 렘런트들의 전투력을 생각해 보면 드워프들의 희생을 피할 수가 없다고."

"뭐, 대충 방법은 있어."

리오가 싱긋 웃자 루이체의 눈이 휘둥그레졌다.

"정말? 어떤 건데?"

리오는 자신의 잠자리로 걸어가 편하게 누웠다.

"가서 상황을 봐야 결정할 수 있는 방법이니 지금은 너무 고민하지 마. 푹 쉬어."

옆에 찻잔을 들고 고기를 우물우물 씹던 하이엘바인이 인상을 살짝 찡그렸다.

"그러지 말고 자세히 설명을 좀 부탁하네. 궁금하단 말일세."

"음……."

그가 팔베개를 만들어 자신의 머리를 받친 뒤 하이엘바인을 바라봤다. 흐트러진 붉은 장발 사이로 보이는 그의 적동색 얼굴과 깊은 검은색 눈동자가 세 여자의 눈엔 이상하리만치 관능적이었다.

"하이엘바인님의 힘이 어디까지 회복되었느냐가 관건이긴 합니다. 아직 곤란하시다면 쑤밍에게 맡기면 되지만, 쑤밍의 이미지가…… 흠."

가만히 있던 쑤밍이 움찔했다.

"스, 스승님? 제 이미지가 어때서 말입니까? 괜찮지 말입니다!"

"그럼 그 말투부터 좀 고쳐 봐. 가르친 여자애의 말투가 왜 그 모양이냐고 내가 얼마나 오해를 사는지 알아?"

"으!"

쑤밍이 단번에 울상이 됐다.

그녀는 가장 우월한 생물인 용족답게 제법 빼어난 미모의 소유자였지만 언제나 '말입니다' 로 끝나는 특이한 말투 때문에 접근하기 부담스러운 성격으로 오해를 사고 있다.

그러자 하이엘바인이 크게 웃었다.

"하하, 그러고 보니 오딘님의 이야기가 떠오르는군."

"예?"

"자네 때문에 사랑의 신이 아니냐는 오해를 사고 있어서 미칠 지경이라고 하셨지."

리오는 어이가 없어 눈을 감았다. 쑤밍은 웃음을 참기 위해 얼굴을 씰룩거렸고, 루이체는 아예 대놓고 굴러다녔다.

"아하하! 아하하하!"

동생의 큰 웃음소리 속에, 리오는 자신의 스승이 이런 것 때문에 제자를 키워보라고 조언을 했을지도 모른다고 생각했다.

"흠, 아무튼 몸 상태는 어떠십니까?"

"말이 나온 김에 점검을 해보겠네."

그녀는 리오가 잠시 빌려준 회색 망토를 벗었다. 가브리엘에게 당하면서 여기저기 흠이 간 그녀의 흰색 원피스 옷에 밤공기가 닿았다.

"으음……!"

흐릿했던 그녀의 눈동자가 맑은 파란색을 띠었다. 그녀의 원피스가 잠시 지글거리더니 깔끔한 검은색 바지 차림으로 변했다. 더불어 그 위엔 황색의 가죽 갑옷이 나타났다.

"오, 힘이 조금 돌아왔군."

그녀는 머리카락도 움직여 보려고 했으나 잠깐 흔들리기만 할 뿐, 예전처럼 자유롭게 움직이진 않았다.

하이엘바인은 아쉬움 속에 망토를 다시 걸쳤다.

"으음, 아직 전투에 참여하기엔 무리인 듯싶네."

하지만 리오는 만족한 듯 웃었다.

"충분합니다. 완전히 회복하시면 제가 곤란해질 수도 있으니까요."

"그, 그런가?"

하이엘바인은 왠지 칭찬을 받은 것 같아 기분이 좋았다.

＊　　　＊　　　＊

리오 일행이 찾아가는 드워프의 도시, '스바르트'는 이 세계에 살고 있는 드워프들의 왕국 중 한곳의 수도임과 동시에 모든 드워프들의 성지(聖地)다. 스바르트가 성지가 된 이유는 루이체가 파악한 대로 그 도시의 지하에 존재하는 고대의 거인족 때문이다.

거인족이 존재한다는 정확한 사실은 드워프 중에서도 스바르트의 왕족만이 아는 극비였고, 그 외의 드워프들은 막대한 양의 보물이나 고대의 무기라고만 알고 있다.

오크와 트롤의 독립군이 그것을 노리고 몇 번이나 침공을 했으나 수십 겹의 특수한 철로 제작된 스바르트의 성문과 성문까지 도달하는 유일한 통로인 좁은 계곡을 통과하진 못했다.

그러나 그날, 스바르트의 드워프들은 절체절명의 위기에 빠지고 말았다.

"더 빨리!"

스바르트의 주인이자 드워프 왕국 '그루일랏'의 왕인 '페르덴 스바르트 그루일랏'은 감시탑 위에서 고함을 질렀다.

"석궁 부대와 투석기 부대는 쉬지 말고 움직여라! 그루일랏 드워프들의 자존심과 국민들의 미래가 그대들의 손에 달려 있다!"

지시를 내리는 그의 표정은 얼굴을 반쯤 뒤덮은 그의 황금색 수염만큼이나 믿음직스러웠다.

그러나 왕의 뭉툭한 다리는 갑옷 속에서 덜덜 떨렸다. 그는 병사들과 마찬가지로 도시를 습격한 정체불명의 적에게 질려 있었다.

스바르트에 도달하기 위한 계곡은 세 개의 관문으로 단단히 지켜지고 있었다.

첫 번째 관문은 거듭된 오크와 트롤들의 공격으로 인해 엉망이었으니 그렇다 쳐도 두 번째 관문과 세 번째 관문은 그렇지 않았다. 특히 세 번째 관문은 피해가 거의 없었다.

하지만 관문들은 불과 반시간도 안 되어 완파되었다. 관문을 지키는 병사들의 생사는 알 틈조차 없었다.

성문 밖으로 급히 나간 요격부대 역시 눈 깜짝할 사이에 전멸했다. 병사들이 거짓말처럼 당하는 광경을 두 눈으로 똑똑히 본 왕은 아직까지도 자신의 눈을 믿을 수가 없었다.

"저지선 돌파!"

왕과 함께 성문 밖의 상황을 살피던 병사가 고함을 질렀다.

"이제 투석기는 쓸 수 없습니다!"

"이런!"

왕이 이를 악물었다.

"석궁을 거두고 병사들을 내보내라!"

왕의 지시에 따라 드워프족 병사들이 성문 좌우에 설치된 미끄럼틀을 통해 도시 밖으로 쏟아져 나갔다. 병사들이 죽는다 해도 성문만은 결코 열어줄 수 없다는 필사의 각오였다.

"오오오!"

병사들이 도끼와 망치, 검 등을 들고 적을 향해 달려갔다.

들끓던 먼지구름 밖으로 검은 물체가 치솟더니 병사들의 한가운데에 떨어졌다. 병사들은 미처 막지도 못하고 나가떨어졌다.

막을 수 있는 공격이 아니었다. 공격 한 방이 폭풍에 가까웠다. 드워프 병사들은 적이 내뿜는 막강한 공포와 동료들의 희생에도 아랑곳 않고 돌격했으나 그들은 그저 튕겨 나갈 뿐, 공격다운 공격은 하지 못했다.

적이 다시 성문을 향해 다가왔다. 왕은 왕가에 대대로 내려오는 보검을 거머쥐며 신하들을 돌아봤다.

"그대들은 부녀자들과 아이들을 지하로 피신시키게."

"폐하!"

그는 자신을 말리는 신하들에게 보검을 들어 보였다.

"이제 믿을 것은 스바르트의 성문과 그루일랏 왕가의 보검 '다인니르'네. 그리고 다인니르를 다룰 수 있는 자는 오로지 짐뿐이지."

왕은 어깨에 걸친 흰색 망토를 떼어 신하들에게 건넸다.

"이 왕가의 망토를 공주에게. 짐이 전사하면 왕위는 공주가 이어나가도록 해주게."

"폐, 폐하!"

그 순간 거대한 폭음이 스바르트를 진동시켰다. 그것은 도시의 성문이 파괴되어 내지르는 단말마였다.

파괴된 성문이 너덜거리며 좌우로 열렸다. 왕은 그 사이로 밀려들어 오는 검은색 존재를 노려보며 심호흡했다.

"자, 어서! 짐과 다인니르가 버티는 동안 명을 수행하게!"

신하들이 신음하며 일제히 무릎을 꿇었다.

왕이 보검을 뽑아 머리 위로 추켜올렸다. 칼날에서 흘러나온 백색의 빛이 왕의 온몸을 찬란하게 휘감았다.

"우오오오!"

기합을 넣고 감시탑 아래로 뛰어내린 왕은 병사들을 좌우로 쳐내며 다가오는 적에게 고함을 질렀다.

"와라, 악마여! 스바르트의 주인이자 그루일랏 왕국의 왕인 나 페르덴 스바르트 그루일랏이 네놈을 단죄하겠다!"

왕이 하얀 잔상을 남기며 적에게 돌격했다.

적이 휘두르는 보라색 대검이 왕의 검 다인니르와 충돌했다.

"으윽!"

가공할 만한 충격이 다인니르의 힘에 보호되는 왕을 넘어뜨렸다. 왕은 다시 일어나 다인니르를 휘둘렀으나 그 불길한 보라색의 검은 다인니르보다 몇 배 더 빨리 움직였다.

금속이 튕겨 나가는 소리가 터졌다.

다인니르가 주인의 손을 떠나 땅에 떨어졌다. 다인니르의 가호에서 벗어난 왕은 빛을 잃고 원래의 색을 되찾았다.

"내가 겨우 악마로 보이나? 이거 대단한 영광이군."

보라색 검을 든 존재가 파란 안광을 흘리며 웃었다. 그는 발로 다인니르를 걸어 올린 뒤 자신의 검으로 그 보검을 후려 쳤다.

유리가 깨지듯 보검이 깨져 흩어졌다. 동시에 왕은 절망하여 주저앉았다.

그 거짓말 같은, 인간의 형상을 한 괴물이 붉은 장발을 흔들며 다가와 왕의 안면을 붙들고 들어 올렸다.

"지하에 뭔가 숨겨놨다며?"

적동색 손가락 사이로 보이는 왕의 눈이 크게 벌어졌다.

"주, 죽여라! 짐의 목숨을 가져가고 백성들을 살려다오!"

"딴소리 말고 털어놓기나 해. 여태껏 아무도 죽이지 않고 온 내 정성을 봐서라도 말이야."

왕의 눈에 핏발이 섰다.

"죽이지 않았다고?"

"약간의 운이 있긴 했지만 사실이야."

"네놈 말을 어떻게 믿으란 말이냐!"

"그럼 할 수 없지."

그를 바닥에 패대기친 붉은 장발의 남자는 빵을 뜯듯 양손으로 왕의 갑옷과 옷을 단번에 찢어 속옷만을 남겼다. 그러더니 옆에 굴러다니는 그루일랏 왕국의 깃발로 왕의 목을 묶은 뒤 부서진 성문 밖으로 개처럼 끌고 나갔다.

"죽은 사람이 보일 때까지 이렇게 나들이를 하는 거야. 지금 보니 오늘 날씨가 참 좋군."

그의 미소를 본 왕은 생전 맛보지 못한 굴욕감에 반쯤 미쳐 괴성을 질렀다.

"죽여라! 짐을 죽이란 말이다!"

"난 평화를 사랑해."

남자가 낮게 웃었다.

한편, 성문이 보이는 절벽 위에서 그 광경을 보고 좌절하는 이들이 있었다.

"으아, 악당이야."

중얼거린 루이체가 상기된 얼굴로 주저앉았다. 그녀의 옆으로 하이엘바인이 뒤따라 주저앉았다.

"그럼 우린 뭐란 말인가?"

"악의 무리지 말입니다."

쑤밍의 대답이었다.

루이체가 하이엘바인을 재촉했다.

"좌절은 그만 하시고 이제 슬슬 내려가세요, 하이엘바인 님. 저러다가 드워프 왕이 미쳐 버리면 어떡해요?"

하이엘바인은 자신에게 주어진 역할을 알고 있었다. 하지만 그녀가 갖고 있는 '전사의 원칙'에 대한 소신이 그녀의 발목을 단단히 잡아당겼다.

"꼭 이렇게 해야만 하는 거냐?"

"흐, 너무 극단적이긴 하네요."

루이체가 힘겹게 웃었다.

"하지만 이곳은 렘런트들도 좋아할 만한 곳이니 오빠의 작전이 먹힐 가능성이 있어요."

하이엘바인은 주변을, 드워프의 도시를 단단히 둘러싼 계곡을 둘러봤다.

"신을 배제하는 장소라……."

사실 일행은 계곡에 들어서기 직전까지도 특별한 대책을 손에 쥐지 못했다. 하지만 계곡에 들어서는 순간 그들은 계곡 전체에 자신들이 생각지 못한 엄청난 힘이 드리워져 있음을 느꼈다.

그것은 일종의 의지였다. 그것도 하늘을 피하고 싶어하는 누군가의 강력한 소망이었다.

그 때문인지 리오 등을 매번 숨게 만든 선신계 천사들은 계곡 근처에 얼씬도 하지 않았다. 루이체가 만들어내는 '사상의 차단'과는 또 다른, 하늘에게 모든 것을 바친 자들의 눈으로는 인식할 수 없는 장소였기 때문이다.

이것이 도시 지하에 있다는 거인족의 힘이라면 현재 선신계 천사들 때문에 함부로 움직이지 못하는 렘런트들의 입장에선 대단히 매력적인 요소임이 분명했다. 그러나 일행에겐 계곡과 도시를 지키는 드워프들의 피해를 가급적 최소화하여 렘런트를 잡아야 하는 숙제가 생기고 말았다.

아무도 말을 못하는 상황에서 리오가 그때까지 말을 안 하고 있던 '작전'을 제시했다.

그가 제시한 작전 내용을 들은 모두는 그 과격함과 극단적인 방식에 기겁했다. 하지만 그렇다고 대안을 제시하는 사람도 없었기에 그의 작전은 결국 통과되고 말았다.

심호흡을 한 하이엘바인은 걸음을 옮겼다.

"가자꾸나, 루이체."

"예, 하이엘바인님."

루이체가 쑤밍을 돌아봤다.

"주변에 말썽이 없도록 잘 지켜. 알았지? 믿을게!"

"응!"

쑤밍이 주먹을 쥐고 흔들어 루이체와 하이엘바인을 응원했다.

계곡 위에서 아래로 뛰어내린 하이엘바인과 루이체는 그 까마득한 높이를 부정하듯 부드럽게 착지했다.

그들은 쓰러져 신음하는 드워프들 틈을 이리저리 거닐었다. 가는 도중에 그나마 정신이 온전한 드워프가 숨이 넘어가는 목소리로 그들을 불렀다.

"가, 가지 마시오! 도시 쪽에는 괴물이 있소!"

그에게 루이체가 힘자랑을 하듯 팔을 굽혀 보였다.

"우린 그 괴물을 물리치러 왔어요."

드워프는 그 대답을 듣자마자 슬픈 얼굴로 혼절했다. 루이체는 왠지 기분이 나빴으나 좋은 쪽으로 생각하라는 하이엘바인의 말에 갈 길을 계속 갔다.

"맨손으로 대적해야 하나?"

하이엘바인이 묻자 루이체는 걱정 말라는 듯 씩 웃었다.

"무기는 제가 드릴게요. 피엘님에게 하이엘바인님이 쓰실 만한 무기를 얻어왔어요."

"오, 다행이구나."

아까 리오의 돌진을 자세히 살펴봤던 하이엘바인은 맨손으로 그를 대적했다가는 '분위기'를 살릴 수 없을 것 같아 걱정하고 있었다. 리오가 관문과 성문을 돌파하면서 보여준 박력은 그렇게 대단했다.

그녀는 루이체에게 무기를 달라는 듯 손을 내밀었다. 그러나 정작 루이체는 뒷짐만 귀엽게 지어 보일 뿐이었다.

"멋있게 드릴게요."

"멋있게?"

하이엘바인은 루이체도 제법 엉뚱한 면이 있는 아이일지도 모른다 생각하며 갈 길을 계속 갔다.

이윽고 하이엘바인과 루이체는 성문 앞에서 드워프 왕을 능욕하고 있는 리오와 마주했다.

"너희들은 또 뭐지?"

리오는 눈을 번뜩이며 그들을 노려봤다. 물론 그것 역시 작전이었다.

루이체는 작전에 따라 검지로 그를 지적하며 외쳤다.

"세상을 어지럽히는 악당 녀석을 여기서 만나는구나! 선량한 드워프들을 괴롭히다니, 하늘이 두렵지 않은가?"

"글쎄? 드워프들은 종교가 없잖아. 하늘도 이 친구들에겐 별로 관심이 없을 거야."

리오가 피식 웃었다. 그런 대답을 기대한 게 아니었던 루이체는 순간 할 말을 잃었다.

'그렇게 나오면 안 되잖아!'

마음속으로 한마디 내뱉은 그녀의 표정이 점차 이상해졌다.

리오는 루이체가 훌륭한 말솜씨로 자신의 말을 받아치길 기대했다. 그러나 그는 울먹거리는 동생의 모습에 내심 움찔했다.

"그래, 하늘은 그렇다 치고…… 나에게 무슨 볼일이지?"

"악을 물리치고 평화를 되찾는 것은 영웅이 할 일!"

기다렸다는 듯 소리친 루이체가 오른팔을 옆으로 벌려 하이엘바인을 소개했다.

"여기, 고대의 신족이자 위대한 영웅이신 하이엘바인님께서 그대를 응징할 것이다!"

이번엔 리오의 표정이 이상해졌다.

'너무 화려하잖아?'

하이엘바인도 부끄러워 얼굴을 제대로 들지 못했다.

리오는 우물쭈물하고 있는 하이엘바인을 향해 검끝을 들

어 올렸다.

"날 방해하겠다면 할 수 없지."

리오는 일단 옆에 데리고 다니던 드워프 왕을 걷어차 멀리 떨어뜨렸다.

"고대부터 지금껏 살아왔다는 말이 사실이라면 나름 쓸 만하겠군. 오랫동안 노리개로 삼을 수 있겠어."

그러면서 그는 혀로 자신의 입술을 훑었다.

"음란해!"

루이체의 입에서 솔직한 목소리가 튀어나왔다.

리오는 어이가 없었다. 그러나 루이체뿐만 아니라 하이엘바인도 심하게 민망해하고 있었다.

'노리개라니······!'

하이엘바인의 가슴이 두근거렸다.

만약 드워프 왕이 아까 걷어차이면서 얻은 통증 때문에 정신없어하지 않았다면 충분히 의심을 받을 만한 상황이었다.

"아, 아무튼! 당장 응징해 주마!"

루이체가 가방을 열고 뭔가를 하늘에 집어 던졌다. 황금색의 막대기와 같던 그 물건은 내려오면서 커다란 창의 모습을 갖췄다.

하이엘바인은 땅에 떨어져 박힌 그 창의 모습에 반가움을 느꼈다. 대검을 연상케 하는 거대한 창날이 특징인 그 무기는 그녀가 사용해 온 아스가르드 최강의 무기 궁니르와 똑같은 모습을 하고 있었다.

하이엘바인은 즉시 그 창을 들고는 루이체에게 물러나라는 손짓을 했다.

루이체가 물러나는 한편, 하이엘바인은 창을 들고 이리저리 움직여 본 뒤 자세를 잡았다. 창의 무게가 생각보다 가볍긴 했지만 중심도 좋고 무기로서의 성능도 모습을 복사한 것치고는 수준급이라 그녀는 매우 만족했다.

그냥 그대로 싸움을 벌이기엔 좀 그렇다고 생각한 하이엘바인은 아까 루이체가 했던 것처럼 뭔가 그럴듯한 말을 꺼내보기로 했다.

"나 하이엘바인이 하늘을 대신하여 그대를 심판하리라!"

루이체는 그 모습을 보고 만족한 듯 '바로 그것'이라는 표정을 지었다.

각자의 무기를 뒤로 당긴 둘은 어느 순간 무기를 맞부딪쳤다. 약속된 수준의 적당한 힘을 가한 것이지만 그 충돌의 여파는 옆에 쓰러져 있는 드워프 왕과 팔짱을 끼고 서 있던 루이체를 뒤흔들 정도로 강력했다.

하이엘바인이 왼쪽으로 눈짓을 보냈다. 뒤이어 그녀와 리오가 무기를 맞댄 채 그쪽 방향으로 빠르게 이동했다.

자리를 잡자마자 리오가 검을 뒤로 물린 뒤 왼쪽에서 오른쪽으로 크게 휘둘렀다. 엉겁결에 공격을 막아낸 하이엘바인은 리오의 행동에 고의가 섞여 있자 크게 당혹해했다.

[무슨 짓인가? 살의가 실려 있었네!]

[루이체와 함께 얼굴이 빨개져서 의심을 살 뻔한 분이 누구십니까? 이것까지도 실감나게 못하면 작전이고 뭐고 다 엉망이 될 겁니다!]

[으, 으음······!]

하이엘바인은 그의 말을 인정해야 한다고 생각했으나 가슴에서 우러나온 말은 달랐다.

[그렇다고 노리개라는 말을 굳이 쓸 필요는 없지 않았나? 자네, 정말 하반신으로 신계를 정복할 야망을 가진 사내인가?]

리오는 눈앞이 아찔했다.

[지금 이 상황에서 그런 말씀을 왜 하십니까?]

하이엘바인이 오른쪽 무릎을 세웠다. 리오가 그녀의 복부를 노리고 내질렀던 왼 주먹이 큰 소리를 내며 가로막혔다.

하이엘바인이 입술을 꼭 물었다. 화가 난 것이다.

[나도 여자란 말일세!]

[알았으니 진정하십시오, 좀!]

리오가 검에 힘을 넣었다. 더불어 살기의 농도도 진해졌다. 힘에서 약간 밀리는 느낌을 받은 하이엘바인은 굳게 결심했다.

[아무래도 자네에겐 가르침이 필요한 것 같군.]

[예?]

힘에 밀리던 하이엘바인이 창을 교묘하게 움직였다.

그녀가 창의 자루를 이상하게 변화시키진 않았다. 어떤 기묘한 능력을 추가로 쓴 일도 없다. 하지만 리오의 검은 주인의 의사와 관계없이 하이엘바인 쪽으로 빨려 들어갔다.

실은 그가 빨려 들어가는 것이 아니었다. 하이엘바인이 오로지 창술만으로 리오의 균형을 섬세하게 무너뜨리고 있었다.

"흠!"

리오가 입술을 꾹 닫고 팔을 들었다. 그 과도한 움직임에 그의 회색 망토가 우람한 팔 근육을 따라 요동쳤다.

하이엘바인의 창과 리오의 디바이너가 불꽃을 튀기며 떨어졌다. 검의 끝이 창에서 벗어나는 순간 리오는 손으로 땅을 짚다시피 할 정도로 몸을 숙였다. 그 위를 대검에 견주어도 손색이 없는 커다란 창날이 엄청난 기세로 지나갔다.

창날이 공기를 자르면서 퍼진 짜릿함이 리오의 머리카락과 두피를 자극했다.

'가르침이 필요하겠다고?'

리오가 뒤로 물러나 몸과 마음을 가다듬었다.

'두 번 가르침을 받았다간 큰일 나겠군.'

상대는 그냥 힘이 센 바보가 아니었다. 완력과 살기에 겁을 먹을 만큼 어설픈 경력자는 더더욱 아니었다. 현재 각 신계에서 전설로 군림하는 자들을 상대로 싸웠던, 그야말로 전설의 전설이었다.

그녀는 화가 난 상태였으나 정신은 또렷했다. 눈빛은 방금 깨진 유리의 단면처럼 맑고 싱싱했으며 표정도 정결했다.

리오의 입장에서는 가장 싫어하는 유형의 적수였다.

어차피 승부는 정해진 싸움이었다. 일행이 도시 지하의 거인족에게 별 탈 없이 접근하려면 여기서 '악당'인 리오가 패배해야만 했다.

하지만 리오는 여기서 그냥 쓰러지고 싶진 않았다. 뭔가 오해가 좀 있긴 했지만 분위기가 적당히 무르익은 이상 좀 더 실감나게 할 필요가 있었다.

또한 도전의식이 그를 자극했다.

오딘의 이야기 속에서 하이엘바인은 패한 적이 없었다. 그녀는 넝마가 되어버린 궁전 발할라를 혼자서 끝까지 지켜냈다. 패한 것은 그녀가 아니라 항복을 선언한 오딘이었다.

엘프들의 도시에서 그녀가 보여준 활약상을 눈으로 본 이상 리오는 그녀의 능력이 정말 어느 정도인지 궁금했다. 그리고 지금은 그 오랜 궁금증을 풀어볼 기회였다.

리오의 검이 하이엘바인의 머리를 노리고 굵은 곡선을 그렸다.

자신의 왼쪽으로 들어오는 공격을 창을 들어 막아낸 하이엘바인은 아무것도 없는 자신의 앞쪽 땅을 창날로 내려쳤다.

멍청해 보이는 그녀의 행동에 멀쩡하던 리오가 움찔했다.

루이체는 리오가 왜 엉거주춤했는지 이해할 수 없었다.

'오빠가? 왜?'

그러나 절벽 위에서 그 모습을 지켜보던 쑤밍이 격하게 흥분했다.

"읽혔다! 거짓말! 스승님이!"

수를 읽혀 공격할 기회를 잃은 리오는 뒤이어 닥쳐오는 하이엘바인의 공격에 대비했다.

하이엘바인은 한 손으로 창을 휘둘렀다.

그녀가 휘두른 창날은 특별한 기교가 없었다. 단지 정확하고 빠를 뿐이었다. 그런 공격은 피하기보다는 막아내는 것이 차라리 나을 때가 많다. 괜히 피한답시고 움직이다가 얻어맞게 되면 치명타로 이어지기 때문이다.

그 이론에 따라 리오는 검으로 창날을 막았다. 이후 루이체는 창날에 난타당하는 리오의 모습에 입을 다물지 못했다.

리오는 보통 사람 눈에는 보이지도 않는 그 공격을 모두 막아내고 있었다. 그러나 그뿐이었다.

'빠질 틈도, 반격할 틈도 모조리 지워 버리고 있어! 구석에 갇힌 생쥐 꼴이야!'

리오는 마음속으로 기뻐 외쳤다. 정신능력이나 육체능력이 아닌 순수한 기량으로 압도되는 것은 실로 오래간만의 일이었기 때문이다.

말려 죽이듯 하이엘바인은 상대를 저항 불가능의 상태로

만든 채 공격을 계속했다. 리오의 검보다 긴 창의 길이와 자신의 공격 속도, 그리고 기선 제압 능력을 믿지 못하면 할 수 없는 일이었다.

하이엘바인은 리오의 모습을 보며 생각했다.

'물러설 기미는 보이지 않는군. 하지만 이런 상황을 오히려 기뻐하다니, 제정신인가?'

그녀는 사람이 왜 저렇게까지 다른 모습을 보이는지 궁금했다.

'저 남자를 어떻게 침묵시켜야 할까?'

어느 순간 리오가 디바이너를 한 손으로 들더니 자유로운 왼팔에 스펠다이얼을 띄웠다.

하이엘바인은 의아했다.

'마법검? 이 상황에서?'

그에 대한 해답은 곧장 제시되었다.

리오가 하이엘바인의 공격을 막아내기 직전 마력이 스며든 손으로 칼날을 때렸다. 일순간 마력이 스며든 검과 창날 사이에 폭발이 일어났고 폭발은 창날을 밀어냈다.

'임기응변이 훌륭하군.'

하이엘바인은 밀려 나간 창을 다시 바로잡고 자루 끝으로 땅을 찍으며 자세를 정돈했다. 그런 그녀의 눈앞으로 보라색의 검광이 닿을락 말락 하게 지나갔다.

잔뜩 긴장하고 있던 루이체가 두 손으로 입을 가렸다.

'빗나갔나?'

상황은 그녀의 생각과 달랐다.

디바이너를 자신있게 휘둘렀던 리오는 자신의 공격을 피하지도 않고 그냥 무시한 하이엘바인을 뚫어지게 쳐다봤다.

공격 간격을 완전히 읽힌 것이다.

[자네, 끝까지 해볼 생각인가?]

[아니죠.]

그가 검을 양손에 쥐며 자세를 바꿨다.

[드워프들은 최후의 자존심이나 마찬가지인 성문까지 단숨에 돌파당했습니다. 제가 이렇게 일방적으로 깨지는 걸 과연 납득할까요? 지금이야 고마워하겠지만 우리의 볼일이 끝날 때쯤이면 그렇지 않을지도 모릅니다.]

[솔직하게 말하게!]

정신감응을 통해 그녀가 리오를 윽박질렀다.

리오가 도발적으로 웃었다.

[도대체 뭘 말입니까?]

그 직후, 언제까지고 정결하기만 할 줄 알았던 하이엘바인의 창이 갑자기 거친 움직임을 보였다. 그 갑작스러움에 놀란 나머지 리오는 자신도 모르게 하이엘바인의 창을 받아쳤다.

기술은 분명 차이가 심했지만 물리적인 힘과 속도는 현재 상황에서 리오가 월등히 앞섰다. 그것을 증명하듯 하이엘바인은 창을 받아치는 리오의 힘에 밀려 그만 창을 놓치고 말왔다.

창을 놓친 하이엘바인과 그 모습을 본 루이체, 그리고 쑤밍의 표정이 단숨에 변했다. 리오는 장난칠 상대를 잘못 골랐다는 생각에 아차 싶었다.

'심리전에 약하신 건가? 그럴 리가 없는데?'

어찌 됐든 이 돌발 상황을 직접 해결해야만 했던 리오는 냉정하게 판단하여 움직였다.

'눈치채시지 말기를 바라야겠군.'

그는 검을 앞으로 쭉 뻗고 하이엘바인에게 돌진했다. 그들이 싸우는 수준에 대해 전혀 모르는 드워프 왕은 새파란 안광을 흘리며 직진하는 리오의 분위기에 기겁해 좌절했으나 하이엘바인의 눈에 보이는 리오는 그저 빈틈투성이에 불과했다.

그녀가 리오의 복부에 주먹을 꽂았다. 예상보다 큰 충격에 리오는 진심으로 비틀거렸다.

하이엘바인은 두 주먹을 가슴 앞에서 맞부딪쳤다. 그녀의 주먹과 팔이 희미한 빛을 내며 달아올랐다.

"니벨룽겐리트!"

리오 쪽으로 펼쳐진 그녀의 손으로부터 초현실적인 폭풍이 일어났다. 그것이 그녀가 무기 없이 쓸 수 있는 가장 강력한 기술 중의 하나였다.

일반적인 생명체 중에서 그 폭풍으로부터 가장 가까운 곳에 위치한 드워프 왕은 사방이 탈색되고 온몸이 중력에서 해방되는 느낌을 받았다.

니벨룽겐리트의 폭발을 정면으로 받아버린 리오는 검을 놓치며 뒤로 날아갔다.

"으윽!"

추락한 그는 니벨룽겐리트의 남은 여력으로 인해 쓰레기처럼 땅을 굴렀다.

가까스로 다시 일어난 리오는 놓쳤던 검을 불러들였으나 다시 휘두르지는 못했다. 몸에 박힌 충격과 통증에 하마터면 혼절하여 쓰러질 뻔했던 것을 검으로 가까스로 막아내고 있었다.

하이엘바인이 방금 사용한 니벨룽겐리트는 이름을 붙이기에도 부끄러울 수준이었지만 그 파괴력은 대놓고 받아낼 만큼 가벼운 것이 아니었다.

"제길, 내가 이런 계집에게……!"

악당다운 대사를 일단 내뱉어준 리오는 이를 악물고 자리를 떴다. 그 조작된 상황에 압도되었던 드워프 왕은 한숨을 쉬며 주저앉았다.

계곡 위에서 지켜보던 쑤밍은 니벨룽겐리트 때문에 아찔했던 정신을 다잡으며 잠시 참았던 숨을 몰아쉬었다.

"으으, 역시 저걸 쓰실 수 있었어!"

그녀는 리오가 걱정됐다.

"작전은 성공한 것 같지만……."

그녀의 말대로 속옷 차림의 드워프 왕은 수치심도 잊은 채
두 팔을 흔들며 하이엘바인과 루이체를 찬양했다.

둘은 최대한 밝게 웃었다. 그것이 악역을 자처한 리오를 위
해 자신들이 할 수 있는 최대의 보답이었다.

*　　　*　　　*

"그루일랏 왕국의 심장, 스바르트와 그루일랏의 국민, 그
리고 왕국의 왕인 짐을 구해준 은인들이여, 짐이 어찌 감사를
표해야 할지 모르겠소."

옷을 말끔하게 갈아입고 나온 왕은 왕궁으로 불러들인 하
이엘바인과 루이체에게 경의를 표했다. 함께 그 자리에 모인
그루일랏 왕국의 신하들은 드워프 방식의, 그 동작이 너무 커
서 우스꽝스럽기도 한 드워프 식의 박수로 영웅을 맞이했다.

도시에 들어온 사람은 하이엘바인과 루이체뿐이었다. 쑤
밍과 리오는 도시 밖에서 대기하며 혹시나 있을지도 모를 렘
런트들의 침입과 공격에 대비하고 있었다.

"실례되지만 은인들의 고귀한 이름을 감히 듣고 싶소."

왕이 묻자 하이엘바인은 오른손을 가슴에 대고 허리를 반
쯤 굽혔다.

"소인은 하이엘바인이라 하며 함께 있는 아이는 루이체라

합니다."

원래 리오는 작전에 들어가기에 앞서 가명을 쓰라고 조언했다. 괜히 흔적을 남겨봤자 좋을 일이 하나도 없다는 것이 이유였다. 그러나 하이엘바인은 그렇게까지 비겁해지고 싶지 않다며 생고집을 부렸다. 그런 일로 말싸움을 할 만큼 너그러운 성격이 아닌 리오는 '좋을 대로 해봐라'라는 말만 남겼다.

그녀들의 이름을 들은 드워프 왕은 기뻐 웃으며 미리 채워둔 술잔을 높이 들었다.

"위대한 영웅 하이엘바인님과 루이체님의 이름에 영광이 있기를!"

"영광이 있기를!"

왕과 신하들이 목구멍을 열고 술을 들이부었다. 곡물을 발효시켜 만든 그 술은 사람을 취하게 만드는 술이라기보다는 청량제에 가까운 음료였기에 들이마시는 속도가 대단했다.

그들의 기쁨에 응하듯 하이엘바인도 술잔에 입을 댔다. 술에 대한 경험이 거의 없는 루이체는 우물쭈물했으나 부친이나 부하들과 함께 술을 즐긴 일이 많았던 하이엘바인은 그 크고 두꺼운 술잔 속의 술을 단숨에 비웠다.

드워프 왕이 껄껄 웃었다.

"원하시는 것이 있다면 뭐든 말하시오, 영웅이여."

하이엘바인은 그 대목에서 도시 지하에 있는 거인족에 대한 것을 얘기하려 했다. 그러나 상황은 예상치 못한 쪽으로 단숨에 흘러갔다.

왕이 곧장 말을 이었다.

"아, 괜찮다면 이곳보다는 도시 지하에 있는 우리 드워프들의 성지에서 이야기를 나눴으면 하오."

도시의 지하로 가는 것은 분명 그녀들의 목적이었다. 그러나 하이엘바인과 루이체는 기회일지도 모를 왕의 제안에 난색을 드러냈다.

"아닙니다, 왕이시여. 저희의 목적은 오로지 그 괴한의 제압이며 그 일은 시급을 요합니다. 그를 그대로 놔뒀다가는 더 많은 도시와 사람들이 혼란에 빠질 것입니다. 무례를 용서하십시오."

그녀들의 거절에 왕은 신하들과 눈짓을 주고받았다.

"짐이 너무 우리의 입장과 기쁨만을 앞세운 것 같구려."

왕의 말이 떨어진 직후 하이엘바인은 이 방의 천장과 입구 바깥쪽에 잔뜩 배치되어 있던 드워프 전사들이 물러나는 것을 느꼈다.

'역시 일반적인 호위병들이 아니었군.'

혹시라도 드워프들이 지하에 데려다 준다는 제안을 하면 일단 거절하라. 그것 역시 리오가 했던 조언이다.

그녀와 마찬가지로 숨어 있는 드워프들의 움직임을 읽은 루이체는 리오의 말을 되뇌어봤다.

"지하로 보내준다고 했을 때 왜 거절해야 하냐고? 드워프가 극도로 보수적인 놈들이라는 건 알잖아? 같은 종족끼리도 평생 말을 아끼고 사는 놈들이 종족의 극비 사항을 지나가는 영웅 따위에게 알려줄 것 같아? 분명 시험하려 들 테니 괜히 드워프들을 죽이기 싫으면 확실히 해."

상황이 그 말대로 진행되는 것에 루이체는 왠지 약이 오르기도 했지만 한편으로는 안심이 됐다.

반면 하이엘바인은 가슴이 답답했다. 아까 리오와 무기를 겨룰 때 잠시나마 이성을 잃은 것 때문이었다. 그때의 그 아찔한 느낌이 가브리엘과 우리엘 등에게 붙잡힐 때와 맞물려 그녀를 수치스럽게 만들었다.

'이런 추태를 보여주는 것이 도대체 몇 번째란 말인가?'

그녀는 니벨룽겐리트를 일부러 정확히 맞아버린 리오를 걱정했다.

'정말 아팠을 텐데…….'

이상한 침묵이 엉거주춤하게 이어졌다.

구출될 무렵에는 하이엘바인을 여신 보듯 하던 왕이었으나 자신의 병사들이 단 한 명도 죽지 않았다는 사실을 공식적으로 확인한 후에는 그 마음이 의심으로 바뀌었다. 의무를 가진 자라면 어쩔 수 없는 일이었다.

그런데 왕도 어쩔 수 없는 일이 일어났다.

누군가가 왕의 방 정문을 조심스레 열고 들어왔다. 황토색의 원피스 치마를 입은, 남자들 못지않게 씩씩한 체구의 드워프 여성이었다.

그녀는 사제였다. 그 주황색 머리카락의 사제는 긴장된 얼굴로 왕에게 예를 올렸다.

"왕이시여, 긴급한 사안입니다."

"긴급한 사안?"

왕은 붉은 장발의 악당에게 습격당한 지 한 시간이 안 된 상황에서 발생한 긴급 사안이 대체 무엇인지 궁금했다.

"말해보게."

"지하에서 기별이 왔습니다."

"지하에서? 대사제가 말인가?"

방이 잠시 술렁거렸다. 사제는 머리를 더 깊이 조아렸다.

"예. 지금 즉시 손님들과 함께 와주시기를 청했습니다."

"허어."

무거운 숨을 내쉰 왕은 두 손을 맞잡고 생각에 잠겼다. 그러나 아무리 그가 왕이라 해도 '위에서' 결정된 사항을 뒤집을 수는 없었다. 그것이 이 계곡에 드워프들이 정착할 때부터 생긴 규칙이었다.

왕이 옥좌에서 일어났다.

"하이엘바인님, 그리고 루이체님. 갑작스럽지만 짐과 함께 잠시 가실 곳이 있습니다. 불편하시겠지만 우리 그루일랏의 드워프들을 위해서라도 부디 함께 가주시길 부탁드립니다."

왕의 진지한 눈빛을 본 하이엘바인과 루이체는 뭔가 들어 맞았다는 느낌에 내심 기뻐하며 상대방의 제안을 최대한 겸손하게 승낙하기 위한 준비에 들어갔다.

*　　　*　　　*

쑤밍은 서룡족과의 교신기를 꺼내 시간을 확인했다.

"시간이 꽤 걸리네. 거의 한 시간 정도 됐는데. 으음, 걱정되지 말입니다!"

그녀는 미리 싸가지고 온 도시락을 우물거리며 드워프들의 도시를 돌아봤다.

그녀가 먹는 것은 이곳에 오기 전에 미리 삶아온 조류의 알이었다. 크기는 달걀과 거의 비슷했고 내용물도 식품 영양학적으로 크게 다를 바 없었지만 껍질의 색이 파란색이라 그냥 눈으로 보기에는 매우 특이했다.

얼마 못 가 쑤밍의 시선이 한쪽으로 쏠렸다. 하이엘바인들과 마찬가지로 한참 동안 돌아오지 않았던 리오가 복부를 붙잡은 채 터벅터벅 걸어오더니 지친 얼굴로 주저앉았다.

쑤밍이 벌떡 일어났다.

"으악! 스승님! 걱정했지 말입니다!"

"아아, 괜찮아. 하지만 당장 피를 토할 것 같긴 하네."

"일단 상처부터 보여주십시오!"

"음."

리오는 망토를 풀어 헤친 뒤 검은색의 민소매 윗옷을 벗었다.

두꺼운 가슴 근육 밑에서부터 군살 한 점 안 보이는 복부의 계곡까지, 상반신의 절반이 까맣게 멍들어 있었다.

"이런."

리오는 자신도 모르게 탄식을 쏟아내며 당황했다. 아프긴 했지만 이 정도로 몸이 망가질 줄은 꿈에도 생각지 못한 것이다.

쑤밍도 입을 다물지 못했다. 그녀는 얼른 일어나 리오를 치료하기 위한 기술을 준비했다.

"어서 누우십시오, 스승님! 소녀가 부축해 드리겠습니다!"

리오는 제자의 도움을 받아 가까스로 누웠다.

쑤밍은 우선 왼손에 힘을 모아 분홍색으로 빛나는 주먹 크기의 구슬을 꺼냈다. 동룡족의 가장 큰 특징이라 할 수 있는 정신력 응집체, 즉 여의주였다.

여의주를 통해 땅에 누운 리오의 상태를 살펴본 쑤밍은 여의주로부터 자신의 손가락 끝으로 들어오는 느낌을 믿을 수 없었다.

'스승님께서 재생을 못하고 계셔! 게다가 니벨룽겐리트의

기운이 내장까지 파고들었어!'

과거 하이엘바인의 부하인 베노로스가 니벨룽겐리트를 사용하는 모습을 본 적이 있는 쑤밍은 지금의 현상을 이해하기 힘들었다.

그때의 니벨룽겐리트는 그저 충격이 대단했을 뿐, 이처럼 저주가 아닐까 싶을 정도의 부수적인 효과를 동원하진 않았다.

'응급처치부터 해야 해!

여의주에서 흘러나온 빛이 리오의 복부와 가슴에 스며들었다. 멍의 색깔과 주변 부위의 피부색이 서서히 좋아졌다. 불규칙했던 리오의 호흡도 점차 평온해졌다.

여의주에 정신력을 집중한 터라 얼굴이 땀에 잔뜩 젖은 쑤밍은 이윽고 자세를 풀고 땅에 주저앉았다.

"우아, 힘들었지 말입니다."

"음, 덕분에 많이 나아졌어. 이제는 여의주의 사용에도 익숙해졌구나."

어렸을 때부터 지금까지 서룡족 문화의 사고방식 속에서 살아왔던 탓에 그녀는 동룡족이 여의주를 어떻게 사용하는지 거의 알지 못했다. 관비의 신분에서 풀려나기 전까지는 본능에 따라 이리저리 장난을 쳐보는 수준에 불과했다.

자유를 얻은 뒤엔 루이체에게 자료를 받아 혼자서 여의주의 사용법을 공부했다. 하지만 그 수준은 검을 잡고 싸우는 실력에 비하자면 한참 부족했다.

"공부는 했지만 비구름을 몰고 다니는 수준은 아직 아니지 말입니다."

"뭐, 굳이 몰고 다닐 필요는 없잖아?"

"하하하……."

"그나저나 니벨룽겐리트의 파괴력이 이 정도일 줄은 몰랐군."

리오가 눈을 감은 채 중얼거렸다. 쑤밍도 그의 이야기에 동의했다.

"오늘 하이엘바인님이 쓰신 것은 제가 처음에 봤던 것보다 위력이 한참 떨어졌지 말입니다. 하지만 스승님의 결계를 전부 날리고 재생 능력까지 멈추게 만들 줄은 전혀 몰랐지 말입니다."

"니벨룽겐리트를 예전에 본 일이 있다고?"

"예. 불의 별에서……."

"아아, 그랬지."

리오는 팔뚝을 이마에 대어 눈에 그늘을 씌운 뒤 잠시 생각했다.

"그놈, 신족은 아니었지?"

"그렇지 말입니다."

"그렇다면 진짜와 가짜의 차이일 거야. 예전에 하이엘바인님께 얼핏 듣기로 베노로스는 겨우 흉내만 내는 수준이라고 하셨던 것 같아."

"우와, 겁나지 말입니다."

여의주를 이용한 치유력은 상당한 수준이었다.

순식간에 기운을 차린 리오는 재생 능력도 어설프게나마 돌아오자 이제 곧 괜찮아질 거라고 생각하며 옷을 다시 입었다.

"아, 정말 괜히 심술을 부렸다가 죽을 뻔했어. 다시는 그분 성격을 건들지 말아야 할 것 같아."

제대로 앉은 리오는 쑤밍에게 뭔가 달라는 듯 손짓했다.

"뭐 먹을 것 좀 없어?"

"있지 말입니다!"

쑤밍은 이곳에 오기 전에 미리 삶아온 조류의 알을 우르르 꺼냈다. 리오가 몇 개를 집어 들자 쑤밍이 화들짝 놀랐다.

"아아, 스승님은 쉬셔야 합니다! 사소한 일은 소녀에게 맡기시지 말입니다!"

"아, 그래."

리오는 손에 든 알을 그냥 두기가 민망했기에 그것들을 벨트의 빈 가방 안에 넣었다.

알 하나를 다 깐 쑤밍이 그것을 들어 리오에게 내밀었다.

"자, 스승님. 아, 하시지 말입니다."

직접 먹여주겠다는 제자의 의지에 리오는 민망한 나머지 손사래를 쳤다.

"아아, 괜찮아. 그냥 줘."

"그럼 물이라도 제가⋯⋯."

"내가 할 수 있어."

"⋯⋯."

이후 쑤밍은 묵묵히 껍질을 까서 리오와 자신 사이에 놓인 손수건 위에 두기만 했다.

리오는 물을 마시며 아까 자신이 습격한 드워프들의 도시를 곰곰이 지켜봤다.

꿍한 얼굴로 알을 까기만 하던 쑤밍이 문득 시간을 확인했다.

"시간이 꽤 흘렀지 말입니다."

"걱정하지 마. 사실 성공할 수밖에 없어. 저 안에 들어 있는 녀석이 고대의 거인족이라면 더더욱."

쑤밍이 넥워머 위로 고개를 들었다.

"그렇습니까?"

리오가 고개를 끄덕였다.

"하이엘바인님이 계시던 세계는 세계수, 위그드라실을 중심으로 여러 개의 구역으로 나뉘어 있었는데, 그중에서 거인족들이 살던 나라 요툰헤임이 있지. 그들은 비록 원수지간이긴 해도 한 세계에서 같은 시간을 보내던 이웃들이었어."

리오의 설명에 쑤밍은 고개를 갸우뚱했다.

"원수이지만 이웃이니까 성공한다는 말씀이십니까? 잘 모르겠지 말입니다."

"말을 끝까지 들어."

쑤밍이 입을 꼭 다물었다.

"아스가르드의 신들은 자신들의 세계를 창조할 때 거인족들의 선조라 할 수 있는 '이미르'라는 거인을 죽였어. 그에 원한을 품은 거인족들은 신계혁명이 일어날 때 이미르의 일에 대한 보복 차원에서 가장 먼저 배신을 했지."

리오는 말을 잠시 멈추고 삶은 알을 하나 더 집어 들었다.

"그런데 거인족들은 혁명의 가장 큰 공을 세운 세력임에도 불구하고 일이 마무리된 직후 지금의 신들에게 깔끔하게 숙청당했어. 이유는 나도 몰라. 들은 적이 없으니까."

들은 적이 없다는 말이 쑤밍의 귀에 이상할 정도로 메아리쳤다.

"살아남은 극소수의 거인족은 혁명 직전에 요툰헤임을 떠난 자들뿐이었지. 숙청을 예견한 건지, 아니면 단순히 겁이 난 건지 알 길은 없지만 그들의 대부분은 아직 살아 있어."

"어떻게 된 겁니까?"

"몰라. 나도 직접 접촉한 적은 한 번뿐이거든."

오오, 하는 탄성이 쑤밍의 입에서 흘러나왔다.

"고, 고대의 거인족은 어떻게 생겼습니까? 키는 얼마나 큽니까? 지금의 거인족들과 비슷합니까? 마법도 쓸 수 있다고 얼핏 들었지 말입니다!"

우두두 나온 질문에 리오는 뒷머리를 긁적거렸다.

"질문과 답변은 나중에 하면 안 될까?"

"안 되지 말입니다! 제자가 다른 사람들에게 부끄러움을 당하지 않도록 도와주셔야 하지 말입니다!"

그가 한숨을 쉬었다.

"그러니까…… 고대 거인족의 선조인 이미르는 그 육체만으로도 세계를 창조할 수 있을 만큼 거대했지. 그렇다고 우주적인 규모는 아니었고…… 영양가가 풍부했다는 말이 맞을 거야. 이미르 이후의 거인족들은 이미르를 죽이고 세계를 창조한 오딘과 신족들의 방해로 인해 크기가 많이 줄어들었는데, 그렇다고 해도 내가 만난 거인족의 키는 저 구름 정도였지."

리오가 시선으로 저편을 가리켰다. 쑤밍이 거의 동시에 그쪽을 바라봤다.

솜사탕처럼 작은 구름 한 점이 하늘 위를 슬슬 기어가고 있었다.

쑤밍은 실망감에 빠졌다.

"저건 좀……."

"아, 그보다 뒤쪽."

쑤밍의 시선이 다시 움직였다. 그 구름의 뒤편으로 거대한 적란운이 한바탕 비를 예고하며 험상궂은 표정을 짓고 있었다.

"흠, 저것보다 좀 작았나? 그냥 컸다는 것만 떠오르는군."

리오가 갸웃거렸다. 쑤밍은 상상이 가지 않는 압도적 크기에 혼란을 느낀 나머지 아무 말도 하지 못했다.

*   *   *

스바르트의 지하로 이어지는 계단은 혹시라도 발을 잘못 디더 구르면 목숨이 위태롭게 보일 정도로 가팔랐다.

하이엘바인과 루이체를 계단 아래로 인도하는 사람은 스바르트 드워프들의 대사제이자 왕비인 '루마 스바르트 그루일랏' 이었다. 듬직한 체구에 덜 다듬어진 석상처럼 각진 얼굴은 다른 드워프 여성들과 마찬가지였으나 연륜과 신념이 느껴지는 깊은 눈빛은 그 흑철색만큼이나 단단해 보였다.

계단은 어두웠다. 그러나 그녀의 걸음걸이에 맞춰 계단 좌우에 달린 등불이 하얗게 빛을 냈다. 등불은 그녀가 지나간 뒤 다시 어두워졌다.

하이엘바인은 등불들을 가볍게 스쳐 지나갔다.

'정신력에 반응하도록 수정을 가공했군.'

모르는 사람들에게는 기절할 만큼 놀라운 드워프들만의 비기였다. 물론 하이엘바인에게는 그리 대단한 것이 아니었다. 그녀는 오히려 한심함을 느끼고 있었다.

'이들은 자신들이 퇴화했다는 사실을 알까? 이들의 조상들

은 빛이 없어도 세공 작업을 할 수 있었는데 말이야.'

앞서 가던 루마가 뒤를 흘끔 봤다.

"하이엘바인님이라고 하셨지요?"

"그렇습니다."

루마가 다시 앞을 봤다.

"이 등불들을 보고도 놀라지 않으시다니 과연 다르시군요."

"저희들 외에도 이곳에 사람을 데려오신 일이 있습니까?"

"음, 생각해 보니 드워프족 외의 외부인을 이곳에 들인 일은 이번이 처음이군요. 놀라실 것을 기대했다고 하는 쪽이 옳을 것 같습니다."

하이엘바인은 밋밋하게 웃었다.

"하이엘바인님께서는 이 도시를 습격한 자에 대해 아십니까?"

"잘 알지는 못합니다. 아니, 저도 알고 싶습니다."

반쯤은 진담이었다.

"그렇군요. 과연 인간인지 궁금할 정도로 강력해서 정말 놀랐습니다. 또 그런 자를 제압하신 당신께도 감탄했습니다. 요즘은 정말 일이 많군요. 외부에서 천사들을 봤다는 이야기도 종종 들리고 말입니다. 이변이 잦으면 결코 좋지 않은데 걱정입니다."

하이엘바인과 루이체는 자신들이 이들에게 큰 누를 끼치

고 있다는 생각이 들었다. 오늘 이들에게 공포와 금전적 손해를 끼친 것은 분명 하이엘바인과 그 일당이었다.

그렇다고 여기서 사과하고 되돌아갈 수는 없는 노릇이었기에 하이엘바인과 루이체는 양심을 최대한 억압하며 대사제를 뒤따랐다.

계단의 끝자락에는 원통 모양의 큰 물체가 있었다. 겉보기로는 그 재질이 대리석과 비슷했지만 표면 전체에서 느껴지는 강력한 힘은 자신이 단순한 대리석 이상의 물건임을 당당하게 과시했다.

하이엘바인은 손으로 머리를 쓰다듬다가 자신의 뒷목을 가볍게 눌렀다.

'의외의 상황이군.'

승강기를 살핀 루마가 이윽고 그녀들에게 말했다.

"두 분께선 안으로 들어가십시오."

"예? 저희들만 내려가나요?"

루이체가 묻자 루마는 고개를 끄덕였다.

"이 기계가 멈춘 뒤 문이 열리면 모든 것을 아실 수 있을 겁니다."

하이엘바인은 묵묵히 승강기 안으로 들어갔다. 뒤따라 안에 들어간 루이체는 가볍게 팔짱을 끼고 눈을 감은 하이엘바인의 모습에 묘한 기분이 들었다. 평상시보다 분위기가 무거웠기 때문이다.

문이 닫히고 승강기가 내려갔다. 승강기 안의 둘은 체감하지 못했지만 승강기는 하늘 위에서 부는 그 어떤 바람보다도 빠르게 아래로 내려갔다.

조금 뒤 대사제의 말대로 승강기가 멈추고 문이 열렸다.

담담한 얼굴로 승강기를 나온 하이엘바인은 눈앞에 있는 '존재'를 조용히 지켜봤다. 반면 루이체는 다리가 풀린 나머지 승강기 바닥에 엉덩이를 붙인 채 나오지 못했다.

승강기 앞에는 계곡처럼 깊은 흉터로 사방이 얼룩진 거대한 머리가 있었다. 전체적인 생김새는 인간과 똑같았다. 그러나 그 크기는 언덕과도 같았고 콧날의 중간 아래부터는 땅과 일부분이 된 듯 끔찍하게 자글거렸다.

그 머리는 사방팔방에 매달린 드워프들의 수정 등불 속에서 숨을 쉬고 있었다.

머리가 눈을 떴다. 눈꺼풀이 올라가는 것만으로도 큰 바람이 불어 하이엘바인의 은발과 루이체의 금발을 흔들었다.

그는 분명 거인족이었다. 그러나 하이엘바인의 파란 눈빛은 배신자의 무리를 대하는 것과는 조금 달랐다.

"역시, 그대는 아스가르드의 후예로군."

거인이 정신력의 공명을 통해 둘에게 의사를 전달했다. 하이엘바인은 거인의 침침한 회색 눈을 당당하게 마주 봤다.

"하이엘바인이라 한다."

"하이엘바인…… 그쪽 말로 '천공의 울림'이라는 뜻이지.

그래, 들은 적이 있네. 아스가르드를 끝까지 지키던 최강 최후의 발키리이자 토르의 막내. 이렇게 만나게 되어 영광이군."

"나도 영광이라고 해야겠군."

그녀가 말했다.

"그대의 이름은 무엇인가, 티탄(Titan)의 후예여?"

거인의 눈동자가 미세하게나마 맑아졌다.

"우리 티탄을 아는가?"

"그대가 나를 아는 것처럼 나 역시 그대가 살고 있던 올림포스에 대해 알고 있지."

"그렇군. 깜짝 놀라는 모습을 보고 싶었는데, 아쉽게 됐어."

거인이 다시 공명음을 냈다.

"나의 이름은 아틀라스. 위대한 올림포스의 티탄, 이아페토스의 아들이네."

*   *   *

스바르트를 덮고 있는 바위산은 분명 화산지대가 아님에도 불구하고 크고 작은 구멍이 잔뜩 뚫려 있었다.

그 구멍들 사이로 시커먼 존재들이 아주 느린 속도로 움직였다.

렘런트들이었다. 큰 몸집의 렘런트 하나와 작은 몸집의 렘런트 둘이 기척을 최대한 죽인 채 표면을 스멀스멀 기어갔다.

이동하던 렘런트들 가운데 작은 것들이 갑자기 멈췄다. 앞서 가던 큰 것이 뒤이어 멈추고는 하얗게 빛나는 눈으로 그들을 돌아봤다.

"쌍둥이들이여, 왜 멈추나?"

그의 뒤에 멈춘 렘런트들이 슬그머니 모습을 갖췄다. 엘프들의 도시에서 리오와 하이엘바인을 괴롭혔던 바로 그 쌍둥이들이었다.

"아무래도 여긴 너무 위험해! 위쪽은 천사들이, 아래쪽은 그 붉은 머리와 졸개들이 있다고! 걸렸다가는 우리 모두 제거될 거야!"

한 명이 들고 일어나자 다른 한 명이 뒤이어 목소리를 높였다.

"정말 그 아폴로니우스라는 자를 믿는 거야? 이곳에 오면 당신이 누구인지 알 수 있게 될 거라는 말을 믿느냐고?"

그 질문에 큰 몸집의 렘런트는 인간이 눈을 감듯 눈빛을 죽였다.

"그렇다면 그대들은 왜 나를 따라왔나? 속더라도 나 하나만 속아 제거되면 희생은 크지 않을 텐데?"

그러자 쌍둥이들이 눈빛을 부라렸다.

"아폴로니우스가 당신을 영웅이라고 했어! 우린 전혀 느끼지 못했는데!"

큰 몸집의 렘런트가 다시 눈빛을 밝혔다.

"그의 말대로 거인을 만나보면 알겠지."

렘런트의 눈빛이 더욱 밝아졌다.

"헤라클레스가 무엇인지 말이야."

외전

아스가르드의 이야기

반란, 혹은 혁명.

이 전쟁에서 이기는 자는 그 두 개의 단어 중 가장 좋은 것을 마음대로 할 권리를 얻는다. 그랬기에 전쟁터에 발을 놓은 모든 전사들은 광적으로 상대방을 노려봤다.

승자가 모든 것을 갖는 그 야만적인 철칙은 시대와 종족을 초월하는 일종의 진리였다. 관용 역시 어떤 방식으로든 상대방을 제압했기에 베풀 수 있는 선함[善]이었다.

땅은 여섯 번의 겨울을 거치며 황폐해졌고 하늘은 일식 때처럼 검게 물든 태양이 음침하게 빛을 냈다.

신의 세계, 아스가르드는 그렇게 멸망하고 있었다.

전쟁터의 한쪽엔 독으로 인해 몸이 파랗게 변한 사내가 무쇠기둥에 묶여 신음했다.

사내의 왼편에는 인간의 모습과 흡사한 하얀 날개의 종족이, 오른편에는 몸과 얼굴 곳곳이 딱딱하고 쭈글쭈글한 검은 날개의 종족이 서 있었다.

하얀 날개의 종족은 오른손에 든 창으로 옆에 묶인 사내의 가슴을 찔렀다.

"으으으음!"

창은 남자의 두꺼운 가슴을 관통하여 반대편 늑골 사이로 나왔다. 인간이라면 치명상이었으나 그 사내는 죽을 수가 없었다.

신이었기 때문이다.

꽉 다물어진 입 사이로 신음이 터지는 가운데 검은 날개의 종족이 톱처럼 생긴 검을 들었다. 그는 신음하는 사내의 이마에 톱날을 대고 미친 듯이 웃었다.

"궁금했어! 신의 머릿속은 우리와 얼마나 다른지 궁금했다고! 하하하하하!"

그 직후 이전보다 더 끔찍한 신음소리가 전쟁터에 울려 퍼졌다.

고문이 계속되던 그곳에 상대방 진영에서 피어오른 황금색의 폭풍이 밀어닥쳤다. 사내를 고문하던 하얀 날개와 검은 날개가 겁에 질려 손을 멈췄다.

폭풍의 중앙엔, 아스가르드 수호군의 선봉엔 어떤 여성이 있었다.

수은에서 갓 뽑아낸 듯 지나치게 맑고 또렷한 그녀의 머리카락은 비인간적으로 아름다웠다.

맹금류의 부리를 본떠 만든 듯한 투구 밑으로 흘러내린 머리카락들은 연분홍색의 피부를 타고 갑옷 밑으로 떨어져 내렸다.

그 갑옷은 황금색이었다. 그늘이 잔뜩 낀 전쟁터에서도 그녀의 갑옷만은 은은히 빛을 냈다.

그녀가 갑옷 속에 입은 흰색의 옷은 조금 두꺼운 재질의 원피스 치마였다.

치마 속의 다리는 갑옷과 바지로 단단히 감추고 있었으나 그 본질적인 가녀림은 숨기지 못했다.

그녀는 아스가르드의 주신, 오딘의 발키리였다. 그리고 지금 고문을 당하고 있는 신, 토르의 막내딸이었다.

소위 '혁명군'을 이끄는 수장이자 아스가르드를 배신한 신, 로키는 그녀를 보고 푸른색 혀로 입맛을 다셨다.

"나타났구나, 하이엘바인. 후후, 우리 가엾은 오딘은 저 계집을 너무 믿는군. 아무리 토르가 중요하다 해도 그렇지, 저 어린 계집과 극소수의 칼잡이들이 토르를 구해낼 수 있을 거라 생각했나?"

로키와 시선을 마주한 그녀, 하이엘바인은 아버지의 처참

한 모습을 맑은 눈으로 바라보며 자신과 함께 이곳에 온 아스가르드 전사들을 향해 연설했다.

"오딘께선 변화를 위해 후계자를 만드셨고, 그 후계자들은 자신들의 운명에 따라 변화를 시도했다! 변화는 당연한 것이며 변화만큼 강제적인 아름다움도 세상엔 없을 것이다!"

그녀가 창 자루의 끝으로 땅을 내려쳤다. 방금 전 전장에 불었던 황금색의 폭풍이 다시 일어났다.

"그러나 그들이 택한 것은 변화가 아닌 변질이다! 사리사욕에 물든 그들의 반역행위로 인해 신과 인간, 그리고 반역자들의 감언이설에 넘어간 수많은 거인들이 이 전쟁에서 희생됐다! 그리고 사악한 간계로 인해 우리의 위대한 동료, 토르님이 적들의 손에 고통을 받고 있다!"

그녀는 창을 다시 들어 자신의 아버지가 묶여 있는 곳을 가리켰다.

"오늘 끝내야 한다! 더 이상 반역자들이 토르님을 인질 삼아 아군을 위협하는 행위를 두고 볼 수는 없다! 오늘, 이 자리에서 우리의 힘으로 저들의 간계를 끝내는 것이다! 신계의 패권을 떠나, 같은 아스가르드의 동료로서 토르님의 명예를 지켜 드리는 것이다!"

그녀의 뒤쪽에 포진한 수많은 전사들이 각자의 무기를 흔들며 함성을 질렀다. 그 함성은 모두를 더욱 단단히 결속시켰다.

"이야기가 전해지는 한 전사는 불멸!"

그녀가 손에 든 창을 뒤로 당겼다.

따분한 얼굴로 하이엘바인의 연설을 듣던 로키가 움찔했다.

"토르를, 자기 아버지를 죽이려는 건가? 막아라! 토르의 앞을 가로막아라!"

부하들에게 손을 휘젓는 그의 모습에 이를 악물고 있던 하이엘바인이 고함을 터뜨렸다.

"이야기를 전하리라! 아버님의 이야기를! 이 세상이 끝나더라도!"

그녀의 손에서 떠난 창이 전쟁터를 혜성처럼 가로질렀다.

*   *   *

"하이엘바인님."

갑옷과도 같은, 아니, 갑옷 그 자체가 육체인 어떤 존재가 무겁고 낮은 남성의 목소리를 냈다. 그러나 그가 무릎을 꿇고 모시고 있는 상대는 바위를 조각하여 만든 의자에 앉은 채 눈을 뜨지 않았다.

아스가르드를 끝까지 수호하며 수많은 적들을 격퇴한 전사, 하이엘바인은 그곳에 있었다.

하지만 지금은 전쟁의 패배와 용들의 신, 브리간트의 협박으로 인해 자유를 빼앗긴 채 작은 별에서 시간을 보내는 가련한 존재에 불과했다.

그녀가 앉은 석재의자의 색은 붉은색이었다. 의자뿐만 아니라 방 전체가 붉은색을 띠었다. 돌 이외의 소재는 존재하지 않았다.

실제로 그녀 앞에 무릎을 꿇고 있는 존재 역시 생물과는 거리가 멀었다.

잠시 기다림을 가진 갑옷의 존재가 다시 그녀를 불렀다.

"하이엘바인님."

그녀가 눈을 떴다.

까만색 동공이 깊은 그녀의 황금색 눈동자가 투구의 길고 뾰족한 챙 밑에서 빛났다.

"베노로스로군."

"숙면을 방해한 점, 송구합니다."

"잠들지 않았네. 추억 속에 있었지."

그녀를 불렀던 갑옷의 사내가 머리를 조아렸다.

"그렇다면 더욱 면목이 없습니다."

하이엘바인이 자세를 바로 했다.

"베노로스여, 무슨 일인가?"

"드래곤의, 서룡족의 제왕이 이 별에 들어왔습니다."

"시련의 시기가 또 왔군. 이번에는 정상적으로 진행되겠지?"

그녀의 눈동자가 깜박깜박 빛났다. 눈꺼풀과는 관계없는, 눈동자 내에서만 일어나는 현상이었다. 그녀는 그런 식으로 부하들과 의식을 공유하면서 부하들이 보는 광경들을 바로 접할 수 있었다.

정찰을 나간 부하들의 시각을 통해 들어온 광경 속엔 블루 블랙의 머리카락을 기른 아름다운 외모의 용족이 불만 많은 표정으로 서 있었다.

하이엘바인은 그를 알고 있었다.

시간단위가 좀 모호하긴 하지만 인간의 시간으로 따져서 대략 수백 년 전에 이 별을 찾아왔던 서룡족의 제왕이었다. 처음에 왔을 때는 아무것도 모르는 어린아이였으나 지금은 제법 세상을 경험한 티가 났다.

"많이 자랐군."

그 용족의 옆쪽으로 몇 명이 우르르 지나가자 하이엘바인이 눈살을 찌푸렸다.

"이번에도 누군가와 함께 온 건가?"

"보시는 대로 네 명의 부하를 끌고 왔습니다. 한 명은 동룡족의 계집아이이고 다른 세 명은 인간입니다. 인간이긴 해도 조금 별종인 듯합니다."

"그렇군."

그녀의 눈동자가 다시 깜박거렸다.

"이번 세대의 용제는 왜 이런 이변을 계속 저지르는 것인가? 두 번 찾아온 것도 부족하여 항상 누군가와 함께 오다니, 탐탁지 않군."

"좋게 보자면 시간이 그만큼 흐른 것입니다."

베노로스가 말했다.

"시간의 흐름은 작은 우연조차도 운명으로 만듭니다. 그리고 운명은 많은 것을 바꿉니다. 시간을 창조한 신도 우연과 운명의 흐름에는 이겨내지 못했습니다. 우리들의 신계, 아스가르드가 붕괴한 것만 봐도 그렇습니다."

"좋은 말이군."

"이 일을 계기로 하이엘바인님께서 이곳을 벗어나실 수 있다면 좋을 것 같습니다."

그러자 무표정한 하이엘바인의 얼굴에 미소가 깃들었다.

"모두 함께 떠나세."

의미없는 응대였다. 말을 꺼낸 베노로스도, 말을 받아준 하이엘바인도 자신들이 이 무미건조한 별에서 언제 어떻게 벗어나게 될지 알지 못했기 때문이다.

사실 그들은 그런 꿈조차 꾸지 않았다.

"언제까지 추억만을 거듭하실 겁니까?"

베노로스는 땅에 대고 있던 손을 쥐며 평소와 달리 감정을 드러냈다. 그의 우직한 성격을 아는 하이엘바인은 놀라움을 감추지 않았다.

"베노로스?"

"저희는 전쟁포로이며 이 별을 벗어나면 생명을 유지할 수 없는 존재입니다. 그러나 하이엘바인님은 입장이 다릅니다. 이곳을 떠나셔도 문제없이 살아가실 수 있습니다. 또한 더 큰 일을 하실 수도 있습니다."

부하의 발언에 그녀의 눈빛이 강해졌다.

"말을 삼가게. 하이볼크가 지배하는 신계를 상대로 전쟁이라도 일으키란 말인가? 그래서 자네들을 구하라고?"

"이 베노로스를 그토록 우둔한 자로 보셨습니까?"

베노로스가 목소리를 높였다.

"패배의 결과를 감수하는 것. 하물며 그것이 영원한 굴욕이라 할지라도 받아들이는 것이 아스가르드 전사의 긍지입니다."

하이엘바인의 눈빛이 잦아들었다.

"내가 무례했네."

베노로스가 다시 손을 펴고 땅을 짚었다.

"서룡족의 제왕에게 시련을 내려 그들로 하여금 아스가르드의 고귀한 정신을 계승토록 하는 것은 오히려 큰 보람입니다. 아시지 않습니까?"

"음……."

베노로스는 고개를 들어 그녀를 응시했다.

"만약 자유를 얻으신다면 다른 가치를 추구하십시오."

"다른 가치?"

"아스가르드의 싸움은 끝났습니다."

하이엘바인의 눈빛이 흔들렸다.

"이제 신족도, 아스가르드의 전사도, 발키리도 아닌 다른 존재로서의 가치를 찾으시는 겁니다."

"예를 든다면?"

"제가 하이엘바인님께 감히 예를 들 수 있다면 그것은 큰 기쁨일 겁니다."

부하의 대답에 하이엘바인은 한숨을 내쉬었다. 한숨이 떠난 이후에는 미소가 남았다.

"어려운 말이로군."

"새로운 친구를 얻으신다면 조금 더 쉬울지도 모릅니다."

"그렇군. 하지만 자네와 같은 존재를 또 만나게 될지는 잘 모르겠네."

"황송합니다."

"자, 지금은 우리의 일에 집중하기로 하세. 자리로 돌아가게나."

"알겠습니다."

베노로스의 모습이 바람처럼 사라졌다.

약간의 여유를 얻은 하이엘바인은 다시 눈을 감고 추억에 잠겼다.

어찌 보면 미련스러웠지만 자유가 없는 그녀의 입장에서는 유일한 유희였다.

부하들의 바람이 이루어진 것인지, 아니면 우연에서 출발한 운명인지는 몰라도 하이엘바인은 얼마 뒤 꿈도 꾸지 않던 자유를 얻었다. 그것도 '이변'과 '사건'을 저질러댄 서룡족의 새로운 제왕 덕분이었다.

'바이칼'이라는 이름의 용제에게 감사를 표한 그녀는 유일한 가족이라 할 수 있는 오딘의 거처, 발할라로 가기 전에 부하들을 한자리에 모았다. 작별인사를 위해서였다.

"축하드립니다."

베노로스가 대표로 축하를 건넸다. 하지만 하이엘바인이 느낀 것은 자유를 얻은 것에 대한 기쁨이 아니었다.

"지금 얻은 자유가 자네들만큼 가치가 있을까?"

그녀의 쓸쓸한 답사에 베노로스는 오른쪽 주먹으로 자신의 심장이 있던 자리를 두드렸다.

"토르님의 막내. 아스가르드의 마지막 보물. 그리고 저희들 모두가 존경하고 사랑한 분. 이제야 당신을 배웅할 날이 왔습니다."

모든 전사들이 그녀 앞에 기쁜 듯 무릎을 꿇었다.

"저희들의 이야기를 가져가십시오."

책임감과 함께 하이엘바인은 한바탕 비가 지나간 뒤에 부는 바람처럼 웃었다.

"이야기가 전해지는 한 전사는 불멸."

그녀는 부하들과 마찬가지로 가슴에 주먹을 대고 목소리를 높였다.

"그대들은 나, 하이엘바인이 전할 이야기들과 함께 불멸로 남으리!"

남겨진 전사들은 하이엘바인이 그곳을 떠날 때까지 땅에 댄 무릎을 풀지 않았다. 그것은 이제 새로운 여행을 하게 될 그녀에 대한 축복이자 지극히 개인적인 아쉬움이었다.

『가즈 나이트 R』 3권에 계속…

『월풍』, 『신궁전설』의 작가 전혁이 전하는
유쾌, 상쾌, 통쾌 스토리, 『왕후장상』!

문서 위조계의 기린아 기무결.
사기 쳐서 잘 먹고 잘살던 그에게 날벼락이 떨어졌다.
바로 녹슨 칼에서 나온 오천만 냥짜리 보물지도!

기무결에게 내려진 숙제,
오천만 냥을 찾아라!

그러나 꼬인 행보 끝 도착한 곳은 동창의 감옥이었으니……

"으아악! 이게 뭐야!! 무림맹이 왜 여기 있는 거야!"

천하제일거부를 향한 기무결의
끝없는 도전이 시작된다!

Book Publishing CHUNGEORAM

 유행이 아닌 자유추구 -
WWW.chungeoram.com

용마검전
FANTASY FRONTIER SPIRIT
김재한 판타지 장편 소설

「폭염의 용제」, 「성운을 먹는 자」의 작가 김재한!
또다시 새로운 신화를 완성하다!

『용마검전』

사악한 용마족의 왕 아테인을 쓰러뜨리고
용마전쟁을 끝낸 용사 아젤!

그러나 그 대가로 받은 것은 죽음에 이르는 저주.
아젤은 저주를 풀기 위해 기나긴 잠에 빠져든다.

그로부터 220년 후……

긴 잠에서 깨어난 아젤이 본 것은
인간과 용마족이 더불어 살아가는 새로운 세상이었다.

Book Publishing CHUNGEORAM

WWW.chungeoram.com

허담 新무협 판타지 소설

FANTASTIC ORIENTAL HEROES

검은별

하늘아래 모든 곳에 있고,
결코 사라지지 않는다.

세상은 그들을 멸시하지만,
세상의 모든 야망가가 은밀히 거래한다.

선과 악이 어우러지고,
어둠과 밝음이 서로를 의지하듯
세상의 빛 그 아래 존재하는 자들.

**무수한 별이 빛을 잃어 어둠을 먹고사는
검은 별이 되어 살아가는,
그리하여 세상 모든 사람이 두려워하는…**

그들은 유령문이다!

Book Publishing CHUNGEORAM

유행이 아닌 자유추구
WWW. chungeoram.com

메디컬 환생

유인(流人) 장편 소설

연재 사이트 베스트 1위!
어디에서도 볼 수 없었던 천재 의사가 온다!

『메디컬 환생』

언제나 실패만 거듭해 온 의사 진현,
그런 그에게 찾아온 인연의 끈이 있었으니.

"다시 삶을 살면… 어떤 삶을 살고 싶으신가요?"

다시 한 번 주어진 인생
이번엔 반드시 성공하리라!

Book Publishing CHUNGEORAM

유행이 아닌 자유추구 -
WWW.chungeoram.com